KB069222

스테이트리스

리턴
에이스 2

초판 1쇄 인쇄일 2016년 10월 22일 | **초판 1쇄 발행일** 2016년 10월 25일

지은이 신세로 | **펴낸이** 곽동현 | **담당편집 팀장** 이범수
편집부 신연제 이윤아 홍현주 김유진 임지혜

펴낸곳 (주)조은세상 | **출판등록** 제2002-23호
주소 경기도 연천군 미산면 청정로 1355
TEL 편집부 02)587-2966 | FAX 02)587-2922
e-mail bukdu@comics21c.co.kr

신세로 ⓒ 2016
ISBN 979-11-5832-599-2 | ISBN 979-11-5832-597-8(set) | 값 8,000원

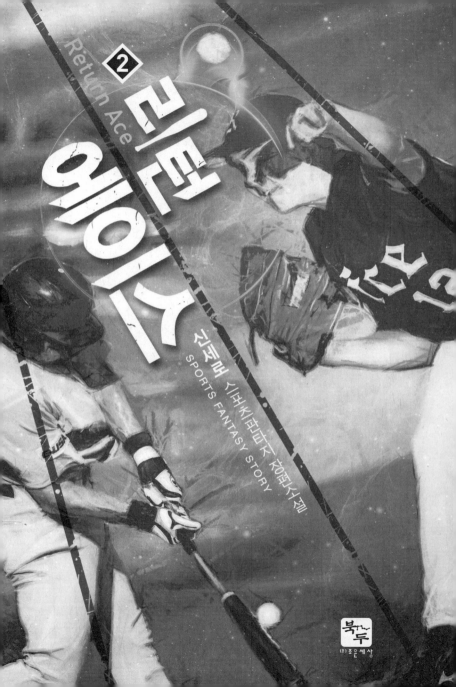

2

Return Ace

리턴
에이스

신종민 스포츠판타지 장편소설
SPORTS FANTASY STORY

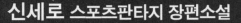

신세로 스포츠판타지 장편소설

SPORTS FANTASY STORY

CONTENTS

리턴 에이스

Return Ace

6. 빈볼 시비

6. 빈볼 시비

타구의 종착점은 펜스 너머가 아니었다.

아슬아슬하게도, 타구는 펜스를 맞고 워닝 트랙 부근에 떨어졌다.

그래도 2루 주자가 홈 베이스를 밟는 것에 있어서는 충분한 여유가 있었다.

주혁도 무리하게 뛰지 않고 2루 베이스에 서서 들어갔다.

이 타점 하나로 경기 스코어가 6 - 5로 바뀌자, 결국 보스턴 레드삭스의 투수 코치가 마운드로 걸어가기 시작했고 마쓰자카 다이스케는 굳은 표정으로 손에 쥐고 있던 공을 건네준 후 벤치로 향했다.

마쓰자카 다이스케를 마운드에서 끌어 내리라는 조 매든

의 바람을 이뤄준 주혁의 2루타.

조 매든의 선택이 결코 틀리지 않았음을 주혁은 타석에서 확실하게 보여주는 데 성공했다.

'밀어 치는 힘은 여전하네.'

2루 베이스에서 허리춤에 손을 얹으며 주혁이 방금 전 타격에 대해 스스로 만족하고 있었다.

조금 전, 3구 째 들어왔던 공은 투심 패스트볼이었다.

무릎 높이로 좌타자의 바깥쪽으로 휘던 투심 패스트볼을 놓치지 않고 바로 밀어친 주혁이었다.

결과는 좋았으나 조금의 아쉬움이 남긴 했다.

'또 홈런 쳤으면 2경기 연속 홈런인데.'

대단한 기록은 아니다.

그러나 20살짜리 신인 투수가 이 기록을 세웠다면 이야기가 달라진다.

더 많은 사람들이 주혁에게 관심을 가질 것이고, 이렇게 팬층이 두터워진다면 주전급 선수들이 복귀하더라도 마이너리그로 내려갈 일은 거의 없어지게 된다.

'3년만 버티자.'

지금의 활약으로 놓고 본다면 마이너리그로 내려갈 일은 없을 듯하지만, 최저 연봉을 받고 있는 입장에선 언제든 처분될 수 있는 가능성이 높아진다.

연봉조정신청 자격만 얻어서 이후 높은 액수로 금액이 뛰면 걱정은 끝이다.

물론 실력이 우선이기는 하지만 말이다.

따악!

때마침 안타가 또다시 터졌다.

교체된 투수를 상대로 1번 타자 칼 크로포드가 안타를 때려낸 것이었다.

중견수와 우익수 사이에 떨어진 타구는 펜스까지 떼굴떼굴 굴러갔고, 이로인해 주혁은 편하게 홈 베이스를 밟고 벤치로 돌아올 수 있었다.

2루타를 치기 전까지는 다소 냉랭한 시선으로 주혁을 바라보던 동료들이 지금은 해맑게 웃으면서 하이파이브를 해주었다.

타석에 2번 나서서 모두 출루를 만들어 낸 주혁은 그를 둘러싼 의문들을 상당수 걷어내는 데 성공한 상태였다.

그리고 주혁을 지명타자로 기용했던 조 매든도 그를 향해 엄지를 치켜 세우면서 오늘 활약에 대한 만족을 표시했다.

"이제 교체입니까?"

주혁의 물음에 조 매든이 답했다.

"왜? 더 치고 싶나?"

"욕심이 나는데요?"

"그럼 쳐. 맘껏 스윙해봐."

조 매든의 말에 주혁이 씩 웃었다.

"찬스에서 풀스윙해도 됩니까?"

그 말에 조 매든이 살짝 당황해하는 모습을 보였다.

"크흠흠. 그러던지 말던지."

"알겠습니다. 나중에 말 바꾸시면 안됩니다."

조 매든이 고개를 끄덕였다.

마치 그런 일이 일어나지 않을 거라는 것처럼.

그러나….

"정말 풀스윙해도 됩니까?"

정말로 만루 찬스가 찾아온 것이 아닌가!

그것도 아직 이닝이 바뀌지 않았는데 말이다.

2사 만루에서 타석에 들어서게 된 주혁이 태연하게 타석에 들어섰다.

조 매든은 이 상황에서 대타 카드를 굳이 꺼내들지는 않았다.

기대 이상의 활약을 펼쳐보인 주혁의 타격감을 믿었기 때문이었다.

그리고 타석에 들어선 주혁이 기다리고 있던 초구를 확인한 순간.

따악!

또 한번 큼지막한 타구가 터져나왔다.

◆

과거, 많은 전문가들이 주혁을 향해 극찬하던 것이 하나 있었다.

그것은 바로 간결한 스윙만으로도 엄청난 비거리를 뽑아 낸다는 점이었다.

그렇다보니 삼진의 비율이 낮은 편에 속했고, 공을 끝까지 보게 됨으로써 공을 잘 골라낼 수 있었다.

실제로 정규 타석을 채운 시즌만큼은 출루율이 0.380 이하로 떨어진 적이 한 번도 없는 주혁이었다.

여기에 매 시즌마다 두자릿수 홈런을 때려낼만큼의 파워와 타격 센스, 그리고 항상 기회에 강한 면모를 보였던 주혁은 메이저리그가 인정하는 최고의 3루수 중 한 명이었다.

물론 지금은 없어지고 만 커리어이지만 말이다.

그러나 다행스러운 것은….

"아까 만루에서 2루타는 정말 대단했어, 윤."

3타석 2타수 2안타 3타점 1볼넷.

전 타석 출루는 물론이고 멀티 히트에 3타점까지!

주혁의 첫 선발 타자 출전은 대성공이었다.

"그 송구만 아니었어도 나까지 홈으로 들어오는 거였는데."

"근데 어떻게 펜스만 두 번 맞냐…. 솔직히 두 번째 안타는 넘어가는 건 줄 알았는데 말이지."

정작 주혁은 아무렇지 않아하는데 오히려 동료 선수들이 더 안타까워하고 있었다.

물론 주혁도 속으로는 내심 아쉬움을 느끼고 있긴 했다.

홈런이었으면 자신이 그려놓은 걸작에 근접할만큼 좋은 그림이 될 수 있었다.

그러나 운이 없게도 타구는 끝내 펜스를 넘기지 못했다.

'그래도 3타점이 어디냐.'

만루에서의 타구는 하마터면 외야수의 호수비에 막힐 뻔했었다.

다행히 운 좋게 글러브를 피해서 펜스에 맞은 타구였기에 2타점을 올릴 수 있었던 주혁이었다.

'운도 좀 좋았지.'

이렇게 생각하니 아쉬움은 조금 사그라들었다.

잠시 혼자만의 세계에 빠져있던 그 때.

오늘 배트를 선물했던 카를로스 페냐가 다가왔다.

"오늘 아주 잘했다. 내가 준 배트 덕분인 줄 알아."

"네? 잘 못 들었습니다만…?"

"다른 배트 썼어봐. 그 정도로 날아가지도 않았을 걸?"

"그 말인즉슨, 다른 배트와는 다르게 개조하셨다는 건가요?"

주혁의 농담에 카를로스 페냐는 할 말이 없다는 듯한 표정을 지어보였다.

"농담입니다."

"알아. 재미 없어."

카를로스 페냐의 말에 주혁이 피식 웃었다.

"배트 고마워요. 잘 간직할게요."

"의미가 담긴 배트지. 줘 봐. 사인해줄게."

카를로스 페냐가 주혁의 락커룸 안에 비스듬히 걸쳐 있는 배트를 꺼내 방망이 상단 부분에다가 멋들어지게 사인을 해주었다.

카를로스 페냐가 말했다.

"이로써 집에 타자 기념품 한 개가 더 늘었네?"

지난 번, 메이저리그 첫 경기 홈런볼을 받은 이후 타자로서는 두번째로 의미가 담긴 기념품이 생긴 셈이었다.

"어디 가서 팔지 마. 이베이에서 확인할 거다."

카를로스 페냐의 말에 주혁이 피식 웃었다.

"이거 팔아도 얼마 안할 거 같은 데 말이죠."

"무슨 소리를! 내 사인볼이 매일같이 이베이에서 비싸게 거래 되고 있다니까."

"그게 자랑입니까…."

"……."

카를로스 페냐가 머쓱한지 머리를 긁적였다.

"어쨌든 가보로 모셔. 알았어?"

"알겠어요. 걱정 마요."

그제야 흐뭇한 미소를 짓는 카를로스 페냐.

주혁은 그가 준 배트를 챙기고는 발걸음을 옮겼다.

클럽하우스를 나서자, 늦은 시간임에도 아직 귀가하지 않은 탬파베이 레이스의 팬들이 주혁을 향해 우루루 몰려오기 시작했다.

그들의 사인 공세에 주혁의 손이 급격히 바빠졌고, 자신을 향해 달려왔던 모든 팬들에게 사인을 해주고 나서야 겨우 집으로 갈 수가 있었다.

현관문을 열고 들어선 주혁은 가장 잘 보이는 곳에 배트를 세워두고는 곧바로 인터넷을 켰다.

언론에 흔들리지는 않지만, 이렇게 좋은 활약을 펼친 날만큼은 반응을 확인하는 주혁이었다.

미국 현지 언론들도 주혁의 이런 활약에 놀라움을 금치 못하는 분위기였고 한국 언론에서는 그야말로 난리가 나 있었다.

「윤주혁, 지명타자로 나와 멀티 히트에 3타점 기록!」

「투수에 이어 타자까지. 윤주혁의 대활약에 현지에서도 뜨거운 반응 보여」

「윤주혁, 올 시즌 최고 루키의 징조가 보인다」

기사를 쭉 훑어보던 주혁의 입가에선 한동안 미소가 끊이지 않고 있었다.

◈

그로부터 3일이 흘렀다.

지명타자로 타석에 나서서 기대 이상의 활약을 펼쳐보였지만, 타자로 선발 출전한 것은 그 날 하루가 전부였다.

여러 이유들이 있었지만 가장 큰 것은 명분이 없었다는 점이었다.

공교롭게도 그 날 이후, 어제 경기까지 치러졌던 경기들의 선발 투수는 모두 좌완 투수들이었다.

가장 큰 명분이 없어졌기에 주혁도 딱히 타석에 서길 원하지 않았고 결국 후보 선수들이 선발 출장을 했었다.

그러나 결과는 썩 좋지 못했다.

기회를 제대로 잡은 선수는 없었고, 주혁처럼 눈에 띄는 활약을 보인 후보 타자들은 단 한 명도 없었다.

그나마 안타를 친 선수가 있긴 했으나 2아웃에서의 안타였고 이는 득점까지 연결되지는 않았었다.

공백을 메워줄 마땅한 자원이 없어진 상황에서 탬파베이 레이스의 팬들은 주혁이 타석에 다시 서길 원했다.

결국 이 문제를 놓고 조 매든은 주혁을 불렀다.

"당분간 타석에 좀 더 설 수 있겠나? 문제가 되지 않는다면 말이지."

메이저리거라면 몸 관리는 스스로의 몫이다.

그러나 감독이 무리하게 무언가를 더 시킬 경우는 감독 역시도 그에 대한 고려를 하지 않을 수 없다.

신인 선수에게 선발 투수와 지명 타자를 겸해 달라는 이 부탁은 매우 조심스러운 것이기도 했다.

자칫 잘못하다간 두 포지션 모두 좋지 않은 쪽으로 흘러갈 수도 있기 때문이다.

하나 주혁은 이런 문제로 고민하지는 않았다.

부상이라는 긴장의 끈을 절대 놓쳐서는 안되지만, 무슨 이유에서인지 체력과 피로 그리고 컨디션은 항상 최고조에 달해 있었다.

20년이 넘는 자기 관리 노하우 덕분일 수도 있으나 과거로 돌아오면서 체력적인 부분이 강화되었다는 점은 부정할 수 없는 사실이었다.

추가적으로 타격 실력까지 갖춰져 있는 지금으로선 문제될 건 전혀 없었다.

그럼에도 주혁은 이를 거절했다.

나름의 이유가 있었다.

"후보 선수들에게 더 많은 시간을 줘야 한다고 생각합니다. 그들도 차츰 경기 감각이 올라오면 충분히 제몫을 해줄 거라고 봅니다."

타자로서 지냈던 세월이 있기에 그들의 답답한 심정을 누구보다도 잘 아는 주혁이었다.

이런 까닭에 그들의 기회를 빼앗고 싶지가 않았던 것이었다.

다만 그는 예외적인 상황에 대한 자신의 생각도 덧붙였다.

"그래도 나아지지 않고, 여기에 팀 성적까지 하락세를 보인다면 그 때는 저를 지명타자로 기용해주세요. 명분이 생기는 셈이니까요. 체력 관리와 컨디션은 스스로 알아서 맞춰 놓겠습니다."

대안이 없어질 때까지는 나서고 싶지 않다는 뜻을 전하자 조 매든도 더 이상 말을 하지는 않았다.

솔직히 조 매든으로서도 지금 이 상황이 어처구니가 없었다.

타자 자원이 마땅치가 않아서 투수, 그것도 20살짜리 루키 선수에게 희망을 걸어야 한다니….

그러나 한 가지 확실한 사실은 주혁의 타격 실력과 재능은 최상급 수준이라는 점이었다.

게다가 굉장한 자신감 덕분에 이런 타격감이 더욱 빛을 본다는 것은 최근 들어 계속 주눅들어 하는 모습을 보이는 후보 선수들과 비교되는 부분이었다.

'그래도 일단 믿어는 봐야지.'

후보 선수들도 마이너리그에서 각자 좋은 활약을 펼쳤던 선수들이다.

분명 타격 테크닉이 갖춰진 선수들인 것은 틀림이 없다.

다만 그게 지금처럼 필요할 때 터지지 않는다는 게 문제였다.

오늘 저녁 7시 5분, 트로피카나 필드에서 열리는 클리블랜드 인디언스와의 경기에서 선발 투수로 마운드에 오를 예정인 주혁은 대답을 마치자마자 발걸음을 옮겼다.

홀로 사무실에 남겨진 조 매든이 턱을 매만지다 이내 허공에 대고 한숨을 짙게 내쉬었다.

"후우."

끊었던 연초 담배가 다시 생각나자, 그가 고개를 절레절레 흔들더니 씹는 담배를 입에 넣고 질겅질겅 씹기 시작했다.

그러면서 스카우팅 리포트를 집어 들고는 차근차근 훑어보기 시작했다.

'그나마 오늘은 마운드가 부실한 클리블랜드라 다행이군.'

유독 에이스 선수들만 만나면 득점을 제대로 올리지 못하고 있던 탬파베이 레이스의 타선이었다.

그러나 평범한 선발 투수와의 승부에서는 나름 준수한 점수를 뽑아내주었기에, 클리블랜드 인디언스가 내세운 선발 투수 미치 탈보트를 상대로 오늘 타선이 좋은 모습을 보여줄 거라고 기대하는 조 매든이었다.

클리블랜드 인디언스의 선발 투수 중에 그나마 괜찮은 투수이긴 해도 리그의 정상급 투수라고 보기는 어려운 미치 탈보트다.

널브러져 있는 자료들을 하나로 뭉친 후, 씹는 담배를 종이컵에 퉤 뱉어낸 조 매든이 클럽하우스를 떠나 경기장으로 향했다.

현재 시각 오후 2시.

조 매든이 경기장에 모습을 드러내자, 곧바로 선수들의 얼리 워크(Early Work)가 시작되었다.

얼리 워크란 경기 전에 하는 모든 훈련을 일컫는 말이다.

낮에 시작되는 주간 경기에선 이 훈련을 생략하지만, 오늘처럼 7시 5분에 시작되는 야간 경기는 이 과정이 필수였다.

얼리 워크에서 타자들은 타격 훈련을 보충하거나 번트 연습을 하고 유격수와 2루수의 병살 상황에서의 풋워크 교정 등의 수비 훈련도 이뤄지며 도루를 잘하는 선수들은 상대 선발 투수의 견제 동작에 대한 설명들을 코치에게 듣기도 한다.

그리고 투수들 역시도 마찬가지로 불펜에서 피칭 연습을 하게 되는데, 특히 선발 투수는 투수 코치의 지도 아래 불펜 피칭을 하면서 몸 상태를 점검하고 조언을 듣는다.

오늘 경기의 선발 투수인 주혁도 몸을 푼 이후, 투수 코치 애런 루이스와 함께 불펜에서 공을 던지기 시작했다.

파앙!

매섭게 날아가던 공이 미트에 꽂히자 불펜 포수인 로비 타일러가 움찔거렸다.

짜릿한 전율을 느끼게 만드는 볼 끝의 위력.

로비 타일러가 주혁을 향해 외쳤다.

"아주 좋아! 변함이 없어!"

그 말을 듣자마자 애런 루이스가 주혁에게 말했다.

"오늘도 기대해도 되는 거지, 햇병아리?"

말 없이, 주혁은 그저 씩 미소만 지을 뿐이었다.

국가 제창이 끝났다.

경기의 시작에 앞서, 주혁이 던질 수 있는 최대 연습구 개수인 8개를 모두 던졌다.

'확실히 원정 때하고는 마운드의 느낌 자체가 다르다.'

콜로라도 로키스의 홈구장에서 생애 첫 선발 등판 경기를 치렀던 주혁은 트로피카나 필드의 마운드 상태를 보며 매우 흡족해하고 있었다.

사실 모든 경기장 마운드의 질적 차이는 그닥 심하지 않다.

단지 얼마나 친숙하느냐가 관건일뿐.

그런 면에서 홈구장의 마운드는 확실히 투수를 편하게 만드는 효과를 볼 수가 있다.

그러나 원정 경기는 다르다.

유능한 구장 관리자들은 홈팀에게 좀 더 유리한 경기를 만들어주고자 일부러 원정팀 불펜 마운드를 실제 경기장의 마운드보다 더 가파르거나, 납작하게, 혹은 딱딱하게 만들어둔다.

이런 환경 속에서 불펜 피칭을 한 투수에게 느낌 자체가 다른 경기장 마운드는 낯선 느낌을 줄 수밖에 없다.

그런 그들에게 연습구 8개는 어쩌면 한 없이도 적게 느껴질 것이다.

구장 관리 직원들은 단순히 원정팀 투수만 괴롭히는 데 그치지 않는다.

주자들이 달리는 베이스라인에 물을 뿌려 원정팀 주자의 발을 느리게 만들거나 수비 범위가 좁은 3루수 앞쪽 잔디를 더 길게 길러 땅볼이 앞에서 멈추도록 만들기도 한다.

이뿐만이 아니다.

베이스라인을 비스듬히 하여 번트한 공이 파울이 되도록 만들기도 할 정도니, 얼마나 원정길이 험한 지는 두 말하면 입 아플 정도이다.

그런 원정 구장에서 뛰다 홈구장의 마운드에 오르니 괜히 기분이 더 좋아진 주혁이었다.

게다가….

"윤! 윤! 윤! 윤!"

탬파베이 레이스 홈팬들의 열렬한 응원 소리.

그들의 기운을 등에 업고, 포수와 사인을 주고받은 주혁이 초구 그립을 쥐었다.

곧바로 구심이 공을 던지라는 신호를 보내자 주혁이 천천히 와인드업을 하기 시작했다.

이윽고 그의 손에서 공이 뿌려졌고, 우타자의 바깥쪽 무릎 높이로 포수 미트에 꽂힌 초구는 경쾌한 울림을 터트렸다.

파앙!

"스트라이크!"

구심의 굵직한 콜.

전광판에 뜬 초구의 구속은 92마일(148km)이었다.

이 초구를 그냥 흘려보낸 클리블랜드 인디언스의 1번 타자가 속으로 이렇게 생각했다.

'이 정도면 칠만 하겠는데?'

그러나 잠시 후, 그 생각은 흔적조차 남기지 않고 사라지고 말았다.

부웅!

90마일(145km)의 체인지업에 헛스윙.

파앙!

"스트라이크 아웃!"

3구 째 들어온 96마일(154km)의 패스트볼에 배트도 못 내보고 삼구 삼진.

"……."

방금 전 공에 타이밍조차 잡지 못했던 1번 타자는 그렇게 허무하게 벤치로 돌아가고 말았다.

그리고 이어지는 2번 타자와의 승부.

따악!

초구를 공략해본 타자였으나 타구는 멀리 뻗지 못한 채 외야수의 글러브 안으로 쏙 들어가버렸다.

바깥쪽으로 향하던 94마일(151km)의 패스트볼 구위에 제대로 쳐내지 못한 것이었다.

2타자를 공 4개로 깔끔하게 처리한 주혁이 로진 백을

집어 들고는 다음 타자를 기다렸다.

이윽고 대기 타석에서 황색 피부를 가진 한 남자가 타석으로 뚜벅뚜벅 걸어오기 시작했다.

그리고 그와 눈이 마주치자 주혁의 입가에 미소가 옅게 걸렸다.

'이렇게 다시 만나게 될 줄은 몰랐습니다, 형님.'

클래블랜드 인디언스의 3번 타자이자 지난 시즌 3할에 20-20 클럽을 기록한 아시아 최고의 호타준족이자 이제 한국을 대표하는 타자로 거듭한 메이저리거.

추신우.

한국 국적의 두 선수의 맞대결에 카메라가 연신 플래쉬를 터트리며 이 장면을 찍기 시작했다.

경기 초반부터 트로피카나 필드의 열기는 더욱 뜨거워지고 있었다.

◈

타석에 선 타자, 추신우가 숨을 한 번 골랐다.

'재미있는 녀석이네.'

장갑을 다시 끼우면서 그는 눈앞의 투수, 주혁을 슬쩍 바라보았다.

큰 키와 딱 벌어진 어깨, 잔 근육들이 눈에 띄는 다부진 몸, 그리고 날렵한 눈매까지.

앳된 얼굴이지만 어디인지 모르게 성숙함이 물씬 풍기는 듯했다.

그러나 단순히 외모만 그런 게 아니었다.

주혁의 손에서 뿌려지는 공은 결코 신인 선수라는 게 믿겨지지 않을 만큼 놀라웠다.

파앙!

"스트라이크!"

구심의 콜이 귓전을 때렸고, 전광판에는 96마일(154km)의 스피드가 찍혀 있었다.

'정말 대단한 재능이다.'

조금 전 정중앙 무릎 높이 쪽으로 날아왔던 초구 포심 패스트볼의 스피드는 92마일(148km)이었다.

그리고 방금 전 구심의 스트라이크 콜을 받은 공 역시도 포심 패스트볼이었다.

같은 구종을 가지고 4마일(6km) 정도의 구속을 조절할 수 있다는 것은 투수에게 굉장히 좋은 무기가 된다.

메이저리그를 주름 잡는 에이스 투수들 가운데서도 이런 완급 조절을 능숙하게 하는 선수는 많지 않았다.

그런데 주혁은 너무도 쉽게 그것을 잘 활용하고 있었다.

이닝의 선두 타자를 상대로도 이런 좋은 완급 조절을 통해 삼구 삼진을 만들어냈으며, 지금 자신과의 승부에서도 단숨에 노볼 2스트라이크의 유리한 볼카운트를 만들어낸 주혁이었다.

스카우팅 리포트와 비디오 영상을 통해 이미 분석을 해뒀으나 막상 타석에 들어서보니 그다지 도움이 되질 않았다.

물론 자료가 부실한 면이 없지 않아 있긴 했으나, 이런 완급 조절을 공략하기 위한 타이밍을 잡아가는 것은 가만히 앉아서 글자나 영상을 본다고 해결되는 문제가 아니었다.

틱!

직접 타이밍을 맞춰가야 한다.

주혁의 3구를 때려보았으나 빗겨 맞는 바람에 좌측 관중석으로 떨어지고 만 타구.

추신우가 다시 장갑을 좀 더 꽉 끼고는 타격폼을 취했다.

'패스트볼 아니면 체인지업. 둘 중 하나다.'

지금까지 계속 포심 패스트볼만 던졌던 주혁이었다.

슬슬 체인지업이 들어올 때가 되긴 했다.

포심 패스트볼에 자신이 대강 타이밍을 맞춘 걸 보았기 때문에 추신우는 탬파베이 레이스의 배터리가 체인지업을 선택할 거라고 예측했다.

이윽고 사인을 확인한 주혁이 고개를 끄덕이고는 와인드업을 시작했다.

'체인지업의 스피드도 빠른 선수다.'

많은 타자들이 주혁의 고속 체인지업을 속구로 혼동해서 헛스윙을 하는 경우가 많았다.

추신우도 이를 잘 알고 있었기에 체인지업에 속지 않으려고 정신을 바짝 차리고 있었다.

잠시 후 기다리던 공이 날아오자, 추신우가 자신도 모르게 배트를 휘두르고 말았다.

파앙!

그러나 공은 배트를 맞지 않고 포수 미트 안으로 꽂혀 들어갔고, 추신우의 배트도 어정쩡한 지점에서 멈춰서버렸다.

그리고 이 체크 스윙을 3루심은 배트가 나갔다고 판단하면서 구심이 삼진 아웃을 선언했다.

혀를 내두르며 추신우가 허탈하게 웃었다.

'높은 공이 들어올 줄이야.'

그것도 몸쪽으로, 98마일(158km)의 포심 패스트볼이 들어오자 반사적으로 배트가 나가고 만 것이었다.

전혀 예상도 하지 못한 공이었다.

분명 이 타이밍에서 추신우는 주혁의 위닝 샷인 체인지업이 낮게 떨어질 거라고 예측하고 있었다.

그러나 허를 찌르는 몸쪽 높은 강속구에 어이없게 당하고 만 추신우였다.

'정말 구속을 마음대로 가지고 노는구나.'

몇 번이고 다시 끼우는 고생을 했던 장갑을 아예 벗으면서 추신우가 마운드를 내려오는 주혁에게 시선을 고정시키던 그 때.

눈이 마주쳤다.

아직까지 사석에서 만난 적도 없을뿐더러, 당일 경기의 선발투수를 찾아가는 건 예의가 아니기 때문에 한 번도 대화를 나눠본 적이 없던 두 사람이었다.

　추신우가 공이 좋다는 뜻을 담은 눈빛을 쏘았고, 주혁이 이를 확인했다.

　그러나 주혁은 조금의 반응도 보이지 않더니 그냥 벤치로 쏙 들어가 버렸다.

　그런 주혁의 모습에 순간 당황한 추신우가 이내 피식 웃더니 벤치로 발걸음을 옮겼다.

　'내가 경솔했군.'

　어린 후배에게 한 방 먹었다.

　엄연히 경기가 치러지고 있는 상황에서 인사를 기대했다니.

　아무리 같은 자국민이라 할지라도 스포츠의 세계에서 적으로 만난 이상, 모든 전력을 다 쏟아 부어서 이겨야만 한다.

　그게 설령 선배 또는 후배이거나, 아는 사람, 심지어 사랑하는 사람(?)일지라도 말이다.

　그렇기에 방금 전 주혁은 예의가 없는 사람이라서 일부러 인사를 하지 않은 게 아니었다.

　완전히 이 경기에 집중하고 있으며 반드시 이기겠다는 강한 집념이 머릿속을 가득 메우고 있기 때문에 그 어떤 반응도 보이지 않았던 것이었다.

　타자와 타자로 만난 거라면 상황이 다를 수도 있지만,

투수와 타자이기에 예외는 없다.

'정말 놀랍다.'

분명 신인이지만, 주혁은 신인 같지가 않았다.

공을 던질 때만큼은 그 어떤 타자도 두려워하지 않았고 경기에 완벽히 녹아들어 실수 하나 없는 깔끔한 공을 던졌던 주혁이었다.

특히나 신인 선수들은 대부분 몸쪽 공을 던지지 않으려고 한다.

몸에 맞추는 것을 꺼려하는 신인 투수들 대부분은 자신의 제구력에 믿음을 가지지 못하기에 몸쪽 공 사인은 기피하려고 한다.

이런 까닭 때문에 추신우가 그 높은 몸쪽 공을 생각하지도 못했던 것이었다.

'후배 앞에서 부끄러운 선배의 모습을 보여줘서는 안 되지.'

추신우가 이내 얼굴에 남아 있던 웃음기를 싹 지우고는 글러브를 챙겨 외야로 달려가기 시작했다.

그의 눈빛은 이전보다 더욱더 매서워져 있었다.

◈

따악!

맞는 순간, 주혁은 직감했다. 아, 넘어갔구나.

군이 뒤를 돌아볼 필요도 없었다.

너무도 정확하게 배트 중심에 맞았고, 울려 퍼졌던 타격음만 들어도 홈런인지 아닌지 정도는 구분할 수 있었다.

담장을 깔끔하게 넘어간 이 홈런은 타자 주자인 쉘리 던컨뿐만 아니라 누상에 있던 1루 주자까지도 홈으로 데려오는 데 성공했다.

2 - 0으로 먼저 선취점을 내주고 만 탬파베이 레이스.

아무렇지 않은 표정을 지으면서 주혁이 로진 백을 집어 들었다.

'조금만 더 낮게 던질걸.'

실투는 아니었다.

단지 쉘리 던컨이 정말 잘 쳐 냈을 뿐.

'잊자.'

이번 시즌 첫 실점이자 첫 피홈런을 내주긴 했으나 주혁은 방금 전의 그 홈런 타구를 잊어 버리고자했다.

아직 경기 초반이고 충분히 타선이 역전을 시켜줄 수 있을 거라고 믿었기 때문이었다.

훌훌 털어버리고 다시 사인을 확인하려는 데 존 제이소가 갑자기 마운드 위로 올라왔다.

아무리 지금까지 의젓하게 잘 던졌다고 해도, 첫 실점과 피홈런을 허용한 지금, 이 신인 선수가 행여 흔들릴까봐 걱정이 됐던 존 제이소였다.

먼저 입을 연 쪽은 주혁이었다.

"정말 아무렇지 않아. 언젠가는 맞을 홈런이었어."

그러나 주혁의 말에 존 제이소가 고개를 갸웃거렸다.

"뭔 소리야. 그거 말하려고 온 거 아니야."

"…그럼?"

"갑자기 생각난 건데, 구장 건너편에 한식당 생긴 거 알아?"

"뭐?"

"문득 생각났는데 지금 말 안하면 까먹을까봐. 언제 한번 같이 가자. 나 젓가락질 좀 가르쳐줘."

존 제이소가 씩 웃으면서 젓가락질 하는 흉내를 냈다.

그걸 또 무슨 사인인줄 알고 몰래 훔쳐보는 클리블랜드 인디언스의 선수들이 주혁의 시야에 딱 걸렸다.

그들이 이 손동작의 의미를 알면 대단히 실망할 지도 모른다.

이 생각이 문뜩 들자, 주혁이 피식 웃고는 그에게 말했다.

"알겠으니까 내려가."

존 제이소가 고개를 끄덕이더니 갑자기 진지한 표정으로 포수마스크를 끼고는 포수석으로 돌아가기 시작했다.

사실 주혁은 알고 있었다.

'거짓말이라는 거 다 알고 있어.'

정말로 저런 시시콜콜한 이야기를 하고자 마운드를 방문한 것이 아니었다.

지금 마운드 위의 투수 상태를 확인할 겸, 슬쩍 농담을 던져서 긴장감을 풀어주고자 하는 이유가 가장 컸다.

포수는 투수의 공을 받는 선수이기도 하지만, 때론 어머니처럼 투수를 어루만지고 달래주는 역할도 수행한다.

투수를 안정시킴으로서 더 좋은 공을 던지게 하려는 의도.

'내 반응을 보고 분명히 알았겠지.'

이제 정말 흔들리지 않는 이상은 존 제이소도 굳이 마운드에 올라오지는 않을 것이다.

멘탈이 약한 선수가 아니라는 걸 또 한 번 제대로 보여주었기 때문이다.

'그리고 이 공이면 확신이 설 거다.'

포심 패스트볼 그립을 쥐고, 주혁이 힘껏 포수 미트를 향해 공을 던졌다.

파앙!

97마일(156km)의 패스트볼이 우타자 바깥쪽 무릎 높이로 완벽하게 포수 미트에 꽂혔고….

"스트라이크!"

구심의 콜이 들려오자 그제야 존 제이소가 작게 고개를 끄덕거리며 속으로 생각했다.

'역시 애초에 의심할 필요가 없는 녀석이었어.'

2회 초, 무사 1루 상황에서 쉘리 던컨에게 2점짜리 홈런 포를 허용했던 주혁은 이어지는 다음 타자를 삼진으로 잡아내면서 페이스를 다시 찾아왔다.

이후 2타자를 상대로 공 4개 만에 모두 외야 플라이 아웃으로 처리를 하면서 건재함을 과시했다.

다만 첫 선발 등판 경기처럼 서서히 구속을 끌어올리는 것과는 다르게 초반부터 최고 99마일(159km)의 스피드를 보여준 탓에 조금의 아쉬움이 남기는 했다.

그러나 한 가지 확실한 사실은, 클리블랜드 인디언스의 타자들이 주혁의 완급 조절과 고속 체인지업을 쉽게 공략하지 못하고 있다는 점이다.

지난 경기보다 일찍이 자신의 빠른 공을 보여주었으나 체인지업과 혼란을 겪게 만드는 비슷한 스피드의 패스트볼은 상당한 무브먼트와 힘을 가지고 있었고, 타자들은 좀처럼 배트 중심에 잘 맞추지 못하고 있었다.

그렇다고 매 이닝을 깔끔한 삼자 범퇴로 처리해낸 주혁은 아니지만, 추가 실점을 허용하지는 않고 있었다.

5회 초를 마친 주혁이 벤치에서 잠깐 휴식을 취하고 있을 때였다.

따악!

좌익수와 중견수 사이를 가로지르는 깊숙한 안타가

터졌다.

타자 주자, 칼 크로포드가 순식간에 2루 베이스까지 도달하는 데 성공하면서 점수를 얻어낼 수 있는 득점권 찬스가 만들어졌다.

그리고….

파앙!

파앙!

파앙!

파앙!

2번 타자에게 뜬금없이 스트레이트 볼넷을 허용하는 미치 탈보트.

누가 봐도 그의 로케이션은 굉장히 불안해 보였다.

이전까지만 해도 평온한 표정을 짓던 미치 탈보트가 갑자기 이맛살을 찌푸리고는 포수를 향해 공이 잘 안 긁힌다는 제스처를 취했다.

결국 포수가 미치 탈보트에게로 걸어갔고, 잠시 동안 이야기를 주고받더니 포수가 그의 어깨를 토닥이고는 다시 마운드를 내려갔다.

송진 가루를 오른손에 듬뿍 묻힌 미치 탈보트가 3번 타자 에반 롱고리아에게로 초구를 던졌다.

파앙!

"스트라이크!"

89마일(143km)의 포심 패스트볼이 우타자의 바깥쪽

라인에 걸치면서 다시 감을 찾아가는 듯했다.

그러나 그건 초구뿐이었다.

틱!

바깥쪽으로 빠지는 슬라이더를 에반 롱고리아가 툭 갖다 맞춰 파울을 만들어낸 이후부터 미치 탈보트는 다시 흔들리기 시작했다.

퉁!

3구로 던진 서클 체인지업은 손에서 완전히 빠져버리는 바람에 바닥에 한 번 튕긴 채 포수 미트로 들어갔고….

파앙!

다시 던진 포심 패스트볼은 바깥쪽 스트라이크 존을 크게 벗어나고 말았다.

2스트라이크를 잡은 이후 2개의 공이 계속해서 실투로 이어지자 미치 탈보트가 마운드 위에서 연신 고개를 절레절레 흔드는 모습을 보였다.

그리고 이어지는 5구 째 승부에서, 미치 탈보트는 입술을 깨물었다.

따악!

한 가운데로 들어가고만 커브를 에반 롱고리아가 놓치지 않고 제대로 잡아당긴 것이었다.

노아웃에서 허용한 3점짜리 홈런에 미치 탈보트는 끝내 고개를 들지 못했다.

갑작스럽게 미치 탈보트가 흔들리자 클리블랜드 인디

언스의 불펜이 바빠지기 시작했다.

표정이 딱딱하게 굳어버린 미치 탈보트가 쥐고 있던 로진 백을 내려놓고는 타석에 서 있던 4번 타자 카를로스 페냐를 상대했다.

그런데….

터엉!

익숙하지 않은 소리가 경기장에 울려 퍼졌다.

포구음도, 타격음도, 몸에 맞는 공의 소리도 아니었다.

그것은 위험하게도 타자의 헬멧에 공이 부딪히는 소리였다.

이 공에 모두가 화들짝 놀랐고 급히 대기 중이던 의료진이 쓰러진 카를로스 페냐에게로 달려갔다.

곧바로 탬파베이 레이스의 벤치에서 선수들이 나오려 하기 시작했고, 상황이 벤치 클리어링으로 이어지는 듯했다.

그러나 퇴장 명령을 받고 마운드를 내려가던 미치 탈보트가 결코 의도된 공이 아니었음을 밝히면서 사과를 했고 양 팀 감독들이 심판과 이야기를 나눈 후에야 비로소 과열되던 경기 분위기가 살짝 가라앉았다.

정말 다행스럽게도 카를로스 페냐의 머리에는 큰 이상이 없었고 잠시 치료를 받던 그가 멀쩡히 서서 1루로 걸어가기 시작했다.

그제야 탬파베이 레이스의 홈팬들이 안도의 한숨을 내쉬었다.

텅 비어버린 클리블랜드 인디언스의 마운드 위로는 몸이 제대로 풀리지 않은 불펜 투수 마이클 렌스가 올라왔고 탬파베이 레이스의 5번 타자가 타석에 들어섰다.

다시 차분하게 시작된 경기.

긴급하게 마운드에 올라왔던 마이클 렌스이지만 그의 공은 생각보다 좋았다.

자신이 상대한 첫 타자인 5번 타자를 삼진으로 돌려세웠고, 이어지는 6번 타자를 상대로 공 2개만에 노볼 2스트라이크 상황까지 만드는 데까지는 성공했다.

흐름 상 마이클 렌스가 여기서 치고 올라오려는 탬파베이 레이스의 분위기를 내려줄 것 같았던 그 때.

따악!

한 가운데로 향하던 패스트볼을 6번 타자가 제대로 받아친 것이었다.

타구는 멀리 날아가기 시작했고, 비록 담장을 넘기지는 못했지만 중견수가 공을 송구하는 과정에서 실수를 하고 말았고 카를로스 페냐는 홈 베이스를, 타자 주자는 3루 베이스를 밟는 데 성공했다.

1사 3루 찬스.

마이클 렌스의 실투 한 번에 클리블랜드 인디언스는 또다시 위기 상황을 맞게 되었다.

그러나 클리블랜드 인디언스의 벤치는 믿었다.

마이클 렌스가 실점 없이 이닝을 막아줄 것이라고 말이다.

하지만, 경기는 그들의 바람대로 이뤄지지 않았다.

따악!

안타를 허용한 것도 모자라서….

따악!

재차 홈런까지 허용하고 만 마이클 렌스.

순식간에 스코어가 7 - 2로 벌어졌고, 마이클 렌스는 허무하게 마운드를 동료에게 넘겨줄 수밖에 없었다.

하나 이어서 올라온 좌완 투수 크리스 예드모어도 제대로 불이 붙은 탬파베이 레이스의 타선을 잠재우지는 못했다.

따악!

따악!

연속 안타 두 개를 허용하면서 아웃카운트 한 개도 잡지 못하고 금세 내려간 크리스 예드모어.

초반부터 지는 경기처럼 흘러가는 상황에 놓인 클리블랜드 인디언스의 감독, 매니 액타는 다음 불펜 투수로 누굴 내세울지 고민했고, 결국 이 선수를 마운드 위로 올려보냈다.

이름, 조나스 바르가스.

올해로 27살인 조나스 바르가스는 최고 102마일(164km)의 빠른 공을 던질 줄 아는 쿠바 출신의 선수였다.

다만 제구력이 좋지 않다는 점 때문에 기대했던 것보다 좋은 성적을 내주지 못하고 있는 조나스 바르가스였다.

그러나 지금 탬파베이 레이스의 이 상승세를 끊기 위해서는 조나스 바르가스의 강속구가 필요했다.

매니 액타는 마운드에 올라가기 전, 조나스 바르가스에게 이렇게 전했다.

"자신감 있게 승부해라. 네 공을 믿고, 상대 타자들을 무너뜨려라. 공격적으로 피칭해서 이 흐름을 끊어라."

이때까지만 해도, 매니 액타는 자신의 이 말이 어떤 결과를 불러올지 전혀 예상조차 하지 않았다.

그저 그는 조나스 바르가스에게 많은 생각을 하지 말고 스트라이크 존으로 과감하게 공을 던지라는 뜻에서 한 말이었다.

처음에는 괜찮았다.

부웅!

파앙!

2번 타자를 상대로 99마일(159km)의 패스트볼로 삼진을 잡아내면서 기대에 부응하는 모습을 보이던 조나스 바르가스였다.

그리고 다음 타자이자 이번 이닝에서 3점짜리 홈런을 때려냈던 에반 롱고리아와의 승부가 시작되자, 문제가 생겼다.

파앙!

"……?"

갑자기 몸쪽 깊숙이 공을 던지는 조나스 바르가스.

100마일(161km)의 포심 패스트볼에 에반 롱고리아가 몸을 뒤로 피했고 조나스 바르가스는 태연하게 다음 공을 준비했다.

그런데….

슈웅!

"……!"

2구 째 공이 갑자기 머리쪽으로 날아오는 게 아닌가!

다행히 맞지는 않았지만, 이 공으로 인해 분위기가 다시금 심상치 않게 변했다.

곳곳에서 비난의 목소리가 들려오기 시작했으나 조나스 바르가스는 꿈쩍도 하지 않았다.

이어지는 3구 째 승부.

파앙!

"스트라이크!"

조나스 바르가스가 바깥쪽 공으로 스트라이크를 잡아냈다.

에반 롱고리아도 그제야 살짝 안심을 하더니 제대로 타격폼을 취했다.

그러나 4구 째 승부에서, 결국 일어나지 말아야 할 일이 일어나고 말았다.

터엉!

그것은 또 한 번의 헤드샷이었다.

머리에 맞는 빈볼이 나오자, 양 팀 선수들이 모두 그라운
드로 뛰쳐나왔다.

온갖 욕설들이 난무했고 일부 선수들은 분노한 나머지
상대 팀 선수들과 몸싸움까지 벌이고 있었다.

얼굴이 붉게 달아오른 선수들은 모두 탬파베이 레이스의
선수들이었다.

그리고 그 무리들 속에는 주혁도 포함되어 있었다.

'미친 거 아닌가?'

방금 전 조나스 바르가스의 피칭은 분명히 고의성이 짙
어보였다.

그러나 왜?

미치 탈보트가 시켰을 리는 없다.

애초에 머리에 공이 맞자마자 곧바로 사과를 했던 미치
탈보트였다.

그렇다면 두 가지로 나눠서 생각할 수 있다.

감독이 시켰거나, 또는 선수 본인이 의도했거나.

하나 매니 액타 감독이 시킨 것처럼 보이진 않았다.

그라운드로 나온 그 역시도 적잖이 당황한 기색이 역력
했기 때문이다.

결국 선수 본인이 의도했다는 것밖엔 해석이 되질 않는다.

그러나 주혁의 머릿속에선 여전히 의문점이 맴돌았다.

'딱히 피해를 준 것도 없는데?'

그저 팀 동료가 홈런을 맞았다는 이유만으로 대신 보복을 해주고자 머리에 공을 맞췄다?

만약 이 예상이 맞다고 하더라도, 사이코패스가 아닌 이상 좀처럼 납득이 가지 않았다.

그것도 허벅지 쪽이 아닌 머리를 맞췄다는 것에서 주혁의 화가 치솟았다.

더군다나 에반 롱고리아가 홈런을 친 이후 과도하게 기뻐했다던가, 배트를 던졌다거나, 베이스를 천천히 돈 것도 아니었다.

즉, 빈볼이 날아들 이유가 없는 것.

야구에도 불문율이 존재한다.

그리고 조나스 바르가스는 그 중에서도 가장 잘 알려진 10가지 불문율 중 2개나 어겼다.

-타자의 머리를 향해 공을 던지지 마라.

-상대 팀의 스타 선수를 보호하라.

불문율이란 '규정화되어 있지는 않지만, 선수들이 암묵적으로 지켜주는 것'을 뜻한다.

그러나 조나스 바르가스는 이런 기본적인 예의조차도 완전히 무시한 것이었다.

특히나 머리를 맞춘 선수가 탬파베이 레이스 클린업 트리오의 핵심 멤버 중 한 명인 에반 롱고리아라는 점에서 팀 동료들의 분노는 더욱 커졌다.

게다가 사태는 점점 더 걷잡을 수 없기 커지기 시작했다.

화가 난 탬파베이 레이스의 선수들을 말리던 클리블랜드 인디언스 선수들이 되려 그들에게 극심한 욕들을 듣자 발끈한 것이었다.

졸지에 난투극이 벌어지자 덩달아 팬들마저도 경기장 안으로 쓰레기들을 던져대기 시작했다.

그리고 그 광경을 뒤에서 지켜보던 주혁이 이마를 잔뜩 찌푸린 채로 서 있었다.

마음 같아서는 당장이라도 저 무리에 합류하고 싶었으나 아직 마운드에 내려오지도 않았다는 걸 상기시키면서 주혁은 화를 꾹꾹 누르고 있었다.

그러나 만약 누군가 자신을 건드린다면, 결코 참지 않겠다고 생각하고 있던 그였다.

그런데 그 순간.

덥썩!

누군가 자신의 어깨를 잡는 게 아닌가.

이건 그냥 넘어갈 수가 없다.

곧바로 주혁이 뒤에 있는 상대를 향해 팔꿈치로 복부를 찍은 후, 신음을 토해내는 상대를 향해 등을 돌리고는 넘어뜨리기 위해 발을 걸려고 했다.

그러나 누구인지를 확인한 주혁이 순간 당황했다.

"윽… 잠시만. 진정해."

복부를 만지면서 허리를 굽힌 채로 신음을 토하고 있는

남자는 바로 추신우였다.

'젠장.'

일이 꼬였다.

졸지에 하극상을 벌이고 만 것이다.

그것도 과거로 돌아온 지금, 사실 상 처음 만난 사이인데 이렇게 인연을 새로 시작하다니.

주혁이 입술을 살짝 깨물었다.

"괜찮으세요, 형… 아, 선배님?"

하마터면 '형님' 이라고 할 뻔했다.

추신우가 주혁의 말에 애써 괜찮은 척 씩 웃으면서 그의 어깨에 손을 얹었다.

"뭐가 이렇게 아파. 아무튼 진정해. 아까 보니까 한 주먹 하려는 것 같아서 내가 말리러 왔어."

"아… 그렇군요. 죄송합니다, 선배님."

"아냐. 말을 먼저 걸어야 했어, 내가."

잠시 어색한 기류가 흘렀다.

"일단 지금은 참아. 아까 내가 조나스한테 물어보니까 몸쪽에 위협구 던지려다가 손에서 잘못 나간 거라고 하더라고. 저 녀석이 좀 어리바리해서 똑바로 사과도 안하고 우물쭈물하니까 더 열이 받은 것 같다."

정답이다.

즉각 사과를 했으면 모를까, 조나스 바르가스는 그러지도 않았다.

'여기가 내셔널리그였으면 저 녀석 등에다 시퍼런 멍 자국을 만들어주는 건데.'

그런 기회조차 없다니.

고의로 그런 게 아니라고 하더라도 머리를 맞춘 이상 대가를 치러야 한다.

그런데 그 대가를 선수 본인이 아닌 애꿎은 상대 팀 타자가 맞아야 하는 아이러니한 상황.

주혁이 차분하게 고개를 끄덕이며 말했다.

"일단 알겠습니다, 선배님. 그리고 죄송합니다."

"아냐, 괜찮아. 화도 낼 수 있는 거지, 뭐. 열 받을 만 해."

추신우가 주혁의 어깨를 토닥여주었다.

"벤치에 들어가서 이야기 좀 해줘."

"알겠습니다."

그의 부탁을 들은 주혁이 결국 벤치로 돌아갔고, 추신우는 아직까지도 언성을 높이고 있는 선수들 무리로 발걸음을 옮겨 또 다시 중재에 나서기 시작했다.

'참… 형님은 한결 같으시네.'

자신이 빈볼을 맞아서 발생한 벤치 클리어링 마저도 결국 본인이 직접 동료 선수들을 달래주면서 상황을 정리시킬만큼 좋은 성격을 가진 추신우다.

벤치에서 그를 바라보던 주혁이 시선을 돌려 추신우에게 들었던 내용을 벤치에 있던 탬파베이 레이스 선수들에게 전달했고, 심판들은 직접 나서서 선수들을 벤치로 돌려

보내면서 정리를 하고 있었다.

과열되던 경기도 조금은 누그러지기 시작했다.

그리고 결정적으로 에반 롱고리아가 교체 아웃이 되긴 했지만 정상적인 모습을 보였기에 화가 살짝 가라앉은 탬파베이 레이스의 벤치였다.

다만 그렇다고 화가 풀린 건 절대 아니었다.

클리블랜드 인디언스의 새로운 불펜 투수가 다시 마운드에 서서 연습구를 던지고 있을 때, 브라이언 무어가 주혁에게로 슬쩍 다가왔다.

그런 그에게 주혁이 오히려 먼저 입을 열었다.

"무슨 말 하려는 지 다 압니다."

"확실하게 조져라. 할 수 있나?"

"물론이죠. 아까 그 투수 새끼가 아니라는 게 아쉽지만 말입니다."

"그렇다고 머리를 겨냥하면 안 된다."

"이미 알고 있습니다."

"개새끼들…."

한바탕 하고 온 브라이언 무어는 여전히 화를 식히지 못한 채 씩씩 거리고 있었다.

그가 주혁에게 하려던 말, 그리고 주혁이 이미 눈치를 챈 내용은 바로 보복구에 대한 것이었다.

메이저리그의 성격은 이렇다.

당한 만큼 갚아준다.

특히 지금처럼 상대 팀 투수가 헤드샷을 던졌을 경우, 다음 이닝의 상대 팀 공격 상황에서 선두 타자는 무조건 보복구를 맞게 되어 있다.

간혹 보복구를 던지지 않는 선수들이 있긴 한데(스스로를 평화주의자라고 생각하는 선수들), 이들은 동료 선수들에게 굉장히 심한 따돌림을 받는다.

즉, 보복구를 던져야 하는 타이밍에서는 필수적으로 해야만 하는 부분이다.

그래야만이 헤드샷을 당한 팀의 선수들도 어느 정도는 분풀이를 했다고 판단하여 분노를 삭힐 수가 있다.

한편, 뒤숭숭하던 분위기에서 탬파베이 레이스의 타선은 5회 말, 1점을 더 추가하면서 경기를 8 – 2로 끌고 가는 데 성공했다.

이닝이 끝나고 교체의 시간.

여전히 양 팀 선수들 사이에선 몸을 부르르 떨게 만들 정도의 냉기가 쏟아지고 있었다.

그리고 불펜에서 몸을 풀다가 마운드 위로 올라온 주혁이 로진 백을 집어 들고는 투수 존 제이소에게 사인을 보냈다.

'몸에 맞출 거야.'

라고.

그도 이미 알고 있었기에 별다른 사인을 보내진 않았다.

파앙!

로진 백을 내려놓고 포수의 미트를 향해 전력투구를 한 주혁이 포구음을 듣고는 만족스럽다는 듯이 고개를 살짝 끄덕거렸다.

그리고는 희생양이 될 상대 팀의 선두 타자를 확인한 순간, 주혁의 표정이 굳어지기 시작했다.

'…빌어먹을.'

추신우.

그가 공교롭게도 이번 이닝의 선두 타자였기 때문이었다.

그렇다고 해서 던지지 않을 수도 없다.

주혁이 슬쩍 추신우를 바라보자, 그가 슬쩍 미소를 보였다.

맞을 테니까 부담 없이 던지라는 뜻.

주혁이 포심 패스트볼 그립을 쥐고는 그대로 추신우의 엉덩이 쪽으로 공을 던졌다.

그리고….

퍼억!

"으악!"

외마디 비명 소리가 울려 퍼졌다.

공의 스피드는 101마일(163km).

게다가 전력투구였다.

'죄송합니다, 형님.'

아무리 선배라도 지금은 팀의 분위기를 위해서 자신이 던질 수 있는 가장 빠르고 힘 있는 공을 던져야 했다.

그리고 그 공에 제대로 맞은 추신우가 끝내 고통을 참지 못했다.

곧바로 2차 벤치 클리어링이 일어났고, 아까보다는 과하진 않았으나 여전히 지나친 욕설들이 오고갔다.

이런 상황이 다시 벌어지자 고통에 잠시 주저 앉았던 추신우가 벌떡 일어나더니 클리블랜드 인디언스의 선수들을 타일러서 벤치로 돌려보낸 이후 스스로 1루로 걸어나갔다.

그러나 주혁은 그런 추신우에게 눈길조차 주지 않았다.

마음 한 편으로서는 미안한 마음이 컸지만, 이는 어쩔 수 없었다.

'팀 선수들을 위해.'

그리고 다음 타자를 상대로 주혁이 던진 공은….

파앙!

"스트라이크!"

"……."

몸쪽 꽉찬 100마일(161km)짜리 패스트볼에 타자는 꼼짝도 못한 채 그냥 흘려보냈다.

그럴 수밖에 없었다.

지금 주혁은, 일부러 전력투구를 하고 있었으니까.

살기가 지독하게 풍기는 주혁의 공을 쳐내는 타자는 이번 이닝에서 단 한 명도 없었다.

경기가 끝이 났다.

이 날 경기는 11 - 4로 탬파베이 레이스가 승리를 가져 갔다.

주혁은 6이닝 동안 볼넷 없이 2실점 9K 5피안타 1피홈 런을 허용하면서 시즌 3승을 거두는 데 성공했다.

그러나 이기고도 진 것 같은 느낌이 드는 탬파베이 레이스의 선수들이었다.

첫 빈볼의 희생자였던 카를로스 페냐도 9회, 머리 통증을 호소하면서 결국 교체되었고 99마일(159km)의 강속구를 머리에 맞은 에반 롱고리아 역시 큰 이상은 없지만 당분간은 휴식 차원에서 경기에 나설 수 없게 됐기 때문이었다.

졸지에 팀의 3, 4번 타자들이 전력에서 이탈하고 만 상황.

여전히 선수들 중 일부는 화가 가라앉지 않아 경기가 끝나고도 따가운 눈초리로 클리블랜드 인디언스의 선수들을 째려보기도 했었다.

물론 부딪히는 일은 더 이상 없었다.

여전히 냉랭한 분위기가 만연해 있던 터라 탬파베이 레이스 선수들이 클리블랜드 인디언스 선수들과 조금의 접촉도 하지 않았기 때문이었다.

이는 주혁도 마찬가지였다.

원래는 추신우에게 남몰래 다가가 말이라도 건네려고 했었다.

그러나 정보에 따르면 추신우는 경기가 끝나자마자 병원으로 갔다고 했다.

다행히도 큰 부상은 아니었으나, 타박상으로 3경기 정도는 결장한다는 소식이 곧이어 들려왔다.

여태껏 보복구를 던지라고 투수들에게 지시를 한 적은 있어도 본인 스스로 던져본 적은 없었던 주혁이기에 괜히 찜찜했다.

그냥 아무렇지 않았더라면 이런 기분은 들지 않았을 텐데 하필이면 부상이라니.

'시리즈가 끝나면 연락을 드려야겠다.'

호텔방으로 향하는 주혁의 발걸음은 조금 무거웠다.

7. 최고의 복수는 승리다

리턴 에이스

Return Ace

7. 최고의 복수는 승리다

다음 날.

탬파베이 레이스 선수들 몇 명이 모여 벤치에서 이야기를 나누고 있었다.

그들은 여전히 어제 일에 대한 앙금이 남아 있었다.

"난 아직도 억울하다. 99마일(159km)짜리 빈볼 맞고 고작 엉덩이를 맞추는 걸로 끝나다니."

"101마일(163km)짜리여서 넘어갔지, 아니었으면 확 그 개새끼들 면상에다 주먹을 날렸을 텐데 말이야."

"뻔히 자기들 잘못인 거 알면서도 오히려 우리한테 욕하던 새끼들 때문에 아까 더 열 받았었다니까!"

"그 키 큰 투수… 이름이 뭐였더라? 그…."

"제럴드 마커스?"

"그래! 그 정신 나간 새끼. 아까 나보고 뭐라고 했는지 아냐?"

"뭐라고 했는데?"

"안 다쳤으면 그만 아니냐고 그러더라. X대가리 닮은 새끼라 그런지 생각하는 수준이 병신 그 이하더라고."

"단단히 미쳤군."

"그나저나 에반이 큰 부상이 아니어서 정말 다행이야. 카를로스도 마찬가지고."

"만약에 둘 중 한 명이 시즌 아웃 수준의 부상이었으면 장난 아니고 배트로 아까 그 마커스 두개골을 아작 냈을 거야, 나는."

흥분한 선수가 배트를 허공에 휘두르는 모션을 취했다.

"조나스 그 새끼 태도도 마음에 안 들었어. 즉각 사과를 하든가 왜 멀뚱멀뚱 서 있는지, 참⋯."

"아까 사과할 때 자기 제구력이 요새 안 좋다고 그러던데 애초에 그런 수준 밖에 안 되면 몸쪽 승부를 하지 말아야지, 미쳤다고 홈런 친 타자한테 제구도 안 되는 새끼가 몸쪽 승부를 걸어? 병신 같은 게."

선수들의 목소리가 점점 커지기 시작하자, 브라이언 무어가 그들을 진정시켰다.

"워워. 그만해. 윤이 보복 사구 던졌고, 상대 팀도 사과까지 했으니까 오늘 내일 경기를 우리가 다 이겨버리자고.

그게 진정한 승리인 거 알지?"

브라이언 무어의 말에 선수들이 고개를 끄덕거렸다.

"그러고 보니 윤 말이야, 자기보다 덩치가 더 큰 선수들 보고도 쫄지를 않더라?"

"가만히 보면 애송이 같지가 않아."

"분명히 이런 벤치 클리어링을 경험한 적이 없을 텐데도 차분한 거 보고 깜짝 놀랐었다니까."

"특히 마지막 이닝에서 타자들 상대로 몸쪽 승부하는 게 압권이었지. 타자들도 겁먹은 표정이더라고."

"배짱 한 번 두둑한 녀석이지. 느낌이 달라."

"타격할 때도 소름 돋았다니까?"

선수들이 주혁의 활약상을 놓고 이야기를 펼치던 그 때, 누군가 갑자기 질문을 던졌다.

"갑자기 타자 이야기 나와서 말인데 페냐하고 에반 빠지면 이번에도 윤이 타석에 서는 건가?"

"마땅한 대타 자원이 없긴 하지."

"윤 빼고는 다들 고만고만하니까."

"처음에는 나도 애송이 투수 녀석이 타자로 나선다고 해서 아니꼬운 시선이었는데 보통 재능이 아니더라고."

"결론을 내릴 순 없지만, 솔직히 더 보고 싶긴 해."

선수들 역시도 이제는 주혁이 타석에 서는 것에 있어서 더 이상 안 좋게 보지는 않았다.

다만….

"근데 어제 등판했는데 오늘 나올리가."

"하긴. 그렇게 공을 던져댔는데 선발로 나오는 건 무리지."

휴식을 제대로 취하지 않았기에 아무도 주혁이 오늘 타석에 설 것이라고는 생각하지 않았다.

"어쨌든 큰일이다. 빌어먹을 저 새끼들 때문에 3, 4번 타자가 다 빠졌으니….

카를로스 페냐와 에반 롱고리아.

두 선수들 모두 안정을 취해야 하는 까닭에 오늘 선발 라인업에 빠져 있는 상태였다.

이를 가만히 듣고 있던 브라이언 무어 역시도 씁쓸하게 입맛을 다셨다.

'좋지 않은 상황들의 연속이군.'

가뜩이나 분위기도 안 좋은 마당에 에이스까지 빠져버린 탓에 침울한 탬파베이 레이스의 벤치였다.

'이럴 때 누군가 저들의 몫을 대신 해준다면 이야기가 달라질 텐데….'

이 생각이 들자마자, 그의 머릿속에 떠오르는 한 사람이 있었다.

그러나 브라이언 무어는 이내 고개를 절레절레 흔들었다.

아무리 생각해도 무리였다.

'철인이 아닌 이상 등판 다음 날 바로 배트를 잡는 건 말도 안 되지.'

신인 투수인지라 투구수 제한으로 철저한 구단 측의 몸

관리를 받고 있는 상황에서, 그것도 하루라도 쉬지 않고 타석에 들어선다는 자체가 있을 수 없는 일이나 다름없었다.

'그래도 선수들이 복수하겠다는 의지는 있으니까.'

가장 최고의 복수는 스윕패를 안겨주는 것이다.

지는 것은 자존심이 허락하지 않는다.

비록 사기는 떨어졌을지 몰라도, 막상 경기가 시작되면 분위기는 얼마든지 달라질 수 있다.

다만 지금은 경기 중에 선수들의 사기를 순간적으로 폭발시켜줄 선수가 필요했다.

그리고 그 역할을 브라이언 무어, 자신이 맡고자 했다.

팀의 주장이자 팀 내 홈런 3위답게.

뭐 이 홈런 순위는 큰 의미가 있는 건 아니지만 말이다.

잠시 후, 선수들이 그라운드로 모여 얼리 워크(Early Work)를 하기 시작했다.

브라이언 무어 역시도 타격 훈련을 하려고 배팅 케이지로 향했다.

그런데….

"뭐하다 이제 와요?"

배트를 쥐고 있는 한 남자.

"네가 여기를 왜…?"

당황한 브라이언 무어의 질문에 남자는 해맑게 웃으며 대답했다.

"제가 오늘도 지명타자로 나서게 되어서요."

감독님이 제정신이신가?

'아무리 이 녀석이 재능이 좋다고 해도 그렇지….'

그저 잠깐 상상만 했던 선수, 주혁이 허공에 스윙을 하고 있는 게 아닌가!

"감독님의 지시냐?"

"아뇨. 제가 직접 감독님께 자원했습니다만?"

엥?

당최 이건 또 무슨 소리지?

브라이언 무어가 이맛살을 찌푸린 채 주혁의 배트를 뺏었다.

"신인이라 아직 모르겠지만, 부상의 위험을 조금도 잊어서는 안 된다. 너는 괜찮다고 생각할지 모르지만, 네 몸은 무리가 갈 수도 있어. 누구보다도 네 스스로가 그걸 잘 알아야 한다. 이렇게 무리할 필요가 조금도 없다는 뜻이야."

솔직한 심정으로는 주혁이 타석에 서기를 바랐으나, 미래가 창창한 이 신인 선수가 혹사로 인한 부상으로 무너질까봐 걱정되는 브라이언 무어였다.

그러나 주혁은 씩 웃어 보일뿐 별다른 대답을 하지 않은 채 바닥에 떨어져 있던 다른 배트를 쥐고는 프리 배팅을 하기 시작했다.

그런데….

따악!

따악!

따악!

군더더기 없는 타격폼.

빠른 배트 스피드.

"……."

그 프리 배팅을 보면서 브라이언 무어는 잠시 동안 할 말을 잃었다.

이윽고 프리 배팅을 마친 주혁이 배팅 케이지에서 나와 브라이언 무어를 향해 말했다.

"이거 보시고 감독님도 오케이 하셨습니다만?"

"……."

브라이언 무어의 입은 좀처럼 떨어지지 않았다.

엄청난 체력, 아니 엄청난 근력을 가지고 있다는 것 외에는 설명이 되질 않았다.

그러나 여전히 걱정이 되긴 했다.

"확실하게 말해라. 팀을 위한 희생이 가장 중요하다는 소리를 하는 작자의 말 따윈 신경 쓰지 마라. 야구는 혼자 하는 스포츠가 아니다. 그저 최선을 다하라는 거지 진짜로 몸을 혹사시키라는 뜻이 아니야. 희생 한 번에 인생이 뜯겨나간다고. 조금이라도 무리가 있다면 쉬는 게 맞다."

진심이 담긴 브라이언 무어의 말에도 불구하고 주혁은 그저 고개만 갸웃거릴 뿐, 다시 배팅 케이지로 들어갔다.

그리고….

따악!

따악!

따악!

프리 배팅을 마친 후, 표정 변화 하나 없이 멀쩡한 얼굴로 배팅 케이지를 나온 주혁이 브라이언 무어를 보며 물었다.

"이래도 제가 무리한다고 생각하시나요?"

"……."

이런 괴물새끼.

'걱정한 내가 병신이지.'

누가 봐도, 그는 어제 97개의 공을 던진 사람처럼 보이지 않았다.

끝내 브라이언 무어도 더 이상 휴식을 권하지 않았다.

그런 한편, 어이가 없다는 듯한 표정을 짓는 브라이언 무어를 보는 주혁의 입가에는 미소가 좀처럼 떨어지지 않고 있었다.

그는 결코 무리하는 게 아니었다.

이전에도 느꼈지만, 하룻밤 자고 일어나면 피로는 모두 사라졌다.

그뿐만이 아니었다.

몸 상태도 그 짧은 순간 안에 정상으로 돌아와 있었다.

심지어 등판 다음 날도 또 선발로 던질 수 있을 것만 같았다.

그러나 주혁은 혹시 모를 부상 염려 때문에 그렇게까지 무리하지는 않았다.

다만 한 가지 확실한 것은….

'지명타자로 나설 정도는 된다.'

선수로 지낸 세월만 20년이 넘는다.

몸에 무리가 가는 지 안 가는지는 금방 알 수 있다.

지난 경험으로 미루어 보았을 때, 지명타자로 나서는 정
도는 전혀 부담되지 않았다.

스스로가 생각해도 이런 체력을 가지게 된 것에 의문이
들 정도로 말이다.

그렇기에 오늘 주혁이 조 매든에게 직접 타석에 서겠다
고 말한 것이었다.

여기에는 가장 결정적인 이유가 있었다.

'반드시 이긴다.'

가장 완벽한 복수, 승리를 위해.

팬들을 위해.

아직까지도 쌓여 있는 그 분노를 풀기 위해.

주혁이 다시 배트를 들었다.

따악!

컨디션은 늘 그렇듯 최고였다.

◆

오늘 경기에서도 지난번처럼 주혁은 지명 타자로 9번 타
순에 배치가 되었다.

이를 놓고 많은 사람들이 비판적인 시선으로 탬파베이 레이스의 조 매든 감독을 바라보기 시작했다.

선발 등판 이후 바로 다음 날 타석에 선다는 자체가 선수에 대한 배려가 아니라는 것이었다.

더군다나 관리를 받아야 하는 신인 선수이기에 비난은 커지고 있었다.

결국 주혁이 기자들을 불렀고 이 상황에 대해 언급했다.

"제가 직접 자원했습니다. 타선에 조금이라도 보탬이 되는 일이라면 발 벗고 나서야 한다고 생각했습니다. 몸 상태도 거뜬하고 수비를 하지도 않기 때문에 타격을 할 정도의 체력은 있습니다. 무엇보다도 팬들을 위해 승리를 안겨드리고 싶은 마음입니다."

주혁의 말을 기자들은 냉큼 기사를 써서 올리기 시작했고, 인터넷 뉴스를 통해 공개된 이 기사는 탬파베이 레이스의 팬들에게 큰 감동을 주었다.

묵직하고 빠른 공으로 통쾌함을 주는 데다 타석에만 서면 기대 이상의 활약을 펼쳐 보이는 재능, 여기에 어린 선수가 팀을 위해 헌신하려는 태도는 탬파베이 레이스 팬들의 마음을 사로잡기 충분했다.

그러나 이는 오로지 팬들에게 깊은 인상을 남기기 위한 립서비스였을 뿐, 주혁은 자신의 몸을 혹사시켜서 위기의 팀을 구해내려는 마음은 조금도 없었다.

그저 더 많은 팬 층을 확보해서 탬파베이 레이스의 한

자리를 완전하게 차지하려는 것뿐이었다.

많은 팬들, 한국 기업들과의 교류, 중계권 판매, 그 외에도 상품화 되어 얻을 수 있는 수익들.

주혁이 이번 시즌만 잘 보낸다면 위의 목록들이 고스란히 탬파베이 레이스의 지갑 안으로 들어간다.

이런 복덩어리를 부상으로 누워있던 주전 선수들이 돌아온다고 탬파베이 레이스의 프런트가 내칠 일은 죽어도 없을 게 분명했다.

더군다나 구단주와 단장 둘 다 월 스트리트 출신들이기에 이런 수입을 마다할 리가 없다.

즉, 내년에도 앤드류 프리드먼 단장이 주혁의 로스터 합류를 보장해 줄 것이고 웬만해선 메이저리그를 떠날 일은 없을 것이다.

부상만 없다면 말이다.

그렇기에 주혁은 부상의 위험이 도사릴 만큼의 헌신을 할 생각이 없던 것이었다.

희생 정신.

물론 좋다.

그러나 그로 인해 부상을 당한다면?

그걸로 끝이다.

어차피 구단은 금방 잊어버린다.

대우?

그런 걸 해줄 리가 없다.

실력과 돈, 그리고 경력으로 인정받는 메이저리그에서 팀을 위해 몸을 사리지 않는 플레이를 하는 선수가 있다면 그건 멍청한 거다.

결국 수술대에 올라 침대에 눕는 일이 다반수가 되면, 돌아오는 건 환영이 아닌 초라한 귀가길이 될 테니까.

물론 팀을 위해 열심히 뛰어야 하는 것은 맞다.

그러나 엄연히 자기 몸 상태는 항상 신경을 쓰는 게 바람직하다.

스스로 관리를 잘해서 꾸준히 오랫동안 팬들의 앞에 서는 것.

이 하나 만으로도 팬들은 그가 팀을 위해 굉장한 헌신을 했다고 생각을 하게 된다.

그리고 그런 선수의 마지막 발걸음은 꽃이 휘날리는 아름다운 은퇴식이 될 것이다.

'참 많이도 봤지.'

지난 날, 부상으로 훅 간 선수들은 한 둘이 아니었다.

그 중에서는 어린 나이에 사이영상을 받았던 투수들도 있었고, 데뷔한 지 얼마 되지도 않아 홈런왕에 오를 만큼 뛰어난 파워를 가진 타자들도 있었다.

그러나 자기 관리의 실패와 팀을 위한 지나친 희생은 그들을 수술대에 올렸고, 재기란 없었다.

오로지 자기 자신만을 생각하는 일.

이기적이긴 하다.

하나 메이저리그는 냉정하다.

가치가 떨어지는 선수에게 과거의 영광을 잊지 않고 후한 대접을 해준다?

돈으로 귀결되는 메이저리그에서 그런 일은 절대 없다.

결국 진정한 팀을 위한 희생은 건강하게 오랫동안 뛰는 일이다.

이게 주혁이 20년도 넘는 세월동안 수많은 사례들을 보면서 절실하게 깨달은 부분이었다.

그런 까닭에 자기 관리만큼은 철저하게 했었고, 시즌 중에는 절대 알코올을 입에 대지도 않을 만큼 오로지 야구 그리고 몸만을 생각했었다.

그리고 그 결과, 주혁의 마지막 은퇴는 성대하게 치러졌고 6년 후에는 명예의 전당이라는 달콤한 보상도 얻었던 주혁이었다.

물론 고작 하루만 느낀 행복이었지만 말이다.

경기의 시작을 앞두고 주혁이 벤치에서 잠시 생각에 잠겨 있던 그 때, 누군가 그의 등을 툭 치면서 말을 걸어 왔다.

"애송이. 무슨 생각하나?"

그는 바로 카를로스 페냐였다.

"그냥… 어떻게 하면 가장 완벽한 복수를 할 수 있을까 하는 그런 생각이요."

"간단한 해답으로 고민하네? 홈런 쳐. 그냥 타석마다 쳐. 그럼 끝이야."

카를로스 페냐의 말에 주혁이 피식 웃었다.

"그나저나 머리는 어때요?"

"그냥 살짝 어지러운 정도? 나보단 에반이 더 심하지."

하긴, 머리에 99마일(159km)짜리 공을 맞았으니까.

"기대하마."

"놀라지는 마세요."

"살면서 느낀 게 있지. 항상 거창하게 말을 먼저 한 사람의 끝은 좋지 않다는 걸 말이야."

"홈런이면 되나요? 그 생각을 부술 수 있는 카드가?"

"으. 이 당돌함이 싫어. 왜 쳐 낼 것 같은 불안함이 들까?"

카를로스 페냐가 손사래를 치면서 말했다.

사실 이런 느낌이 들 법도 했다.

지금까지 타석에 나올 때마다 매번 좋은 타격을 해온 주혁이다.

자신의 약점을 단 한 번도 다른 팀에게 보여준 적이 없었다는 거다.

상대 팀이 공략을 할 만한 자료조차 없기 때문에 뭔가 얻어 걸릴 것 같다는 느낌이 물씬 풍기긴 했다.

그런 카를로스 페냐에게 주혁이 슬쩍 제안을 하나 했다.

"저랑 내기하시는 건 어때요?"

주혁의 말에 카를로스 페냐가 턱 선을 매만졌다.

"뭘 걸 생각인데?"

"음…. 돈?"

"얼마?"

카를로스 페냐의 물음에 주혁이 손가락 1개를 펴 보였다. 그러자 그가 가소롭다는 듯이 웃었다.

"고작 100달러로 되겠어? 300달러는 해야지."

"아뇨. 1000달러인데요?"

"……."

하, 이 당돌함.

카를로스 페냐가 머리를 긁적였다.

"좋아. 대신 예언 하나 하마."

"말씀하시죠."

"네가 홈런을 친다면, 다음 타석에서 투수의 공은 네 등으로 향할 거라는 걸."

카를로스 페냐가 말을 이었다.

"그러나 걱정하지 마라."

"……?"

"내 눈이 감겨 있지 않은 이상, 아메리칸 리그에서 투수를 맞추는 꼴은 못 보니까."

그러더니 주먹을 불끈 쥐고는 때리겠다는 시늉을 취하기 시작했다.

"제 홈런으로 전쟁이 다시 시작되는 거군요."

"정확해."

"그럼 부탁합니다. 뒷일을."

주혁의 말에 카를로스 페냐가 씩 웃었다.

"턱주가리를 부수면 되나?"

"편하실 대로."

농담처럼 들렸으나 그의 주먹 크기를 본 주혁은 정말로 실현될 수 있을 것 같다는 생각이 들었다.

"그런 일은 없을 거다. 이건 싸우자고 덤벼드는 거나 마찬가지니까. 저 녀석들도 경기를 하고 싶을 거다. 우리도 어제 일에 대해서 사과를 받았고, 이제 남은 건 오로지 승리밖에 없어."

카를로스 페냐가 주혁의 엉덩이 쪽 주머니에 장갑을 꽂아주었다.

"멋을 살리고 나가야지. 허세는 필수다. 알았나?"

그런 그의 말에 주혁이 고개를 끄덕이고는 입가에 미소를 띤 채 그라운드로 달려 나가기 시작했다.

그의 주머니에 꽂힌 장갑의 윗부분이 바람에 펄럭거리고 있었다.

◆

과거에도 그랬다.

첫 타석에서는 아웃되는 경우가 부지기수였다.

다만 한 가지 확실한 것은….

따악!

삼진만큼은 거의 당하지 않는다는 것이었다.

상대 투수의 패스트볼이나 변화구에 타이밍을 맞추는 걸 첫 타석에서 실험적으로 해보곤 했던 주혁이었다.

물론 간혹 안타나 홈런이 터질 때도 있으나, 이렇게 내야 플라이로 물러나는 경우도 많았다.

벤치로 돌아온 주혁을 향해 카를로스 페냐는 그저 킥킥 웃을 뿐, 말을 걸지는 않았다.

그러나 주혁은 신경 쓰지 않았다.

이미 클리블랜드 인디언스의 선발 투수, 제이미 헨드릭스의 패스트볼 타이밍을 맞춘 상태였으니까.

스카우팅 리포트와 비디오 영상을 통해 확인한 제이미 헨드릭스의 구종은 크게 다섯 가지였다.

포심 패스트볼, 투심 패스트볼, 슬라이더, 커브, 그리고 스플리터.

이 중에서 제이미 헨드릭스가 주혁을 향해 구사한 구종은 포심 패스트볼과 스플리터였다.

확실히 스플리터는 떨어지는 각이 상당히 매서운 편이었다.

그렇기에 이 공은 필시 유리한 볼 카운트에서 구사할 가능성이 높았다.

그렇다면 카운트를 잡기 위해 그가 어떤 공을 주로 던지는 지를 알아야 한다.

앞선 분석을 통해 확인한 바로는 포심 패스트볼, 투심 패스트볼, 스플리터였다.

즉, 이 세 구종이 가장 매섭다는 건데 문제는 오늘 경기에서 탬파베이 레이스의 아홉 타자를 모두 상대한 제이미 헨드릭스가 카운트를 잡기 위해 가장 많이 던진 구종은 바로 포심 패스트볼이었다.

평균적으로 94마일(151km)의 스피드를 보여주는 이 포심 패스트볼은 확실히 타자들에게 위력적으로 먹히고 있었다.

이윽고 5회 말.

2사 1루의 상황에서 주혁이 다시 타석에 섰다.

'초구에 어떤 공이 들어올까?'

여러 구종들이 떠올랐다.

주혁은 그 공들 가운데 제이미 헨드릭스가 초구로 가장 많이 선택한 구종 한 가지를 추려냈다.

그것은 바로 포심 패스트볼이었다.

'해답은 나왔네.'

확실하진 않다.

그가 다른 구종을 던질 수도 있다.

그러나 만일 포심 패스트볼을 던진다면?

'이미 타이밍을 맞췄으니 문제없다.'

과거에도 패스트볼의 타이밍 하나만큼은 기가 막히게 맞춰냈던 주혁이었다.

다만 볼 끝이 지저분한 투수의 패스트볼은 알고도 제대로 맞추기는 어려웠다.

하나 제이미 헨드릭스는 그 정도의 무브먼트를 보여주고 있지는 않았다.

단지 큰 키에서 꽂아 내리기 때문에 공이 아래로 떨어지는 듯한 느낌을, 그리고 최대한 몸을 앞으로 끌고 나와 던지기 때문에 체감 속도가 빠르다는 것뿐이었다.

하나 주혁은 그의 패스트볼 타이밍을 이전 타석에서 정확하게 잡아냈다.

스카우팅 리포트의 정보에 따르면, 구속 차이가 심한 완급 조절을 하는 투수도 아니었고 체인지업을 구사하는 투수도 아니었다.

게다가 우타자의 바깥쪽 코스를 잘 활용했던 제이미 헨드릭스였기에 느낌 상 초구로 자신의 몸쪽으로 패스트볼이 날아들 것 같았다.

그리고 그걸 잘 당겨 친다면?

'제대로만 맞으면 넘어가겠지.'

어차피 상대방은 어떤 공에 주혁이 취약한 지를 정확하게 파악하지 못한 상태다.

자료가 없으니까.

지금 생각하고 있는 그 공이 들어온다면, 주혁은 이 타구를 담장 밖으로 날려 보낼 자신이 있었다.

사인 교환을 마친 제이미 헨드릭스가 고개를 끄덕이더니 세트 포지션 자세를 취했고, 이를 확인한 주혁도 타격폼을 취했다.

곧바로 그의 손에서 공이 뿌려졌고 이 공의 궤적을 확인하는 순간, 주혁의 배트가 출발했다.

그리고….

따악!

배트에 공이 맞는 소리가 귓가에 울려 퍼졌다.

타구가 멀리 날아가고 있었으나 주혁은 시선 한 번 주지 않은 채 배트를 바닥에 내려놓고 1루 베이스를 향해 가볍게 뛰기 시작했다.

굳이 타구를 바라보지 않은 이유가 있었다.

정확하게 맞으면 배트에 진동이 느껴지지 않는다.

방금 전 타구도 마찬가지로 손에 그 어떤 반동도 주질 않았다.

이제 몇 초 후면 관중들의 함성 소리가 들릴 것이고, 벤치에 있던 카를로스 페냐는 머리를 쥐어뜯을 것이다.

잠시 후, 예상은 정확하게 들어맞았다.

◈

벤치로 돌아오자, 카를로스 페냐가 주혁을 보며 혼잣말을 내뱉었다.

"내가 이런 애송이한테 내기를 지다니!"

말투는 언뜻 억울하다는 것처럼 보였으나 정작 카를로스 페냐의 표정은 밝았다.

"근데 기분이 나쁘진 않군."

"액수를 더 올릴 걸 그랬나 봐요."

"닥쳐."

"계산은 어떻게 하실 건지?"

"뭘 어떻게 해. 경기 끝나고 락커룸에서 줄게. 현찰로."

카를로스 페냐의 말에 주혁이 씩 웃었다.

"굳이 그 돈을 제게 줄 필요는 없고, 저랑 내기를 하나 더 하시죠."

"뭐?"

"간단합니다. 선수들에게 말하세요. 오늘 경기에서 이기면 선수들에게 듀라이거 맥주를, 시리즈를 스윕하면 위스키를 쏘겠다고 말이죠."

"그게 왜 내기지?"

"만약 오늘 경기를 진다면, 당신의 지갑에서 돈이 나갈 일은 없겠죠, 카를로스. 그런데 이긴다면 듀라이거 맥주를 사야할 거고, 내일 경기까지 이기면 위스키를 사야할 겁니다."

주혁의 말을 들은 카를로스 페냐가 피식 웃었다.

"결론적으로는 네가 더 이득이구나. 선수들에게 일종의 동기부여를 해서 경기를 이기고자 만들겠다는 뜻이니까."

"정확해요."

"좋아. 대신 너무 불공평한 것 같으니 이렇게 하지. 만약 두 경기 모두 진다면, 네가 나한테 1000달러를 주는 걸로."

"그러죠."

또 다른 내기의 성사.

카를로스 페냐가 주혁과 대화를 마치자마자 벤치에 있던 선수들에게 이 내기의 내용을 말했고 선수들은 환호했다.

듀라이거 맥주.

부드러운 목 넘김과 풍부하면서도 독특한 향은 듀라이거 맥주는 일반 맥주와는 수준이 다른 고급 맥주다.

다만 값이 매우 비싼 편에 속하는 데다, 이미 트로피카나 필드에 광고 간판이 걸려 있는 '엘빈스키' 사의 맥주를 제공받고 있는 탬파베이 레이스의 선수들이다.

뭐 '엘빈스키' 사의 맥주에 대한 선수들의 평가는 결코 나쁘지는 않았다.

톡 쏘는 청량감이 경기 이후의 갈증을 시원하게 풀어준다고 해서 나름 괜찮은 편이었다.

그러나 듀라이거 맥주보다는 확실히 한 수 아래였다.

'엘빈스키' 사의 맥주가 갈증 해소 음료 수준이라면, 듀라이거 맥주는 혓바닥과 목구멍에게 황홀함을 안겨주는 성수라고나 할까.

간혹 선수들 중에서 맥주를 굉장히 사랑하는 선수들은 이 듀라이거 맥주를 공급 받고 있는 유일무이한 메이저리그 구단인 LA 다저스로 가서 맘껏 마시는 게 꿈이라고 할 정도다.

물론 메이저리거의 엄청난 연봉을 생각하자면, 듀라이거 맥주 정도는 매일 같이 배부르도록 마셔도 돈이 남기는 한다.

그러나 아무리 돈이 많은 사람이라고 하더라도, 직접 사 마시는 것과 남이 사줘서 마시는 것은 그 맛 자체가 다르 다.

뭐든지 공짜가 최고다.

"간만에 카를로스 지갑이나 털어야겠군."

"저번에 전용기에서 네가 포커로 잃은 돈보다 더 많이 잃게 해주지."

"듀라이거 맥주라면 배가 터질 때까지 마실 수 있어."

"네 복수는 반드시 해주지. 조금 이따가 듀라이거 맥주 를 기울이자고."

"어제 일을 생각하니 몸에서 힘이 나네."

사실 별 것도 아닌 건데 선수들은 의지를 불태우기 시작 했다.

그런 탬파베이 레이스 선수들의 반응을 보며 카를로스 페냐와 주혁은 서로를 바라보며 씩 웃었다.

5회 말, 스코어 4 - 3.

1점 차로 탬파베이 레이스가 앞선 가운데 경기는 점점 후반부로 향해 갔다.

◈

탬파베이 레이스의 선수들은 정말 열심히 뛰어주고 있었 다.

듀라이거 맥주가 걸려 있다는 것도 한 몫 했으나, 결정적으로 그들의 집중력을 더욱 끌어낸 이유는 바로 점수 차였다.

여전한 4 - 3의 스코어.

양 팀 타자들 모두 안타와 볼넷으로 매 이닝마다 출루를 하긴 했으나 번번이 투수들의 공에 끝내 득점으로 연결시키지 못하고 있었다.

그렇게 6회, 7회가 지나고 어느덧 8회 말까지 이어진 지금.

이닝의 첫 타자는 9번 타순에 배치되어 있는 지명 타자, 주혁이었다.

이에 맞선 클리블랜드 인디언스의 벤치는 7회 말까지 마운드를 책임지던 중간 계투를 내리고 셋업맨을 투입시켰다.

경기를 뒤집을 수 있는 마지막 9회 초를 노려보겠다는 의지였다.

주혁이 대기 타석에서 배트를 허공에 휘두르고 있을 즈음, 건장한 체구의 흑인 투수 한 명이 마운드 위로 성큼성큼 걸어가는 게 보였다.

슬쩍 눈을 크게 뜨고 투수의 얼굴을 확인한 주혁의 입가에 순간 옅은 미소가 번졌다.

지난 시즌 메이저리그 무대에 데뷔하여 신시내티 레즈에서 뛰다가 트레이드로 클리블랜드 인디언스의 유니폼을 입고 이번 시즌부터 셋업맨으로 활약 중인 푸에르토리코 출신의 투수, 로베르토 산타나.

지금 마운드에서 연습구를 던지는 이 선수는 주혁이 너무나도 잘 알고 있는 선수였다.

특별한 친분이 있어서가 아니다.

바로 그의 독특한 루틴 때문이다.

좌완 투수인 로베르토 산타나는 최고 95마일(153km)의 패스트볼과 90마일(144km)의 스플리터, 이 두 가지 구종만을 던지는 투수다.

그런 그에게 재밌는 루틴, 즉 습관이 하나 있는데 그것은 바로 스플리터를 던지기 전에 공을 쥔 채로 콧구멍에 새끼손가락을 집어넣다 빼는 것이었다.

다만 대부분은 투구 준비 동작 때 글러브로 눈 아래까지 가린 상태에서 이런 행동을 하는 로베르토 산타나이지만, 긴장을 잔뜩 했거나 마음이 편안한 경우에는 간혹 글러브로 가리지 않고 하는 경우도 있었다.

이유는 모른다.

물어본 적도 없다.

그러나 스플리터를 던지기 전에는 항상 로베르토 산타나는 그 행동을 꼭 했다.

물론 정말, 아주 짧게만 하고 바로 빼기 때문에 그렇게 더러워보이지는 않는다.

어차피 글러브로 가린 상태에서 하는 경우가 대다수라 이 사실을 아는 선수들을 제외한 나머지 관중들은 전혀 알 턱이 없었다.

후벼파는 수준은 절대 아니었으니까.

다만 그의 콧구멍 안에 순간적으로 새끼손가락이 들어갔다 나온다면?

다음 공은 거의 100%의 확률로 스플리터가 들어올 것이다.

이러한 독특한 루틴 때문에 과거, 잦은 마이너리그 행 때문에 고작 2번밖에 상대해 보지 않았던 투수인 로베르토 산타나가 아직도 기억이 나는 주혁이었다.

연습구 8개를 모두 던진 로베르토 산타나가 로진 백을 집어 들자, 주혁도 타석에 서서 장갑을 고쳐 쓰고는 배트를 쥐었다.

'쐐기점을 낼 수만 있다면!'

1점 차다.

그리고 다음 이닝은 9회 초, 원정팀 클리블랜드 인디언스의 정규 이닝 마지막 공격이다. 뭐 역전이 된다면 연장전으로 가는 거지만 말이다.

이런 1점 차 상황에서의 쐐기점은 매우 크다.

1점 차이로 이기고 있는 것과 2점 차이로 이기고 있는 것은 그 느낌 자체가 다르다.

만약 이번 이닝에서 쐐기점이 나왔다고 치자.

2점 차로 앞서 있다면, 9회 초에 등판하는 마무리 투수는 상대 타자에게 곧장 달려들 수가 있게 된다.

외야 뜬공을 맞아서 행여 무승부가 될까 걱정할 필요조차 없다.

만약 솔로 홈런을 맞아도 1점이 앞서 있는 셈이다.

마무리 투수는 세이브만 할 수 있다면 홈런을 맞아도 신경 쓰지 않는다.

멘탈에 있어서는 야구 선수들 가운데 가장 단단한 선수들이니까.

그저 그들은 다음 날 아침, 스포츠 신문 안에 자신의 이름 옆으로 S(Save)자가 찍혀 있기를 바랄 뿐이다.

쐐기점은 단순히 마무리 투수들에게만 좋은 게 아니다.

동점 주자가 베이스에 나가기 전까지 야수들은 타자에게만 집중할 수 있고 수비 범위도 넓힐 수 있으며 내야수들은 번트에 대한 걱정도 버릴 수 있다.

동점을 만들기 위해선 2점이 필요한데, 상대 팀이 9회에 1점을 노릴 가능성은 없기 때문이다.

또한 투수도 슬라이드 스텝을 사용하거나 구종을 바꿔서 포수에게 공을 더 빨리 뿌릴 필요도 없어진다.

즉, 지금 이 상황에서의 쐐기점은 경기를 승리로 이끄는 결정적인 카드가 된다는 뜻이다.

주혁이 타격폼을 취했다.

상대 투수의 루틴을 알고 있고, 실제로 상대해 본 적도 있으며, 심지어 2타석 중 한 타석은 홈런을 때려내기도 했었다.

바깥쪽 제구력이 좋은 편이지만 공이 다소 높은 선수고, 체감 속도는 빠르지만 볼 끝은 무딘 투수다.

스플리터의 각은 제법 괜찮은 편이지만 루틴으로 구분이 가능하다.

주혁이 스플리터에 배트를 내지 않는다면, 클리블랜드 인디언스의 배터리도 어쩔 수 없이 카운트를 잡고자 패스트볼을 던질 것이다.

그리고 또 한 번, 주혁은 이 패스트볼을 노리고자 했다.

지금으로서 쐐기점을 낼 수 있는 단 한 가지 방법은 오직 홈런뿐이었다.

그리고 홈런이 나올 확률이 가장 높은 구종, 패스트볼을 공략하려는 주혁이었다.

밀어치는 기술과 힘만큼은 선수 시절부터 인정받았던 주혁의 장기다.

그러나 제대로 된 정보도 없고 전 타석에서 몸쪽 공에 홈런을 쳤다는 사실을 아는 클리블랜드 인디언스의 배터리는 분명 바깥쪽으로 공을 던질 게 분명했다.

로베르토 산타나가 특히 좌타자의 바깥쪽 제구가 좋으니깐 말이다.

분석은 끝났다.

초구부터 로베르토 산타나는 콧구멍을 후볐다.

스플리터가 들어온다는 뜻.

글러브에 가려 보통 사람의 눈에는 보이지 않았겠지만, 글러브 바깥 표면에서 움직임이 눈에 보였던 주혁이었다.

공은 바깥쪽 낮게 들어갔고, 떨어지는 각이 좀 적어서인지 구심은 이를 스트라이크로 판정했다.

뭐 초구를 놓쳤지만 상관은 없다.

애초에 주혁은 배트를 휘두를 생각조차 하지 않고 있었으니까.

그리고 이어지는 2구 째.

로베르토 산타나가 이번에는 콧구멍에 손을 넣지 않고 곧바로 슬라이드 스텝을 밟았다.

'오케이.'

이 공은 바깥쪽으로 향할 것이고….

"……!"

따악!

밀어 친 타구가 좌익수 방면으로 쭉 날아가기 시작했고, 잠시 후 누군가의 글러브 안으로 쏙 들어가버렸다.

하나 그 공을 잡아낸 글러브의 주인은 클리블랜드의 좌익수가 아니었다.

관중석에 앉아 있던 탬파베이 레이스의 모자를 쓴 꼬마 아이.

공은 이 꼬마의 손에 쥐어져 있었다.

라파엘 소리아노의 컷 패스트볼은 오늘 특히 더 위력적 이었다.

부웅!

파앙!

91마일(146km)의 컷 패스트볼에 우타자의 방망이가 허공을 시원하게 갈랐다.

헛스윙 삼진 아웃.

게임이 끝났다.

마지막 아웃카운트를 잡자마자 라파엘 소리아노는 손가락으로 하늘을 가리키더니 자신의 유니폼을 툭툭 터는 행동을 한 후 그라운드에 승리를 기념하는 묽은 침을 퉤 뱉고는 야수들과 하이파이브를 나눴다.

이 경기의 최고 수훈 선수로는 2개의 홈런을 때려냈던 주혁이 선정되었고 미래, 필립 모리스의 부인이 될(변하지 않을 거라 믿는다) 리포터 레이첼과의 인터뷰까지 성공적으로 마쳤다.

탬파베이 레이스의 선수들은 승리를 했다는 기쁨, 시리즈 스윕을 위해 1승만을 남겨두고 있다는 점, 클리블랜드 인디언스의 벤치에서 침울한 기운이 풍기고 있다는 것과 더불어 듀라이거 맥주가 자신들을 기다리고 있다는 사실에 환호하고 있었다.

하루 일정이 모두 끝나자 일찍 귀가를 해야 하는 선수들에게는 듀라이거 맥주 한 박스 씩을, 자유로운 영혼들은 클럽하우스 근처에 있는 듀라이거 맥주 전문점으로 향했다.

이미 카를로스 페냐가 라파엘 소리아노의 등판을 보고 클러비에게 부탁하여 그 가게를 통째로 빌려둔 상태였다.

자세한 액수는 선수들에게 언급하지 않았으나, 하루 평균 매출액의 2배에 달하는 금액과 추가적인 맥주값까지 지불한 카를로스 페냐였다.

뭐 1000달러는 가뿐하게 넘길 정도의 액수였다는 이야기를 주혁은 다음 날 들을 수 있었다.

그러나 몸 관리 탓에 시즌 중에는 절대 알코올을 입에도 대지 않는 주혁이기에 비록 내기에서 이기긴 했으나 참석하지는 않았던 그였다.

선수들 역시도 몸 관리에 대한 부분은 건드릴 수 없다는 걸 잘 알기에 억지로 데려가지는 않았다.

더군다나 나이로 따져도 지금은 아직 술을 마실 수 있는 연령이 아닌 주혁이었다.

한국에서는 가능한 나이지만, 이곳 미국에서는 불가능한 나이였다.

뭐 그래도 마시는 사람들이 있기는 하지만 말이다.

사실 과거, 주혁의 주량은 실로 엄청났었다.

한 번 마시기 시작하면 어느 누구도 그의 주량을 이겨내질 못하고 대부분 나가떨어지기 일쑤였다.

다만 딱 한 사람, 필립 모리스 만큼은 다음 날 해가 뜰 때까지 마실 수 있는 사람이었다.

그러면서 더욱 친해지기도 했었던 두 사람이었다.

술을 참 좋아하고 즐겼던 주혁이지만 이상하게도 시즌 중에 술만 먹으면 다음 날 경기는 죽을 쑤곤 했었다.

데뷔 이후 초창기에는 상관이 없었으나 점차 시간이 흐를수록 알코올은 그에게 독이 되어 돌아왔었다.

'어렸을 때는 참 방탕하게 살았지.'

성공적인 데뷔 시즌을 치른 이후부터, 승리를 거둔 경기 이후 주혁의 밤은 항상 화려했었다.

일주일에 5번은 빠지지 않고 클럽에 갔으며 정말 많은 여자들과 원나잇을 즐기기도 했었다.

물론 그저 놀기만 하진 않았다.

습관처럼 몸에 배인 꾸준한 훈련과 노력은 결코 빼먹지 않았다.

단지 스트레스를 해소하기 위해 밤을 즐겼을 뿐.

호색가.

애주가.

이 두 별명을 떼어 내는 데는 참 많은 시간이 필요했었다.

천재라는 소리를 들을 만큼의 재능으로 기대 이상의 성적을 거두면서 시즌 MVP까지 수상했었으나 재능에도 한계가 있었고, 잦은 음주와 유흥은 결국 그 재능을 잃게 만들었다.

갑작스럽게 찾아온 최악의 슬럼프.

그리고 그런 시기 속에서 사랑에 치이고, 믿었던 사람에게 배신까지 당하면서 깨달음을 얻은 주혁은 자신의 나태함을 자책하며 슬럼프를 겪은지 1달 만에 모든 생활을 바꿔버렸었다.

시즌 때 만큼은 술을 끊었고, 여자를 만나지도 않았으며, 오로지 훈련 그리고 상대 투수들의 분석에만 신경을 썼었다.

그러자 다시 성적이 쭉쭉 올라오기 시작했고, 2번째 MVP를 수상하는 쾌거를 이룩했었던 주혁이었다.

그리고 이렇게 정신을 다시 차릴 수 있게 만들어준 사람이 두 명 있었다.

한 명은 필립 모리스, 그리고 다른 한 명은….

"헤이, 윤!"

뒤에서 누군가 주혁을 불렀다.

집 앞에 거의 도착한 상황에서 자신을 부르는 한 사람은 오직 딱 한 사람.

'브라이언….'

저만치서 들리는 목소리도 얼추 그와 비슷했다.

언제나 그렇듯이, 불길한 예상은 빗나가지를 않는다.

부릉!

끼익!

날렵한 스포츠카 한 대가 주혁의 옆에 섰다.

차에서 내리는 사람은 역시나 브라이언 무어였다.

대충 상황을 훑어본 주혁이 시큰둥하게 물었다.

"차까지 있으면서 여기까지 온 이유는 뭐죠?"

돌아오는 대답은 의외로 처량했다.

"나 한 번만 살려주라."

"네?"

"와이프랑 싸웠는데 잘 곳이 없다."

"……."

굳은 표정으로 시무룩하게 바닥만을 바라보는 브라이언 무어.

주혁이 한숨을 푹 내쉰 채 그에게 말했다.

"호텔에서 자요, 그럼."

"여기 근처 호텔에 클리블랜드 개새끼들이 쳐 자고 있어서 가기가 싫어."

"다른 데도 있잖아요."

"시설이 구져."

"그래서 투숙을 하시겠다?"

"그렇지."

말리면 뭐 하나.

체력만 아까울 뿐이지.

"들어와요."

"오케이. 듀라이거 한 모금 할래?"

"그건 차에 두고 오세요."

"…그렇게."

말은 순순히 잘 듣는 브라이언 무어였다.

집 안으로 들어온 두 사람은 윗옷만 벗어둔 채 침대 끝에 걸치고 앉았다.

"그나저나 언제 이사할 거야?"

"조만간. 아주 멀리요."

"우리 집 옆으로 올래?"

"아뇨. 레지던스로 갈 건데요?"

"오호! 그럼 침대 두 개 있는 곳으로 가."

"왜죠? 외부인은 절대 못 들어오는 곳으로 갈 겁니다."

주혁의 대답에 갑자기 브라이언 무어가 음흉한 웃음을 지어보이더니 낮게 깔린 목소리로 말했다.

"나 말고. Girls, bro!"

"……."

역시나.

주혁이 고개를 절레절레 휘저으며 화장실로 향했고 그 모습을 본 브라이언 무어가 고개를 갸웃거렸다.

"여자 싫어해, 윤? 혹시…?"

"절대 그런 거 아닙니다. 단지 시즌 중에 방해 받고 싶지 않아서 그래요."

"이거 완전히 모범생이구만?"

브라이언 무어가 실망했다는 듯이 쯧쯧거렸다.

"인생을 즐길 줄도 알아야지 말이야."

그런 그의 말에도 주혁은 대꾸하지 않고 화장실 안으로 들어와 샤워를 시작했다.

그의 말이 틀린 건 아니었다.

무작정 야구만 하면 재미가 없는 인생인 것은 맞다.

만일 과거로 돌아온 지금, 타자로 다시 커리어를 쌓아 갔었더라면 그 때처럼 놀지도 모른다.

하나 지금은 투수라는 새로운 꿈을 향해 달려가고 있는 중이다.

게다가 이미 수많은 경험들을 한 이상, 이제는 그 짧은 순간의 쾌락은 지겨울 따름이었다.

외로움.

그 하룻밤은 결코 텅 빈 옆자리를 메우지 못했다.

만나는 여자들은 모두 목적이 훤하게 보였고, 그걸 사랑이라고 표현할 수는 없었다.

그리고 사람의 감정을 함부로 생각하던 한 사람은 주혁에게 이성에 대한 모든 감정들을 무너뜨려 버리고 말았다.

'기억하고 싶지도 않다.'

떠올려 봤자 추한 기억들이니까.

그리고 없어진 일들이기도 하고.

운명적 사랑?

믿지는 않는다.

그러나 진정으로 가슴 떨리는 사랑이 하고 싶다.

서로를 향한 마음이 한 쪽에 치우치지 않고 항상 균등하게, 그리고 일정하게 유지되는 사랑.

분명 쉽지 않은 일이다.

로맨스 영화에서나 나올 법한 일이니까.

하나 주어진 시간은 충분하다.

더 이상 상처 받을 일은 없다.

녹록치 않은 세월들이 이제는 사람을 보는 눈을 키웠으니 말이다.

언젠간 기회가 찾아올 것이다.

그리고 그 전까지는….

'야구에 집중한다.'

과거에 이루지 못했던 꿈을 찾기 위해서.

주혁이 잠시 동안의 생각에 빠져 있는 동안, 화장실 안은 어느새 수증기로 가득 덮혀 있었다.

◆

전날, 두 개의 홈런포를 때려냈던 주혁을 상대로 시리즈 마지막 경기에서 클리블랜드 인디언스의 배터리는 결코 좋은 공을 주지 않았다.

끊임없이 바깥쪽 낮은 코스로 공을 던졌고, 되도록이면 정면승부를 피하려고 했다.

9번 타자를 상대로 이런 승부를 한다는 자체가 실로 놀라운 일이나 다름없었다.

게다가 신인 선수인 주혁이 어제 2개의 홈런을 기록했기 때문에 자신감이 최고조에 달해 있을 것이고, 분명 타격감도 좋을 거라고 판단한 클리블랜드 인디언스가 시리즈 스윕이라는 굴욕을 당하지 않기 위해 승부를 피하고 있는 것이었다.

그러나 그들이 오늘 경기를 뒤집기는 쉽지 않아 보였다.

선발 마운드에서 가장 좋은 활약을 펼치고 있는 탬파베이 레이스의 좌완 투수, 데이비드 프라이스가 오늘 선발 투수로 등판했기 때문이었다.

타선의 핵심인 추신우가 빠져 있는 상황에서 클리블랜드 인디언스의 타선은 좀처럼 데이비드 프라이스의 공을 공략해내지 못하고 있었고, 타자들을 상대로 좋은 피칭을 이어가면 이어갈수록 데이비드 프라이스는 더욱 각성하고 있었다.

이제 남은 건 탬파베이 레이스 타선의 폭발 뿐.

에반 롱고리아와 카를로스 페냐가 빠진 자리에는 주혁과 필립 모리스가 대신해서 타석에 들어섰고 이외에는 첫 경기와 달라진 점은 없었다.

다만 필립 모리스가 최근 선발로 나선 4경기에서 11타수 2안타로 다소 부진하다는 게 흠이었다.

모두들 그에게 큰 기대를 하지 않았고, 8번 타자 필립 모리스에게만큼은 클리블랜드 인디언스 배터리도 공격적으로 승부를 걸고 있었다.

그렇게 첫 타석에서 헛스윙 삼진으로 물러났던 필립 모리스.

대기 타석에서 필립 모리스의 타석을 지켜본 주혁은 그가 삼진을 당했음에도 불구하고 오히려 씩 웃었다.

'배트 스피드하고 타이밍이 얼추 맞아들어가네.'

이전보다 훨씬 나아진 게 눈에 보였기 때문이었다.

그리고 이 사실을 필립 모리스 본인도 느끼고 있었다.

그래서인지 그는 전혀 아쉬워하지 않고 순순히 벤치로 물러났다.

'모리스는 한 번 터지기 시작하면 멈추는 법을 모르는 녀석이지.'

몰아 칠 때만큼은 메이저리그 최고의 타자처럼 엄청난 타격을 해주는 선수라는 걸 주혁은 잘 알고 있었다.

'분명 큰 거 하나 치고 나면 오늘 경기를 뒤집을 선수가 될 거다.'

친해서가 아니다.

이는 매우 객관적인 판단이었다.

하나 아쉽게도 두 번째 타석에서는 외야 플라이 아웃으로 물러나고 만 필립 모리스.

주혁도 첫 타석은 볼넷으로 출루했지만, 두 번째 타석은 유격수 땅볼로 물러나고 말았다.

타선은 기대와는 다르게 일이 잘 풀리지 않고 있었고, 이런 상황에 데이비드 프라이스도 지친 기색이 역력했다.

그렇게 0 - 0의 스코어에서 다시 찾아온 타석.

1사 주자 2루의 찬스.

필립 모리스가 타석에 서자, 투수가 한결 편안한 표정으로 포수의 사인을 확인했다.

이윽고 초구가 포수 미트로 향해가기 시작하던 그 순간.

따악!

큼지막한 타구가 터졌다.

두 번째 타석에서의 외야 플라이와는 스케일이 달랐다.

그리고 잠시 후.

"Yeah!"

벤치와 관중석에서 일제히 함성 소리가 들려오기 시작했다.

2점짜리 홈런.

정말 귀중한 이 점수를, 그것도 별로 기대하지 않았던 선수가 쳐주다니!

모두들 놀라움을 금치 못하고 있었고, 대기 타석에서 준비중이던 주혁이 선수들 중에선 제일 먼저 필립 모리스와 하이파이브를 했다.

2 - 0으로 선취점을 올리는 데 성공한 탬파베이 레이스.

이어서 타석에 선 주혁에게 투수는 스트레이트 볼넷을 내주고 말았다.

흔들리고 있음을 스스로 보여주고 있는 투수.

하나 지금까지 잘 해왔기에 자존심 탓에 그는 마운드를 내려가지 않고 1번 타자 칼 크로포드와 승부를 시작했다.

그러나 그의 손에서 뿌려진 공이 한 가운데로 몰리고 말았고….

따악!

칼 크로포드는 한 가운데로 들어오는 패스트볼을 결코 놓치지 않았다.

◆

이것 하나로 경기가 이어질지, 아니면 여기서 끝이 날지를 쉽게 분간할 수 있다.

부웅!

파앙!

'끝났군.'

93마일(150km)의 컷 패스트볼은 그 무브먼트가 너무도 훌륭했다.

어제도 봤던 컷 패스트볼이지만, 클리블랜드 인디언스의 타자들은 쉽게 방망이를 앞으로 내지 못했다.

그들의 굳어진 얼굴만 봐도 주혁은 직감이 왔다.

이미 승리는 확정이라고 말이다.

결과는 금방 나왔다.

틱!

빗맞은 타구가 2루수의 앞으로 떼굴떼굴 굴러갔고, 이 공은 마지막 아웃카운트가 되면서 경기의 종료를 알렸다.

마운드 위의 투수, 라파엘 소리아노는 어제와 마찬가지로 자신만의 세이브 성공 세레모니를 보여주었고 선수들이 일제히 그라운드로 나와 시리즈 스윕의 기쁨을 나눴다.

그리고 그제야 양 팀 선수들도 서로 한 마디씩 주고받으면서 남은 앙금을 모두 털어버렸다.

물론 클리블랜드 인디언스 선수들의 표정은 썩 밝아보이진 않았지만 말이다.

주혁 역시도 분위기 때문에 추신우에게 미처 하지 못했던 사과를 하고자 클리블랜드 인디언스 벤치 쪽으로 발걸음을 옮겼다.

한데 이상하게도 벤치에 그는 없었다.

주혁이 고개를 갸웃거리면서 주변을 이리저리 둘러보기 시작했다. 벌써 들어가신 건가?

그러던 그 때.

"……!"

뒤에서 누군가 어깨에 손을 얹었다.

고개를 휙 돌리자 추신우가 입가에 미소를 띤 채로 서 있었다.

"이번에는 안 때리네?"

"아, 그 때는 죄송했습니다."

"아냐. 사과하러 온 거야?"

"네. 그렇습니다."

"됐어. 뭘 그런 거 가지고. 그나저나 어떻게 보면 처음 인사 나누는 거네? 반가워."

추신우가 먼저 악수를 내밀었다.

주혁이 공손하게 그 악수를 받고는 입을 열었다.

"늦게 인사드려서 죄송합니다, 형… 아니 선배님. 윤주혁이라고 합니다."

"편하게 형이라고 불러. 딱딱하게 선배는 무슨."

"알겠습니다, 형님."

추신우의 말에 주혁이 곧바로 칭호를 바꿨다. 이제야 어감이 입에 맞네.

"다리는 좀 괜찮으십니까?"

"괜찮아. 신경 쓰지 마."

주혁의 물음에 추신우가 별 것 아니라면서 호탕하게 웃어 넘겼다.

그러나 그 때 들려왔던 비명 소리와 타박상으로 3경기 동안 나서지 못할 정도면 시퍼런 피멍이 잔뜩 앉아 있을 게 분명했다.

하나 후배가 죄책감을 가지고 있을 까봐 일부러 추신우는 내색하지 않고 있던 것이었다.

주혁도 이를 잘 알고 있었기에 더 이상 언급하지는 않았다.

"원래 오늘 저녁이나 먹자고 할려고 했더니 바로 원정 경기더라?"

"네, 맞습니다."

"아쉽네, 아쉬워. 조만간 시간 내서 밥이나 한 번 먹자고."

"언제든 환영입니다, 형님."

"연락처 줘봐."

즉석에서 번호를 교환한 두 사람은 각자의 주머니에 번호가 쓰인 포스트잇을 꾸겨 넣었다.

"이만 들어가자. 뭐 하고 싶은 말은 많지만 나중에 시간 많을 때 하자고. 들어가서 쉬어."

"알겠습니다. 쉬십시오!"

"그래."

바로 원정 스케줄이 잡혀 있던 터라 많은 이야기를 나눌 만큼의 넉넉한 시간은 없었다.

추신우와의 짧은 만남을 뒤로한 채 주혁은 다시 선수들의 무리에 합류했다.

그리고는 바로 전용기를 타기 위해 몸을 씻고 준비를 하기 시작했다.

한편 클럽하우스에서 선수들이 샤워를 하는 동안, 클러비들은 선수들의 장비와 유니폼들을 잘 접어서 공항으로 직행하는 버스까지 잘 실어 두었고 준비를 마친 선수들은 규정에 따라 양복을 입고 버스에 올라탔다.

양복을 입는 이유가 있다.

메이저리거로서 품격을 보이기 위해서다.

절대 티셔츠나 청바지를 입고 전용기에 탑승할 수는 없다.

이건 선수들도 꽤나 불편해 하는 부분 중 하나였다.

원정 이동 때마다 양복을 입어야 하니까.

그것도 넥타이에 구두까지 신어야 한다니.

뭐 경기에서 졌다면 불평불만을 늘어놓았겠지만, 오늘은 시리즈를 스윕한 기분 좋은 날이었기에 어느 누구도 이에 대해 입을 열지는 않았다.

구단 버스는 공항에 수속 없이 전용기 바로 앞까지 도착했고 선수들은 내리자마자 그대로 전용기에 탑승했다.

일반인들처럼 복잡한 과정이 필요 없다.

그저 메이저리거 신분을 표시하는 ID카드 1장만 있으면 끝이다.

'메이저리거'라는 것만으로도 신분이 보장되기 때문이다.

이는 국가 정상이나 외교관에 맞먹는 예우다.

그 덕분에 선수들은 이 과정에서 전혀 피로를 느끼지 않을 수가 있다.

코칭스태프와 선수들, 그리고 구단 관계자를 실은 전용기는 즉시 활주로를 따라 시카고로 출발했고, 본격적인 파티가 벌어지기 시작했다.

그야말로 술판이다.

술을 먹지 않은 선수는 노이즈 캔슬링(외부의 소리 차단) 기능이 있는 헤드폰을 끼고 휴식을 취하거나 또는 대화나 포커 게임을 하면서 음주를 즐기는 선수들과 어울리고 있었다.

주혁도 오랜만에 전용기 안에서 휴식을 취하지 않고 선수들과 포커 게임을 즐기면서 승리의 기쁨을 만끽했다.

조 매든 감독도 카를로스 페냐가 준비한 위스키를 한 모금 마셨고, 애런 루이스 투수코치는 아예 자리를 잡고 선수들과 술을 마셔댔다.

처음에는 재밌던 포커 게임이 조금씩 지루해지자 주혁은 슬쩍 자리에서 일어나 조용한 곳으로 발걸음을 옮겼고, 필립 모리스도 뒤따라 자리를 벗어났다.

그런 그에게 주혁이 물었다.

"왜 벌써 왔어? 좀 더 즐기고 와."

엄청난 주량을 가진 필립 모리스가 고작 위스키 몇 모금만을 마시고 휴식을 취하려 한다는 게 이해가 되질 않았다.

그러나 이어지는 그의 대답에 주혁은 고개를 끄덕거렸다.

"오늘 과음하면 이 좋은 감각이 내일까지 가지 않을 것 같아서."

"그럼 쉬어."

"저… 있잖아, 윤."

말을 마치고 주혁이 눈을 감으려는 데, 필립 모리스가 우물쭈물 거리며 입을 열었다.

"말해, 모리스."

"저번에 네가 경기 끝나고 내 미래의 부인을 봤다고 했잖아."

아참.

괜한 입방정을 떨었군, 내가.

주혁이 입술을 살짝 깨물었다.

그의 입에서 무슨 이야기가 튀어 나올지 몰라 살짝 불안하기 시작했다.

필립 모리스가 침을 꿀꺽 삼키더니 말했다.

"나… 오늘 내 이상형을 봤어."

"누구?"

"리포터인데, 한 눈에 반했어. 이름이 레이첼이라는 데 어쩜 이름까지 예쁠 수가 있지?"

다행이다.

그제야 주혁이 숨을 내쉬었다.

하긴, 취향이 달라질 리가 없다.

주혁이 피식 웃으면서 그에게 물었다.

"그래서? 연락처는 물어봤어?"

"어… 아직. 나 그래서 인터뷰도 제대로 못했어."

"허! 첫 눈에 반했다며. 번호를 물어볼 용기도 안 난 거야?"

"다음 기회에는 꼭 물어보려고. 애인은 없겠지? 설마 결혼한 건?"

쓸데없는 걱정을 하는 필립 모리스를 보며 주혁이 키득키득 웃었다.

"아냐, 없어. 다음번에 무조건 대쉬해."

"오늘처럼 수훈 선수가 되면 또 만날 수 있을지 몰라. 레이첼, 레이첼, 레이첼⋯."

수십 번씩 입으로 되뇌면서 필립 모리스가 자리에 털썩 앉았다.

'그래도 이뤄질 사랑은 이뤄지는군.'

흐뭇하게 웃으며 주혁이 눈을 스르륵 감으려 했다.

"그런데 윤."

"응?"

"레이첼한테 애인이 없다는 걸 어떻게 알아?"

"어⋯ 어?"

실수했다.

필립 모리스의 질문에 주혁이 순간 당황했다.

납득이 갈 만한 대답이 필요하다.

무엇이 있을까.

때마침 뇌리에 적당한 답이 떠올랐다.

"손! 손에 반지가 없더라고."

"아하!"

필립 모리스가 손뼉을 딱 치면서 고개를 끄덕였다.

"아무튼 그녀를 다시 만나야겠어."

그의 눈에서 열정이 불타오르기 시작했다.

'메이저리그를 과거보다 일찍 와서 그런가 이른 감이 없지 않아 있지만….'

좋은 커플이었다, 두 사람은.

비록 끝이 비극적이었지만 이렇게라도 일찍 만나 사랑을 나누는 것도 좋을 것 같다는 생각이 들었다.

"최선을 다해봐, 모리스."

이 말을 끝으로, 주혁은 잠에 빠져 들었다.

❖

다음 날.

얼리 워크(Early Work)를 뒤에서 지켜보던 주혁이 놀란 표정으로 한 사람을 바라보았다.

카를로스 페냐.

어제 그렇게 과음을 했음에도 불구하고 그에게는 숙취란 없어보였다.

나이도 서른이 넘은 그는 멀쩡한 정신으로 배팅 케이지에서 타격 훈련을 하고 있었고, 동료 선수들은 아무렇지 않다는 듯이 자기 할 일에 충실했다.

이미 익숙한 일인 듯싶었다.

카를로스 페냐와의 인연은 과거 그리 깊지도 않았을

뿐더러, 그가 이렇게 과음을 하는 것도 생전 처음 보는 일이었기에 주혁은 오늘 경기까지 카를로스 페냐가 휴식을 취하는 것인 줄로 알았다.

그러나 그는 조 매든의 구상 속에 4번 타자로 오늘 경기 출장이 예고되어 있었다.

그리고 카를로스 페냐의 복귀로 인해 주혁은 다시 벤치에서 휴식을 취할 수 있게 되었다.

어제 홈런을 때려냈다면 조 매든이 자리라도 마련해 주었겠지만, 어제 볼넷 2개를 얻어내는 것 외에는 타격적으로 보여준 게 없었고 주혁 본인도 굳이 타석에 나서려 하지 않았기에 이틀 후에 있을 선발 등판을 위하여 몸 관리를 하고 있었다.

따악!

카를로스 페냐가 있는 배팅 케이지에서 시원한 타격음이 연신 터져 나오고 있었다.

'저 정도면 무리는 없겠군.'

카를로스 페냐의 오늘 컨디션은 무척이나 좋아보였다.

그러는 한편, 또 한 명의 선수가 배팅 케이지 안에서 타격 훈련을 하고 있었다.

그는 바로 시카고 화이트삭스와의 3연전까지 휴식을 취하기로 한 에반 롱고리아를 대신해서 타석에 서기로 예정된 타자, 필립 모리스였다.

팔짱을 낀 채로 주혁은 그의 타격을 유심히 지켜보았다.

'어깨가 너무 일찍 열린다.'

타자의 어깨가 빨리 열리는 것은 결코 좋지 않은 부분이다.

어깨가 빨리 열리게 되면 헤드업이 되면서 몸쪽 공과 변화구에 약점을 보이게 된다.

필립 모리스 역시도 이런 문제점을 느꼈는지 연신 고개를 가로저으면서 타격 훈련을 하고 있었다.

그리고 이를 지켜보던 주혁은 입이 근질근질 거려서 참을 수가 없을 지경이었다.

'타격폼만 살짝 바꾸면 끝인데.'

주혁은 해답을 알고 있었다.

그러나 굳이 그에게 가서 말해주지는 않았다.

자존심이 걸려 있으니까.

노장 선수라면 모를까, 그와 마찬가지로 메이저리그에 이제 입문한 선수가 자신에게 가르치려 든다면 그 어떤 선수도 좋아하지는 않을 것이다.

'그리고 스스로 깨달아야 나중에 가서도 노하우가 생기지.'

필립 모리스가 노력 끝에 해답을 찾아내기를 주혁은 바랐다.

'어쩌면 오늘 타석에서는 저게 가장 큰 관건이 되겠군.'

곧이어 등장한 타격 코치도 그의 어깨가 빨리 열린다는 문제점을 보고는 좀 더 세심한 지도를 해주기 시작했다.

그러나 여전히 쉽게 고쳐지지는 않았다.

타격폼을 살짝 수정해야 하는데, 타격 코치는 필립 모리스에게 이를 지시하지는 않았다.

어제 홈런을 때려냈을 만큼 타격감이 좋은 선수에게 몸에 배여 있는 타격폼을 조금만 수정하더라도 감이 뚝 떨어질 수가 있다.

그렇게 된다면 결국 책임은 타격 코치가 짊어져야 하기 때문에 그는 시즌이 진행되고 있는 지금, 이에 대한 언급을 하지 않고 있었다.

하나 필립 모리스는 땀을 뻘뻘 흘리면서 원인을 파악하고 조금씩 이리저리 스윙 궤적을 옮겨보면서 노력하기 시작했다.

'역시 인생의 여자를 만나서 그런 건지는 모르겠지만… 의지가 엄청나네.'

피식 웃으면서 주혁이 그에게 시선을 고정한 채 한동안 그의 프리 배팅을 지켜보고 있었다.

왠지 모르지만, 이번 시리즈도 필립 모리스의 배트에 승패가 갈릴 것 같다는 예감이 드는 주혁이었다.

8. 답답해서 내가 친다

리턴
에이스
Return Ace

8. 답답해서 내가 친다

  불과 1주일 전만 해도, 탬파베이 레이스의 팀 분위기는 최악이었다.

  연이는 부상으로 인한 팀 전력의 손실과 계속되는 패전, 그로 인한 팀 성적의 하락은 벤치와 락커룸을 싸늘하게 만들기 충분했었다.

  그런데 클리블랜드 인디언스와의 시리즈 첫 경기에서 벌어진 벤치 클리어링 이후, 선수들의 복수심이 불타오르면서 잠시간 잃어버렸던 그들의 의지가 폭발하기 시작했다.

  그렇게 클리블랜드 인디언스와의 시리즈 3경기를 모두 승리하게 된 탬파베이 레이스의 팀 사기는 꽤 많이 충만해져 있었다.

여러 이유들이 있겠지만, 그 중 가장 큰 몫을 해준 선수는 당연지사 주혁이었다.

첫 경기에서 선발 투수로 마운드에 올라와 6이닝 2실점으로 호투를 하면서 승리를 챙겼고, 다음 경기에서 지명 타자로 출격해 2개의 홈런포로 승리를 굳혔던 주혁은 투타에서 맹활약을 보여줬었다.

더군다나 신인 선수의 이런 활약은 팀 사기를 더욱 끌어올려주기 충분했다.

심지어 'AP 통신'은 주혁에게 이런 수식어를 붙여주었다.

Crazy Rookie.

어쩌면 이번 시즌 현재까지 가장 핫한 신인 선수를 꼽자면 주혁의 이름이 가장 많이 거론될 것이 자명했다.

최고 101마일(163km)의 패스트볼과 고속 체인지업, 타석에선 간결한 스윙만으로도 엄청난 손목 힘을 이용하여 담장을 넘길 정도의 타격 기술을 갖춘 신인 선수.

특히나 메이저리그 에이스 투수들보다도 더 능숙한 완급 조절은 고작 체인지업이라는 변화구 한 개만으로도 메이저리그 타자들을 꼼짝 못하게 하고 있었다.

그러나 항상 그렇듯이 전문가들은 그가 완급 조절에 있어 좋은 재능을 가졌지만 얼마 못 가서 그 한계가 분명히 드러날 것이라고 말했다.

그러나…

파앙!

"스트라이크 아웃!"

이번 시즌 3번째 선발 등판 경기를 진행 중임에도 주혁의 타고난 완급 조절은 오히려 더 발전해 있었다.

◈

시카고 화이트삭스와의 3연전 마지막 경기를 앞두고, 홈 구장인 U.S. 셀룰러 필드의 불펜에서 최종 점검을 마친 주혁은 포수 존 제이소와 피칭을 어떻게 할 것인가에 대한 회의를 했었다.

"커브는 아직이야. 그 공이 실투가 된다면 배팅볼 수준밖에 되지 않을거다."

주혁의 패스트볼, 체인지업, 커브를 모두 받아본 존 제이소가 냉정하게 말했다.

주혁도 커브의 숙련도가 부족함을 느끼고 있었기에 묵묵히 고개만 끄덕였다.

"그러면 다시 네 장기로 오늘 경기를 치르는 수밖에."

존 제이소가 말한 장기는 더 이상 설명이 필요 없는 주혁의 타고난 완급 조절을 일컫는 말이었다.

그가 말을 이었다.

"네 공은 확실히 묵직함이 있어. 특히 구속이 올라가면 올라갈수록 그 위력이 더 세져. 그런데 구속이 오르면 볼 끝의 무브먼트는 죽지."

사실이었다.

98마일(158km)를 넘어서는 패스트볼은 볼 끝의 힘은 좋을지 몰라도 그 무브먼트는 줄어들었다.

"반면에 구속이 낮아지면 볼 끝이 지저분해. 처음에는 비슷비슷한 정도였는데 점점 심해져. 너도 느끼지?"

그의 물음에 주혁은 이번에도 고개만 끄덕거렸다.

"야. 문제 하나 내볼 테니까 맞춰봐. 타자들이 100마일(161km)의 패스트볼을 상대하는 걸 좋아할까 아니면 90마일(144km)의 볼 끝이 지저분한 공을 상대하는 걸 좋아할까?"

존 제이소의 질문에 주혁이 속으로 피식 웃었다.

뭐 사라진 경력으로 따지면 족히 20년도 넘는 주혁이기에 듣자마자 해답이 바로 튀어나왔다.

"100마일(161km)이지."

"정확해."

그가 이 질문을 던진 이유가 있었다.

메이저리그 타자들이 가장 까다로워하는 패스트볼이 있다.

그게 바로 볼 끝이 지저분한 공이다.

대체적으로 대부분의 투수들이 던지는 공은 직선 방향으로 큰 움직임 없이 날아오는 경우가 많다.

그래서 패스트볼을 직구(直球)라고 잘못 부르기도 한다.

하나 어떤 투수들이 던지는 포심 패스트볼이 요란한 움직임을 보이면서 포수 미트에 꽂히기도 한다.

메이저리그의 타자들은 이런 투수의 속구를 무척이나 싫어한다.

왜냐하면 공을 정확하게 맞추기가 어렵기 때문이다.

공의 방향과 궤적을 읽어냈다고 쳐도, 공이 결코 직선으로 날아오지 않기에 배트에 빗맞고 만다.

그렇기 때문에 이런 무브먼트를 보이는 공들을 '볼 끝이 지저분하다'라고 표현하는 것이다.

이런 패스트볼을 쳐낼 경우, 빗맞는 경우가 많은 탓에 평범한 내야 땅볼 또는 뜬공이 되고 만다.

즉, 타이밍을 잘 맞춰도 원하는 결과물이 안 나온다는 거다.

결국 타자는 힘이 빠지게 되고 이런 공을 던지는 투수는 더욱 유리하게 타자와의 승부를 이어갈수가 있다.

그래서 타자들은 오히려 강속구라 할지라도 직선으로 날아오는 공을 선호한다.

제대로만 때려내면 배트 정중앙에 맞을 가능성이 높기 때문이다.

실제로 많은 메이저리그 타자들은 100마일(161km)의 강속구도 3번만 보면 얼추 타이밍을 맞출 수 있는 실력을 갖추고 있다.

물론 그 공이 다른 공에 비해 훨씬 더 위협적으로 다가오겠지만, 공략만 하면 그때부터는 아무렇지 않은 공이 되어버린다.

이러한 까닭에 마이너리그에서 뛰는 투수들 중 100마일 (161km) 정도의 패스트볼을 구사하고도 메이저리그로 올라오지 못하는 선수들이 있는 것이다.

뭐 기본적으로 제구력이 좋지 않다는 것 또한 이유가 되겠지만 말이다.

단순히 빠른 건 쓸모가 없다.

얼마나 타자들의 머릿속을 복잡하게 만드느냐가 제일 큰 관건이다.

이를 주혁은 누구보다도 잘 알고 있었다.

자신도 그런 볼 끝이 지저분한 공들을 싫어했으니까.

'그런데 이젠 내가 던진다.'

연습을 게을리 하지 않은 덕분인지 95마일(153km) 이하의 패스트볼들은 점점 그 볼 끝이 지저분해져가고 있었다.

그게 눈으로도 보였다.

이는 매우 좋은 성과였다.

가뜩이나 아무리 연습을 해도 날카로워지지 않는 커브 탓에 구종의 한계가 드러날 것 같은 시기가 서서히 도래하고 있었기 때문이었다.

그런 그에게 이런 지저분한 패스트볼은 기존의 묵직한 속구와는 또 다른 느낌의 구종이라고 봐도 무방했다.

물론 하루 아침에 된 것은 아니었다.

단지 제구가 확실하게 잡히지 않았기에 숨기고 있었을 뿐이었다.

그러나 오늘은 제구가 유독 잘 잡혔다.

이제 쓸 타이밍이란 거다.

존 제이소가 말했다.

"이제 이 공을 어떻게 활용하느냐가 관건이다. 음…. 아예 사인을 하나 새로 추가하자. 괜찮지?"

"문제없어."

"좋아."

100마일(161km) 수준의 패스트볼은 사인이 잘못 맞을 경우, 포수가 이를 잡는 과정에서 심각한 부상이 있을 수가 있다.

일례로 사인이 맞지 않아 98마일(158km)의 패스트볼을 제대로 포구하지 못했던 어떤 포수는 엄지 손가락의 인대가 아예 끊어져 버리는 일도 있었을 만큼, 투수와 포수의 사인은 정말 중요한 부분이나 다름없다.

그렇기에 사전에 미리 사인을 확실하게 잡고 가야한다.

더군다나 이전보다 공의 무브먼트가 더 좋아진 지금, 포수의 시선에 혼동이 올 수도 있기 때문에 이 과정은 더욱 중요했다.

모든 세부 사항에 대한 회의를 마치고, 마지막으로 스카우팅 리포트를 읽은 주혁과 존 제이소가 첫 호흡을 맞추게 된 1회 말.

타자들 역시도 주혁에 대한 스카우팅 리포트와 비디오 영상을 확실하게 익히고 온 터라 어느 정도는 자신감이 있어하는 눈치였다.

그러나 정작 그들이 보았던 공과는 다르게 볼 끝이 지저분한 공이 들어오자, 시카고 화이트삭스의 타자들이 연신 당황해하는 기색을 보이기 시작했다.

부웅!

파앙!

"스트라이크!"

92마일(148km)의 지저분한 볼 끝을 가진 패스트볼에 헛스윙.

틱!

93마일(150km)의 공을 맞췄으나 결과는 파울.

그리고….

부웅!

파앙!

99마일(159km)의 패스트볼에 헛스윙.

최종적인 결과는 삼구 삼진이었다.

"……."

타자는 헛웃음을 지은 채 타석에서 물러났고 달라진 주혁의 피칭에 시카고 화이트삭스의 벤치가 분주해지기 시작했다.

지난 경기와는 공 자체가 달라져 있는데다 1회부터 결정구로 강속구를 꽂아넣고 있었기 때문이었다.

97마일(156km)이 넘는 공은 주로 타순이 한 바퀴 돌고

나면 던지던 주혁이 위기 상황이 아님에도 불구하고 첫 타자를 상대로 벌써부터 99마일(159km)를 던져서 삼진을 잡아내 버렸기에 아예 피칭 스타일이 바뀐 셈이었다.

그들은 의심했다.

완급 조절도 되는 선수가 뭐하러 1회부터 힘을 빼는 지에 대해서 말이다.

하나 아무 생각 없이 이런 피칭을 하는 건 절대 아니었다.

이미 주혁과 존 제이소는 시카고 화이트삭스 타자들이 어떤 공을 노릴지를 파악한 상태였다.

지금껏 보여준 것으로 판단했을 때, 분명 그들은 큰 무브먼트 없이 날아가는 95마일(153km) 이하의 패스트볼을 노릴 게 분명했다.

그런 그들은 분명 볼 끝이 지저분해진 패스트볼에 당황해 할 것이고, 직선으로 날아드는 패스트볼을 기다릴 것이다.

바로 이 점을 주혁과 존 제이소가 역이용한 것이었다.

노리던 그 공은 맞지만 구속이 더 빠른 공.

애초에 타이밍 자체가 맞지 않기 때문에 헛스윙은 더 많이 나올 게 자명했고….

따악!

그럼에도 안타가 터진다면?

이제 잠시 동안 숨겨둔 체인지업을 꺼내들 차례다.

부웅!

파앙!

"스트라이크!"

"......."

타자들의 타이밍을 완전히 무너뜨리기 위해서.

◈

타순이 한 바퀴가 돌았으나 타자들은 여전히 주혁의 공을 제대로 공략하지 못하고 있었다.

5회 말이 시작되기 전까지, 시카고 화이트삭스의 타자들이 주혁을 상대로 뽑아낸 안타는 고작 1개 뿐이었다.

결정적인 이유로는 오늘 새롭게 보여준 주혁의 이전과는 다른 포심 패스트볼에 타자들의 배트가 제대로 맞지를 않고 있다는 점이었다.

하나 단순히 공이 좋아서만은 아니었다.

여기에는 오늘 탬파베이 레이스 선수들의 놀라운 수비 집중력이 뒷받침이 되어 있었기에 가능한 일이었다.

그러나 5회 말, 첫 타자를 상대로 이 좋았던 흐름이 깨졌다.

따악!

큼지막한 타구가 터졌다.

우측 담장 쪽으로 날아가던 타구를 우익수는 쫓아가지

않고 제자리에서 가만히 지켜만 보았다.

주혁도 아예 타구에 시선을 주지 않은 채 묵묵히 로진 백을 집어 들었다.

홈런이기 때문이었다.

시카고 화이트삭스의 두 번째 안타는 그것도 홈런으로 기록되었다.

이 홈런을 쳐낸 사람은 시카고 화이트삭스의 4번 타자, 폴 코너코였다.

1999년부터 시카고 화이트삭스의 유니폼을 입고 뛰기 시작한 폴 코너코는 시카고 화이트삭스를 대표하는 현역 타자로서 지금까지 매 시즌마다 꾸준한 두 자릿수 홈런을 기록 중인 타자다.

이번 시즌도 현재까지 타율 0.329에 11개의 홈런을 때려 낸 바 있을 만큼, 폴 코너코는 분명히 주의해야 할 타자였다.

특히나 최근 3경기에서 11타수 7안타 4홈런을 기록한 상태인지라 타격감도 상당히 좋은 폴 코너코였다.

주혁도 이를 잘 알고 있었다.

존 제이소는 폴 코너코가 최근 경기에서 몸쪽 공을 잡아당겨 담장을 4번씩이나 넘겼다는 사실을 알고는 주혁에게 초구로 바깥쪽 공을 요구했다.

그러나 지금까지 잘 던져오던 포심 패스트볼을 주혁은 실투하고 말았다.

그것도 타격감이 좋다는 폴 코너코에게 말이다.

94마일(151km)의 속구는 바깥쪽 높게 날아가고 말았고, 이전과는 다르게 지저분하지 않은 이 공을 폴 코너코는 결코 놓치지 않았다.

애초부터 실투를 노리고 있었던 폴 코너코였는데다 그에게는 투수의 실투를 바로 홈런으로 연결시킬 수 있는 능력이 있는 타자였다.

'하필이면 코너코한테 실투를 하다니.'

주혁이 씁쓸하게 입맛을 다셨다.

긴장을 해서 실투를 한 것이 아니었기에 더욱 아쉬울 수밖에 없었다.

게다가 운이 나쁘게도, 그 실투가 하필이면 시카고 화이트삭스에서 가장 타격감이 좋은 폴 코너코에게로 날아갔으니 말이다.

'좀 더 신중했어야 했다.'

스스로에게 채찍질을 가하면서 주혁이 다음 타자를 상대하기 위해 방금 전 홈런을 머릿속에서 지워버리려고 애썼다.

그러나 현재 스코어가 1 - 0이라는 건 그리 유쾌한 일이 아니었기에 방금 전 공에 대한 미련이 남긴 했다.

'그래도 털어버려야 한다.'

뭐 굳이 계속 생각해봤자 도움 되는 건 없다.

오히려 실투를 더 남발하게 될 지도 모른다.

'피홈런을 잊기 위해선….'

방법은 하나다.

다음 타자를 삼진으로 잡아내는 것 뿐.

호흡을 고르고, 주혁이 존 제이소의 사인을 확인했다.

타석에는 5번 타자, 그레고리 마틴이 들어서 있었다.

주혁이 곧바로 와인드업을 시작했다.

파앙!

"스트라이크!"

몸쪽 낮게 파고들었던 초구.

그리고 이 공이 미트 안으로 꽂히는 순간, 그레고리 마틴이 인상을 찌푸리며 존 제이소에게 이렇게 말했다.

"저 애송이 녀석이 나를 삼진 잡고 싶어하는 것 같은데? 맞지?"

이전부터 친분이 있었던 두 사람이다.

그레고리 마틴의 말에 존 제이소가 공을 주혁에게 던져주면서 이렇게 말했다.

"응. 폴 코너코에게 맞은 홈런의 분풀이 대상은 바로 너야. 그러니까 그냥 공 3개만 보고 들어가."

"엿 먹어, 존."

그레고리 마틴이 배트로 존 제이소의 정강이 보호대를 툭 쳤다.

그러자 존 제이소가 예언하듯이 그에게 말했다.

"내가 저 녀석 공을 잡아보면 느낌이 오거든?"

그레고리 마틴이 타격폼을 취하면서 그의 말에 귀를 기울였다.

존 제이소가 자세를 잡으면서 마지막으로 한 마디 던졌다.

"저 공은 절대 실투가 안 나와. 그러니까 기대하지 말라고."

파앙!

"스트라이크!"

100마일(161km)의 바깥쪽 낮게 걸치는 공이 또다시 구심의 콜을 받아냈고, 그레고리 마틴은 배트를 휘두르지 조차 못했다.

뻔히 패스트볼이 들어올 걸 알면서도 말이다.

"빌어먹을. 타이밍을 못 잡겠네."

단숨에 볼 카운트는 노볼 2스트라이크가 되어 버렸고, 그레고리 마틴의 이맛살은 좀처럼 펴지지 않았다.

피칭 스타일 상 분명히 정면 승부를 들어올텐데, 문제는 그게 패스트볼일지 아니면 체인지업일지가 굉장히 아리송했다.

그런데 그 때.

주혁이 갑자기 고개를 절레절레 흔드는 게 아닌가.

그레고리 마틴이 그걸 보는 순간, 속으로 씩 웃었다.

'패스트볼 사인을 거절한 거군.'

너무 뻔했다.

존 제이소는 지금 자신이 패스트볼에 힘겨워하고 있다는 사실을 잘 알고 있기에 분명히 3구 째도 패스트볼 사인을 보냈을 것이고, 반대로 주혁은 체인지업으로 승부를 볼려고 고개를 가로저은 것이라고 그레고리 마틴은 생각했다.

4회까지만 해도 이 체인지업으로 재미를 톡톡히 보았기에 그레고리 마틴은 자신이 그 체인지업에 타이밍을 못 맞출 거라고 주혁이 판단했을 거라고 보았다.

특히나 오늘 체인지업은 지저분한 속구만큼이나 위력이 굉장했으니까.

한데 뭔가 미심쩍기는 했다.

기껏해야 두 개의 구종, 커브라는 공이 있기는 하지만 지금까지 던지지는 않았기에 이런 행동은 상대 타자에게 오히려 어떤 공을 던지겠다고 알려주는 것이나 다름없었다.

이것이 미끼일 수도 있고, 진짜 먹잇감일 수도 있다.

물 것이냐, 참아볼 것이냐의 고민.

최종적으로 그레고리 마틴이 선택한 것은….

'아무리 미친 애송이라지만, 신인이니까 이런 것 까지는 생각하지 못했을 거다.'

물기로 작정한 그레고리 마틴.

그는 주혁의 신인으로서의 미흡함이었다고 방금 전 상황을 판단했다.

더군다나 말 많던 존 제이소 역시도 입을 닫고 있다는 사실 역시도 그레고리 마틴의 이 생각에 확신을 심어주고 있었다.

'체인지업이라면 상대해볼만 하지.'

물론 낙차도 좋은 편이고, 홈 플레이트 앞에서 기가 막히게 아래로 뚝 떨어지긴 하지만, 솔직히 무섭게 포수 미트로 빨려 들어가는 강속구보다는 타이밍을 맞추기가 수월했다.

강속구를 못치는 타자는 아니었으나 전 타석에서 그가 봤던 가장 빠른 공이 고작 92마일(148km)이었기에 지금 주혁이 던지는 강속구의 타이밍을 맞추기는 더욱 어려웠다.

더군다나 족히 3번은 봐야 타이밍이 얼추 맞는데, 고작 2번 보고 노볼 2스트라이크의 상황이니 자칫 잘못하면 넋놓고 강속구만 감상하다 벤치로 들어갈 뻔 한 그레고리 마틴이었다.

반면에 체인지업 같은 경우는 아무리 빨라도 92마일(148km)을 넘어서지는 않기에 타이밍은 맞출 수 있었다.

이미 예측을 하고 있다는 가정 하에 말이다.

주혁이 와인드업을 시작했고, 그레고리 마틴이 배트를 거세게 쥐었다.

그리고 그의 손에서 공이 뿌려지는 순간.

부웅!

파앙!

헛스윙 삼구 삼진 아웃.

전광판에 떠 있는 공의 구속은 101마일(163km).

존 제이소가 키득키득 웃으면서 그레고리 마틴에게 말했다.

"거봐. 내가 뭐랬어. 삼구 삼진 당할 거라고 했잖아. 왜 굳이 배트를 휘두른 거야? 설마 체인지업을 던질 거라고 예측한 건 아니지?"

미끼였구나.

그레고리 마틴이 물었다.

"누구 아이디어냐? 너냐? 이 상황에서 고개 저으라고 지시한 게?"

그러나 돌아온 대답은 예상과는 달랐다.

"아니. 패스트볼 사인 넣었는데 자기가 고개 젓더니 다시 패스트볼 사인 보내던데?"

"…이런 X발."

그게 사인 미스였을 줄이야.

그레고리 마틴이 낮게 중얼거리고는 그대로 벤치로 돌아갔다.

결국 혼자서 과도하게 상상하다 스스로 발목을 잡고 만 것이었다.

애초부터 차라리 패스트볼을 노렸어야 했다.

그런 한편, 다음 타자를 삼구 삼진으로 잡아낸 주혁이 그제야 숨을 골랐다.

'됐다.'

홈런은 방금 전 삼구 삼진으로 인해 말끔히 잊혀졌다.

그리고….

파앙!

상황은 폴 코너코의 홈런이 나오기 이전으로 다시 돌아가기 시작했다.

◆

7회 말.

틱!

빗맞은 타구가 유격수 정면으로 날아갔고, 이는 마지막 아웃카운트의 희생양이 되면서 이닝의 종료를 알렸다.

동시에 U.S. 셀룰러 필드를 찾은 원정팀 탬파베이 레이스의 팬들은 마운드를 내려오는 주혁에게 박수를 치기 시작했다.

그들은 알고 있었다.

이번 이닝을 끝으로 주혁이 오늘 경기에서 더 이상 공을 던지지 않을 거라는 것을 말이다.

주혁이 한 경기에서 100구 이상 투구 시, 선수 보호 차원에서 교체를 시켜주던 탬파베이 레이스였다.

그런 그가 지금까지 98구를 던졌기 때문에 교체 시기가 온 셈이었다.

게다가 탬파베이 레이스의 불펜에선 이미 중간 계투 2명이 몸을 풀고 있었기에 교체는 더욱 확실해보였다.

오늘 주혁의 피칭은 언제나 그랬듯이 놀라웠다.

매번 타석과 마운드에서 메이저리그를 사랑하는 모든 사람들에게 신선한 충격을 안겨다 주던 주혁은 오늘도 기존에 던졌던 속구와는 또 다른 패스트볼을 선보이면서 자신의 재능을 유감없이 뽐내는데 성공했다.

게다가 이제는 주혁의 트레이드 마크가 된 경이로운 완급 조절 역시도 타자들을 충분히 괴롭히면서 보는 내내 즐거움을 선사해주었고, 오늘 무려 11개의 탈삼진을 잡아내는 좋은 피칭을 보여주었다.

다만 폴 코너코에게 허용했던 그 홈런이 너무도 안타까운 장면이긴 했다.

뭐 그래도 타선이 득점 지원만 제대로 해준다면 그깟 1점 정도야 문제 될 것은 없었다.

그러나 정작 탬파베이 레이스의 타선은 7회 초까지 시카고 화이트삭스의 선발 투수 가빈 플로이드에게서 좀처럼 점수를 뽑아내지 못하고 있었다.

매 이닝마다 출루에 성공했으며, 매 이닝마다 주자가 득점권까지 진루했으나 적시타가 터지지 않고 있는 탬파베이 레이스였다.

이런 탓에 탬파베이 레이스의 팬들은 공격 시에는 답답함을, 수비 시에는 시원함을, 다시 공격 시에 또 답답해

하다가, 이어지는 마운드를 통해 해소하는, 이 반복적인 패턴의 연속을 오늘 경기를 통해서 느끼고 있었다.

하나 그들은 타선의 활약을 무엇보다도 보고 싶어 했다.

제 아무리 마운드가 잘 해 봤자, 타선이 도움을 주지 못하면 결국 소용이 없다.

팬들은 자신들이 응원하는 팀이 승리하는 것을 보고 싶어하며, 그 과정에서 나오는 짜릿한 장면들에 환호하는 것이다.

그렇기에 타선이 점수를 내주기만을 간절히 바라고 있는 팬들이었다.

이는 비단 팬들 뿐만이 아니었다.

벤치에서 휴식을 취하던 주혁도 여기서 점수가 나기를 간절히 바라고 있었다.

만일 이대로 경기가 끝이 난다면, 고작 1점만 주고도 패전 투수로 기록되고 만다.

그 실투 하나 때문에 자신의 커리어에 패전 기록이 하나 더 쌓인다는 거다. 억울하지 않은가!

솔직히 오늘 피칭의 내용이 그 실투만을 제외하고는 아주 좋았기에 분해하지는 않고 있던 주혁이었다.

승패를 떠나서 일단 피칭의 내용이 좋았느냐가 제일 중요한 부분이니까.

그러나 막상 좋은 피칭을 했음에도 불구하고 보상이

만족스럽지 못한 경우에는 힘이 풀리는 듯한 기분이 들기도 한다.

주혁은 과거에도 이런 느낌을 받은 경험이 있었다.

타자로 타석에 나서서 4타석 모두 안타를 때려냈고, 그중 3타석은 모두 홈런을 때려냈으며, 타점만 혼자서 무려 8타점씩이나 쓸어 담았던, 그야말로 환상적인 경기를 펼친 적이 있었다.

하나 불펜 투수들이 단체로 뭘 잘못 먹은 모양인지, 나오는 족족 실점을 허용하더니 결국 7회부터 9회까지 무려 16점을 허용했고 그렇게 경기는 지고 말았다.

그 때 다가왔던 공허함과 허무함은 이루 말로 표현할 수 없을 정도로 컸다.

게다가 그 때가 데뷔한 지 고작 2년 밖에 되지 않았던 시기였으니 말이다.

그리고 지금.

투수로서 마운드 위에서 혼신의 피칭을 다하고 내려왔으나, 경기가 지고 있다는 사실은 좀처럼 받아들이기 쉽지가 않았다.

나름 베테랑이고, 심적인 부분들에 대해 스스로 컨트롤이 가능하지만, 분한 것이 있으면 그 날 밤은 잠을 이루지 못할 정도로 승부욕이 강한 주혁이기에 고작 1점만을 내줬다는 이유로 패전 투수가 될지도 모른다는 사실은 마냥 부정하고 싶은 현실이었다.

'차라리 내가 타석에 나서는 게 오히려 속이 편할 것 같다.'

체력적으로 큰 부담이 될 것임에는 분명하다.

그러나 최근 들어 부쩍 잦아지는 타자들의 무기력한 증세는 가만히 앉아서 보기가 힘들 수준이었다.

그래도 클리블랜드 인디언스와의 3연전에서 타선이 다시 부활하는 가 싶었으나 시카고 화이트삭스와의 3연전 그 두 번째 경기에서 7 - 2로 패배했던 탬파베이 레이스였다.

'이상하게 내가 배트를 들면 타선이 폭발하는 거 같네.'

거의 그랬다.

생각해보니, 타석에 들어섰던 경기에선 지금까지 진 적이 없었다.

'이제는 내가 배트를 들어야하나 싶은 생각이 들 정도니 원….'

신인 투수가 지명 타자로 타석에 나서는 그림이 점차 가장 이상적인 상황으로 다가오는 것 같아 주혁이 씁쓸한 미소를 지었다.

투타를 겸업하는 것에 있어서는 문제 될 건 없었다.

체력적으로 부담되는 것도 없었고, 예전처럼 3루 수비를 보지 않아도 되기 때문에 편하게 타석에 임할 수가 있다.

물론 단점도 있다.

투수로 등판하지 않는 날에 지명 타자로 출전한다면, 다른 선수들과는 다르게 몸을 움직일 일이 적기 때문에 실내 배팅 케이지에서 타격 연습을 하는 등의 개인적인 운동으로 항상 준비를 해둬야 한다는 점은 불편한 부분이긴 하다.

다만 오직 타격에만 집중할 수 있다는 점은 장점으로 볼 수도 있는 게 지명 타자라는 자리다.

'동경하던 베이브 루스의 뒤를 잇는 다라….'

지금과는 상황이 다르지만, 어찌 되었든 투타를 겸업한 선수들 가운데 메이저리그에서 가장 크게 성공한 선수를 뽑으라면 두 말할 필요도 없이 베이브 루스가 지목될 것이다.

주혁도 비록 두 눈으로 그의 플레이를 본 적은 없지만, 그저 전설적인 그의 기록만을 보고도 그를 존경했었다.

시대가 그 때와는 다르지만, 그에게 조금이나마 다가갈 수 있을지도 모른다.

타격 기술과 센스, 파워는 이미 갖춰진 상태이기에 그 감각만 잃지 않게 한다면 오랫동안 갈 것이라고 주혁은 판단하고 있었다.

남은 건 투수로서의 발전뿐인데, 사실 이 부분이 제일 크게 걸렸다.

'내 훈련 시간이 없어진다는 거지.'

5일 간격으로 선발 등판이 잡혀 있는 지금, 피로나 어깨 통증이 전혀 없는 주혁에게는 그 사이의 휴식 기간이 사실상 스프링캠프나 다름없었다.

투수로서는 부족한 부분들이 많기에 좀 더 보충을 하고, 제구를 가다듬으며, 더 많은 가르침을 받는 것.

이는 반드시 필요한 과정이었다.

그리고 과거로 돌아오면서 얻게 된 엄청난 체력은 남들보다 더 빠른 성장을 이룩할 수 있게 만들어주고 있었다.

사실 오늘 경기에서 던졌던 90마일(144km) 대의 지저분한 패스트볼 역시도 이런 휴식 기간을 잘 활용한 덕분이었다.

그리고 이 공의 그립을 투심 패스트볼로 바꿔서 보다 무브먼트를 크게 가져간다면 아예 새로운 구종이 추가되는 셈이다.

이렇듯, 이 시간의 활용은 투수로서 경험이 부족한 주혁에게는 분명히 필요한 시간이었다.

이것이 그가 전성기 시절의 타격 실력을 지금 가지고 있어도 선뜻 나서지 않는 이유였다.

꿈꿔왔던 길만을 달릴 것인가.

아니면 또 다른 새로운 길을 향해 달릴 것인가.

따악!

갈등하던 주혁을 현실 세계로 돌아오게 만드는 타격음이 경기장 가득 울려 퍼졌다.

가빈 플로이드를 상대로, 8회 초 2아웃 상황에서 2루타가 터진 것이었다.

이번 이닝의 첫 번째 출루.

주혁이 잠시 생각을 멈춘 후, 다시 경기에 집중했다.

'딱 한 점이면 패전은 없어진다.'

주혁이 오른쪽 어깨와 팔에 아이싱을 두른 상태로 그라운드에 시선을 꽂아두었다.

마침 대기 타석에서 허공에 방망이를 연신 휘두르다가 구심이 부르는 목소리에 허겁지겁 타석으로 들어서는 타자가 한 명 있었다.

앞선 타석에서 모두 외야 뜬공으로 물러난 바 있는 타자.

'뭔가 터질 것 같으면서도 애매하게 안 터지고 있으니….'

주혁이 예상했던, 이번 3연전의 가장 핵심적인 인물.

필립 모리스.

첫 번째 경기에서 3타수 1안타, 두 번째 경기에서 3타수 무안타, 그리고 세 번째 경기인 지금 역시도 무안타로 침묵하고 있는 그에게 기회가 찾아왔다.

안타 하나면 득점이다.

홈런이면 역전이다.

그리고 경기를 계속 치를수록, 어깨가 일찍 열리는 단점이 조금씩 보완되어 가면서 타구에 더 많은 힘을 실을 수 있는 능력까지 좋아지고 있던 필립 모리스였다.

주혁이 보기에 필립 모리스는 이미 준비된 선수였다.

다만 자신감이 결여되어 있다는 게 문제였다.

클리블랜드 인디언스와의 시리즈 마지막 경기에서 얻었던 그 자신감이 이번 시카고 화이트삭스와의 시리즈를 통해 앞선 2경기에서 점차 잃어가고 있는 필립 모리스였다.

분명 공을 잘 맞히기도 했으며, 멀리 외야로 타구를 날려 보내기도 했었다.

하나 이상하게도 외야수의 글러브 안으로 쏙 들어가고 말았고, 결과는 매번 아웃이었다.

그러다보니 가면 갈수록 투수들의 공을 급하게 상대하려는 성미를 보이고 있는 필립 모리스였다.

'좀 더 침착해질 필요성이 있다.'

안타 하나면 된다.

주혁이 턱 선을 매만지면서 매의 눈으로 두 선수의 승부를 지켜보기 시작했다.

'투수도 알 거다. 자기가 던진 공을 죄다 외야로 보냈다는 걸.'

오늘 제구력이 상당히 날카로운 가빈 플로이드는 틀림없이 낮게 승부를 가져갈 것이고, 반대로 필립 모리스는 낮은 공을 퍼 올려서 안타를 쳐낼 생각을 하고 있을 것이 분명했다.

가빈 플로이드가 로진 백을 집었다 내려놓는 과정에서 꽤 많은 시간을 허비했다.

그는 8회까지 자신이 맡기를 원하고 있었고, 100구를 막 넘겼기에 마지막 아웃카운트를 필립 모리스를 상대로 잡아내고자 정신을 집중한 채 호흡을 정리하고 있었다.

구심이 그런 그에게 얼른 던지라고 재촉했고, 가빈 플로이드가 고개를 끄덕거리더니 포수 미트를 향해 공을 던졌다.

파앙!

92마일(148km)의 패스트볼이 너무 낮게 들어가면서 구심으로부터 볼 판정을 받았다.

이미 낮게 승부할거라는 걸 예측하고 있던 탬파베이 레이스의 벤치와 필립 모리스는 다음 공을 기다렸다.

이윽고 그가 공을 던지려는 데, 순간 하체의 무게 중심이 살짝 흔들렸다.

그렇게 던져진 공은 되려 몸쪽 살짝 높게 날아가기 시작했고….

따악!

이를 쳐낸 필립 모리스 역시도 약간은 어정쩡한 자세로 이 공을 때려냈다.

졸지에 잡아 당긴 타구가 된 상황.

일단 필립 모리스도 뛰었고, 2루 주자도 뛰었다.

어차피 아웃카운트가 2개나 있어서 한 명만 아웃되어도 이닝이 끝이 나기에 혹시 모를 상황에 대비해 그냥 무작정 뛰는 것이었다.

그런데 그 순간.

"……!"

외야로 높게 뜬 타구를 좌익수가 놓친 것이 아닌가!

타구가 순간적으로 좌익수의 시야에서 사라졌다가 나타난 탓에 그가 낙하지점을 제대로 포착하지 못했고, 졸지에 안타를 허용하고 만 것이었다.

그리고 전력 질주를 하던 2루 주자는 어느새 홈 플레이트 직전까지 달려온 상태.

좌익수가 잽싸게 잡아 즉시 홈으로 송구를 했으나 결과는….

"세이프!"

귀중한 1점이 마침내 이제야 터졌다.

그것도 믿었던 필립 모리스에게서 말이다.

스코어 1 − 1.

경기는 더욱 긴장감 있게 흘러가고 있었다.

◆

이겼다.

전광판에선 4 − 2라는 스코어가 눈에 보였고, 마운드에선 세레모니를 끝마친 라파엘 소리아노가 포수와 하이파이브를 하고 있었다.

탬파베이 레이스의 승리.

하지만 오늘 경기에서 선발 투수로 마운드에 올라왔던 주혁은 끝내 승리 투수로 기록되지는 못했다.

필립 모리스가 동점을 만들기는 했으나, 그 이후로 추가 득점이 나오지 않았기 때문이었다.

'그래도 패전은 면했으니 다행이지.'

만족스럽지는 않았으나 단 1점을 내줬다는 이유로 패전의 멍에를 쓰는 것보다는 나았다.

'다음에 승리 쌓으면 되지, 뭐.'

비록 승리 투수가 되지는 못했어도 주혁이 오늘 경기에서 보여준 피칭의 기록들은 세세하게 남아 있었다.

7이닝 1실점 11K 4피안타 1피홈런 0볼넷.

퀄리티 스타트와 두 자릿수의 탈삼진.

그리고 이번에도 볼넷을 한 개도 내주지 않았던 주혁은 기록만 놓고 본다면 메이저리그 상위권 투수들과 어깨를 나란히 하는 수준이었다.

물론 아직 선발 투수로 뛴 횟수가 적기 때문에 당장 비교하기는 불가능하지만, 수치상으로 놓고 보았을 때는 그 정도의 활약을 펼쳐 보이고 있는 주혁이었다.

게다가 현재까지 26이닝 동안 볼넷을 단 한 개도 내주지 않고 있는 주혁이었는데, 공격적인 피칭을 함에도 불구하고 현재까지 피안타율이 고작 0.153 밖에 되지 않는다는 점이 더욱 놀라운 부분이었다.

그러나 정작 주혁을 비롯해서 애런 루이스 투수 코치와 포수 존 제이소는 미래를 마냥 좋게 보고 있지는 않았다.

지금이야 공격적인 피칭을 해도 타자들이 아직 주혁에 대한 제대로 된 분석이 없고 낯설기 때문에 당하는 것이지, 시간이 흐를수록 공략하기는 더 없이 쉬운 패턴이 바로 주혁의 피칭이었다.

가만히 손 놓고 있을 수는 없었다.

한 개의 구종만이라도 더 늘려야 하는데, 그게 마음처럼 쉬운 일은 아니었다.

체인지업을 익힌 속도는 빨랐으나 커브는 아직까지도 실전에서 활용하기는 그 무게감이 떨어지는 편이었다.

슬라이더를 던질 줄은 알았지만(실제로 속도도 빠른 편이지만), 휘는 각이 썩 좋지 못했으며 컨트롤 또한 미숙해서 잦은 실투가 나오곤 했었다.

그렇다면 결국 해답은 하나다.

지금 던지는 구종과 같은 투구폼, 같은 릴리스 포인트에서 그립만 달라지는 변화구를 빠르게 익혀야만 하는 것 뿐.

여러 가지의 선택지가 있다.

패스트볼 계열에는 투심 패스트볼이나 컷 패스트볼이 있다.

체인지업 계열에 현재 던지는 쓰리핑거 체인지업을 제외하고, 서클 체인지업, 팜볼, 스플리터, 포크볼이 있다.

모두 같은 투구폼에서 던져지는 구질이다.

하나 엄연히 컨트롤이 되어야 실전에서 유용하게 쓸 수 있는 게 변화구다.

즉, 단순히 던지는 방식이 똑같다고 해서 그 공의 움직임이나 제구까지 잘 잡을 수 있다는 건 아니다.

또한 각 변화구들마다 제각기 다른 무브먼트들이 있기에 어떤 공이 가장 위력적인지도 파악을 해야 한다.

그리고 오늘.

주혁은 마침내 한 가지 구종에 대한 가능성을 여실히 보여주었다.

지저분한 포심 패스트볼.

손목을 살짝 비틀어 던지면서 무브먼트도 주고, 속도도 살짝 낮춰서 던졌던 93마일(150km)대의 패스트볼.

포심 패스트볼임에도 굉장한 무브먼트를 보이면서 시카고 화이트삭스 타자들을 혼란케 만들었던 오늘 경기.

그립 하나만 다르게 쥔다면, 공의 무브먼트는 더욱 극대화 될 수가 있다.

이튿날.

하루 휴식을 취한 주혁이 가장 먼저 시작한 훈련은 바로….

파앙!

우타자의 몸쪽으로 휘면서 이전의 포심 패스트볼보다 더 좋은 무브먼트를 보여주는 이 공.

'조금만 다듬으면 제구까지도 잡을 수 있겠다.'

주혁이 지금 쥐고 있는 그립은 바로 투심 패스트볼이었다.

메이저리그에서 뛰는 선수들 중 천재는 극히 일부다.

모든 선수들은(아닌 선수들도 간혹 있지만) 많이 뛰고, 많이 훈련하며, 경쟁자들보다 앞서가기 위해 더 많은 노력을 한다.

그러나 단순히 열심히 한다고 해서 메이저리그로 갈 수 있는 것은 아니다.

물론 열심히 하면 그만큼의 실력과 성적이 나오기는 한다.

그러나 진정한 스타 플레이어가 될 수는 없다.

가장 중요한 것은, 매 순간마다 바뀌는 상황들에 대한 대처, 그리고 그 순간들을 대비하기 위한 철저한 분석이 뒷받침되어야 한다는 점이다.

아무리 스윙 연습을 많이 한다고 해도, 메이저리그 수준의 투수들의 공을 다 쳐낼 수 있는 것은 아니다.

그들이 어떤 공을 던지는지, 어떤 카운트에서 어떤 공을 던지는지, 루틴(습관)은 무엇인지, 결정구는 무엇인지, 무브먼트는 어떤지, 누상에 주자가 있을 때 어떤 구종을 많이 던지는지, 얼마나 스트라이크 존을 넓게 활용하는지 등….

투수는 그냥 가만히 공만 던지는 사람들이 아니다.

모두들 저마다 변화하는 흐름에 맞춰가기 위해 끊임없는 노력을 한다.

타자들도 이런 변화를 따라가기 위해 투수들을 끈질기게 공략해야 한다.

결과적으로 상대하게 될 투수는 수도 없이 많다.

그들이 다 똑같은 구종과 똑같은 투구폼, 똑같은 타이밍과 똑같은 볼 배합으로 승부를 걸지 않는다.

그리고 이런 세밀한 대비들이 있어야 만이 그동안 노력해온 타격 훈련이 빛을 발하는 것이다.

이러한 까닭에 메이저리그에서 뛰는 선수들이 엄청난 혜택을 받고, 꾸준히 잘만 하면 남들이 부러워할 만큼의 연봉을 받는 것이다.

이는 주혁에게도 마찬가지로 해당되는 이야기다.

주혁도 오랜 메이저리그 생활을 통해 이런 것들이 얼마나 중요한 지를 누구보다도 잘 알고 있었다.

그리고 메이저리그에서 몸담고 있는 타자들이 얼마나 대단한 선수들인지 역시도 잘 아는 주혁이었다.

타자로서의 경험과 타고난 완급 조절로 아직까지는 좋은 피칭을 이어가고 있지만, 그만큼 타자들이 주혁의 공에 대한 분석과 적응 역시도 빠른 시간 안에 이뤄지고 있는 중이었다.

탬파베이 레이스의 이 핫한 루키가 금방 꺼질 불꽃이라고 그들은 판단하지 않았다.

오랫동안 봐야 될지도 모르기 때문에, 하루 빨리 공략을 해야만 했다.

그리고 시간이 흐를수록 그들은 주혁의 피칭에 조금씩 적응을 해가기 시작했다.

4번째 선발 등판 경기에서 텍사스 레인저스와의 원정 경기의 선발 투수로 등판한 주혁은 이날, 최종적으로 6이닝 동안 3실점 8피안타 2피홈런 7K의 기록을 남기면서 패전 투수로 기록이 되었다.

나쁘다고 보기는 어려웠으나 이전까지만 해도 타자들을 압도하던 주혁의 패스트볼과 체인지업이 점차 타자들에게 읽히고 있다는 증거가 되는 경기였다.

제구력이 나쁘지는 않지만 코너워크를 능숙하게 다룰 만큼의 정교한 피칭을 할 정도의 수준은 아직 되지 않는 주혁이기에 공의 방향에 있어 한계가 들어난 것이었다.

그나마 공의 위력, 지저분한 볼 끝, 여전히 타자들의 타이밍을 빼앗는 완급 조절과 체인지업이 있었기에 3실점에 그친 경기였다.

하나 결과적으로는 패전 투수가 되고 말았던 경기.

이번에도 타선의 득점 지원이 단 1점도 없었던 것이 원인이었다.

지난 클리블랜드 인디언스와의 경기에서는 필립 모리스가 동점 적시타를 때려주면서 패전 투수에서 벗어날 수가 있었으나 이 경기는 그 어느 누구에게도 끝내 도움을 받지 못했다.

그렇게 메이저리그 첫 패를 껴안게 된 주혁이 5일이 흘러 5번째 선발 경기를 맡게 된 오늘.

홈구장인 트로피카나 필드에서 볼티모어 오리올스를 상대로 주혁은 이전 경기와는 다르게 더 질 높은 피칭을 하고 있었다.

여전히 패스트볼과 체인지업만으로 타자들을 상대했으나, 속도의 차이를 이전 경기들보다 더 많이 줌으로써 타자들이 타이밍을 잡기 더욱 어렵게 만들었으며, 공략을 당하고 있다는 위기감이 있었기에 실투를 하지 않으려고 엄청난 집중력을 발휘했던 주혁이었다.

게다가 지난 경기에서 높은 공에 장타를 많이 허용했던 터라 되도록 낮게 던지려고 많은 노력을 했으며, 기존의 공격적인 피칭에서 살짝 벗어나 낮게 가라앉는 체인지업으로 땅볼 타구를 유도하기도 했다.

결과적으로 7회까지 87구를 던지면서 삼진 7개와 피안타 3개만을 허용하면서 무실점 피칭을 이어가는 주혁이었다.

그러나 치명적인 문제가 있었다.

전광판을 물끄러미 바라보는 주혁이 끝내 이마를 찌푸렸다.

'빌어먹을.'

0 - 0의 스코어.

마치 저주라도 걸린 듯이, 최근 3경기 동안 선발로 마운드에 오르기만 하면 타선이 침묵하고 있었기 때문이었다.

'솔직히 오늘은 다를 줄 알았다.'

어제 경기에서 에반 롱고리아는 멀티 히트에 3점 홈런을, 카를로스 페냐는 2점 홈런을, 필립 모리스 역시도 멀티 히트를, 1번 타자 칼 크로포드는 3안타 게임을 했었기에 나름 기대를 하고 있던 주혁이었다.

'그런데 빌어먹을 내 경기에서는 왜 이렇게 득점이 안 나오는 거냐고.'

이유를 도통 모르겠다.

상대 팀 선발 투수가 에이스도 아니었고, 안타와 볼넷도 적절하게 잘 얻어갔으나 가장 중요한 점수가 터지지를 않았다.

'승패에 연연하지 않으려고 했는데 이건 아니지.'

어떻게 1점도 못 만들어 낸단 말인가!

그것도 어제 경기를 10점 차이로 승리했던 타자들이 말이다.

정신 똑바로 차리라고 말을 하고 싶었으나, 신분이 졸지에 신인으로 하락(?)한 주혁이기에 선뜻 말도 꺼내지 못하고 있었다.

타자들도 대단히 좋은 피칭을 해주는 주혁에게 도움이 되지 못해 미안해하고 있었다.

그러나 주혁은 이게 답답했다.

'미안해 할 것 없으니까 홈런이라도 하나 쳐내라고. 빌어먹을.'

미안해한다고 상황이 달라지는 것도 아닌데 괜히 신인의 눈치를 보고 있다는 게 영 마음에 들지가 않았다.

배트를 들고 싶다.

마운드에 올라온 저 불펜 투수의 공을 받아쳐 담장을 넘길 수 있을 것 같다는 묘한 자신감이 끓어오르기 시작했다.

누군가 물꼬만 제대로 틀어주면 펑펑 터지는 탬파베이 레이스의 타선에는 가장 필요할 때 점수를 내줄 수 있는 타자가 필요했다.

그저 자기 개인 커리어만 챙기는 타자들 말고.

'이 피칭이 아까워서라도 승리 투수가 되어야겠다.'

방법은 하나다.

타석에 서는 것.

그러나 어떻게?

지금으로선 명분이 딱히 없다.

주혁이 침착하게 두 눈동자를 굴렸다.

오늘 지명 타자로 타석에 들어선 우타자 조던 포트는 2타수 무안타 2삼진으로 물러난 바 있었다.

그리고 방금 전, 볼티모어 오리올스는 우완 불펜 투수를 마운드 위로 올렸다.

'잠깐만? 그럼 지금 좌완 불펜 투수가 두 명 밖에 없는데 한 명은 어제 3이닝을 던졌고, 한 명은 방금 전에 내려갔으니까…!'

이제 남은 자원은 죄다 우완 투수 뿐.

다만 현재 탬파베이 레이스의 대타 자원 중에 좌타자가 한 명 있었으나 타율은 1할 대에 머무르고 있었다.

그러나 반대로 주혁의 타율은 무려 0.625다.

게다가 때려낸 안타 5개 중 홈런만 3개다.

'대타 카드 중에 좌타자는 나뿐이다.'

써먹었던 명분을 다시 꺼내들 차례.

생각이 확립되는 순간, 조금의 망설임도 없이 주혁이 조 매든에게로 성큼성큼 걸어가기 시작했다.

◈

트로피카나 필드의 상층에 위치한 중계석 안.

이곳에서 오늘 탬파베이 레이스와 볼티모어 오리올스의 경기를 중계해주던 해설자 댄 오브라이언과 캐스터 래리 허드슨은 생전 처음보는 희한한 광경에 놀라워하고 있었다.

그라운드에서는 한 선수가 대기 타석에서 몸을 풀더니 타석으로 걸어가고 있었다.

"윤? 저 선수 윤 맞죠?"

"제 눈이 노안이긴 해도 확실한 것 같습니다만."

"대타로 이 선수가 나올 거라고 예상은 하셨나요?"

"전혀요."

전광판에 나타난 이 대타의 정체는 바로….

"타석에 윤주혁 선수가 들어섰습니다."

"해설만 20년 째 하고 있지만, 이런 경우는 처음이네요. 대타 카드가 없는 것도 아닌데 그것도 아직 마운드를 내려가지 않은 선발 투수가 타석에 선다는 게 무척이나 흥미롭군요."

"이 선수, 기록만 놓고 보면 타자로서도 재능이 출중하긴 하죠."

"맞습니다. 11타석에 나와서 볼넷 3개와 안타 5개를 때렸는데 그 중 3개가 홈런입니다."

"엄청난 루키, 윤이 타석에서 어떤 모습을 보여줄지 기대가 됩니다."

"배트 스피드도 빠르고 스윙이 간결하지만 타구를 멀리 날려보낼 수 있는 힘이 상당한 선수죠. 100마일(161km)의 패스트볼만 아니었다면 타자로 전향시켰을 거라고 브래들리 타격 코치가 말했죠."

이들이 대화를 오랫동안 할 수 있었던 이유가 있었다.

주혁의 등장에 당황한 볼티모어 오리올스의 배터리는 이전보다 사인 교환에 있어 시간을 지체했기 때문이었다.

이윽고 초구 사인이 결정되자, 그제야 볼티모어 오리올스의 마운드를 지키고 있는 불펜 투수 다니엘 홀랜드가 와인드업을 가져가기 시작했다.

이 흥미로운 승부에 모두들 시선을 집중했고, 다니엘 홀랜드의 손에서 뿌려진 초구가 포수 미트에 꽂히면서 본격적인 승부의 시작을 알렸다.

캐스터 래리 허드슨이 말했다.

"낮게 깔린 패스트볼이었습니다. 91마일(146km)의 스피드였네요."

"낮게 피칭을 가져갈 모양입니다."

곧이어 던진 2구 커브마저도 낮게 떨어지자, 해설자 댄 오브라이언이 신기해하며 말했다.

"재밌네요. 이 루키가 굉장히 위협적으로 느껴지나 봅니다. 전 타석에서 상대한 타자에게는 공이 좀 높았는데 윤을 상대로는 철저히 낮게 피칭을 하고 있네요. 배팅 케이지에서 몸도 한 번 안 푼 이 신인 투수를 상대로, 그것도 7이닝씩이나 소화한 윤에게 말이죠."

"타격감이 결코 좋지 않을 텐데도 침착하게 승부를 하려고 하는 볼티모어 오리올스입니다."

그리고 이어지는 3구 슬라이더 역시도 낮게 들어갔고 이번에도 구심의 손은 올라가지 않았다.

3 - 0의 볼카운트에 댄 오브라이언이 슬며시 입가에 미소를 가져갔다.

"저들은 윤이 에반이나 크로포드와 동급의 타자로 생각하는 모양입니다."

"굉장히 신중하네요."

"이 신인 투수에게 스트레이트 볼넷을 내주는 것 만큼 굴욕스러운 일은 없을 것 같군요."

차갑게 굳은 표정의 다니엘 홀랜드가 사인을 확인하고는

몸쪽 무릎 높이로 패스트볼을 던졌다.

파앙!

"스트라이크!"

4구만에 구심의 스트라이크 콜이 나왔고 주혁은 잠시 타
석에서 벗어나 허공에 스윙을 세 차례 한 후 다시 들어섰
다.

이 승부의 결과가 어떻게 될지 예상조차 할 수 없는 상황
에서, 다니엘 홀랜드가 왼쪽 다리를 들어올렸다.

주혁도 침착하게 타격폼을 취하면서 다니엘 홀랜드의 손
에서 시선을 떼질 않고 있었다.

곧바로 그가 5구 째 패스트볼을 던지는 순간.

따악!

정중앙 무릎 높이로 날아오던 공이 주혁의 배트에 정확
하게 맞았다.

우측 담장 쪽으로 쭉 뻗어 나가기 시작하는 타구.

우익수가 워닝 트랙까지 미친듯이 달렸으나 이내 담장
바로 앞에서 그의 발걸음이 멈춰버렸다.

이미 타구는 그의 수비 범위를 벗어나 담장 너머의 관중
석에 떨어졌기 때문이었다.

아주 짧게나마 트로피카나 필드가 침묵에 휩싸였고 주혁
이 1루 베이스를 여유롭게 지나가자 고막을 찢는 듯한 함성
소리가 관중석에서 터져나오기 시작했다.

그리고 이를 지켜보던 댄 오브라이언과 래리 허드슨은

자신들의 직무를 잠시 동안 망각한 채 멍하니 그라운드만을 바라보고 있었다.

이윽고 주혁이 홈 베이스를 밟고 나자, 래리 허드슨이 입을 열었다.

"Unbelievable…."

충격에 휩싸인 두 사람.

이후로도 5초간, 중계석에서는 그 어떤 말도 나오지 않았다.

◈

야구는 혼자 하는 스포츠가 아니다.

그러나 오늘 경기만큼은 주혁은 혼자 했다고 봐도 무방했다.

1 - 0으로 끝이 난 경기.

물론 동료들의 안정적인 수비도 한 몫 했고, 포수 존 제이소의 안정적인 캐치도 있었으며, 셋업 투수의 2사 2루 위기 탈출, 마무리 라파엘 소리아노의 무실점 세이브가 있었기에 승리했던 탬파베이 레이스이긴 했다.

하지만 어느 누구라도 이 경기의 처음부터 끝까지 지켜본 사람이라면 혼자 했다는 이 말에 공감할 것이다.

7.2이닝 무실점 9K 4피안타 1볼넷의 피칭을 선보였던 주혁은 이 기록만으로도 수훈 선수나 다름없었다.

그러나 모두를 경악하게 한 것은 따로 있었으니….

1타석 1타수 1안타 1홈런 1타점.

경기의 승패를 결정 지었던 솔로 홈런.

놀랍게도 이 홈런은 탬파베이 레이스의 타자들이 아닌, 선발 투수였던 주혁이 때려냈다는 점이었다.

선발 투수가 실점을 허용하지 않으며 자신이 직접 타점을 만들어 경기를 이기는 시나리오.

내셔널리그에서도 1년에 한 번 나올까 말까 한 경기가 투수가 타석에 서는 경우가 거의 없는 아메리칸리그에서 나오다니!

그것도 신인 선수에게서 말이다.

경기가 끝난 이후, 동료들은 주혁에게 저마다 한 마디씩 건넸다.

"영화 엑소시스트 급의 충격이었어, 윤."

"미친 애송이. 너는 오늘부터 그냥 미친 애송이야. 천재 녀석."

"뭐하러 투수해? 그냥 이참에 타자로 전향해. 페이스만 보면 100홈런은 치겠구만."

언뜻 들으면 비아냥거리는 듯하지만, 그들의 말투에는 장난끼가 한가득 섞여 있었으며 모두 이 어린 선수의 활약에 뿌듯해하고 있었다.

주혁도 그들이 칭찬을 돌려 말한다는 걸 알기 때문에 그저 피식 웃기만 할 뿐이었다.

동료들과의 하이파이브를 마친 이후에 진행된 수훈 선수 인터뷰는 당연지사 주혁이 1순위였고, 이 인터뷰 영상은 곧바로 MLB닷컴 메인에 기사와 함께 실렸다.

리포터와 대화를 마친 후, 락커룸으로 향한 주혁은 한동안 차고 있었던 아이싱을 풀어내고는 흘렸던 땀들을 이제야 씻어내렸다.

최고의 플레이를 보여주었던 경기.

모두가 감탄했던 경기.

그러나 정작 주혁은 100% 만족하고 있지는 않았다.

홈런을 때려낸 건 솔직하게 운이었다.

과거에 상대해 본 경험이 있는 다니엘 홀랜드였고, 그의 공이 마치 발리볼처럼 보일 정도로 컨디션이 좋기도 했으며, 결과적으로 잘 맞기도 했었다.

하나 오늘 타격 훈련을 아예 하지 않았기에 그런 타격이 나왔다는 자체만으로도 이는 기적과 같은 일이었다.

'그 볼넷만 없었더라면 완벽했을 텐데 말이지.'

39이닝 동안 단 한 차례도 허용하지 않았던 볼넷을 오늘 내주고 말았던 주혁이었다.

'뭐 언젠가는 내줄 볼넷이었으니까.'

볼넷을 내주지 않을 만큼 공격적인 피칭을 하면서도 지금까지 이렇게 잘.해온 게 스스로 생각해도 놀라운 일이었다.

그만큼 자신의 패스트볼이 위력적이라는 뜻이었기에 패

스트볼에 대한 자신감이 더욱 높아진 주혁이었다.

'하. 앞으로는 굳이 타석에 안 서도 될만큼 타선이 좀 알아서 잘 해줬으면 좋겠다.'

아직 타자로 서기에는 투수로서 부족한 점이 많았다.

자기 개발에 시간을 좀 더 투자해야만 했다.

특히나 연습중인 투심 패스트볼을 하루 빨리 실전에서 쓰기 위해서는 그 시간들이 너무도 소중했다.

타격 훈련 때문에 귀중한 시간들을 뺏길 수는 없지 않은가.

끼릭!

수도꼭지를 끈 주혁이 샤워를 마치고 물기를 수건으로 닦아냈다.

샤워실을 나와 락커룸에서 옷을 갈아입은 후, 클럽하우스를 나서기 위해 발걸음을 옮겼다.

집으로 가려는 데, 족히 30명은 되어 보이는 무리들이 주혁을 보자마자 달려오기 시작했다.

모두들 탬파베이 레이스의 유니폼을 입고 있었다.

그 중에는 주혁의 유니폼을 구매한 팬도 있었다.

주혁은 이들의 사인 요청을 거절하지 않았다.

원래 경기를 마친 선수들에게 사인을 요청하는 건 실례다.

경기를 치른 선수들의 피로도가 엄청나기 때문에 거절하는 경우도 많고, 팬들도 예의 상 사인 요청을 부탁하지 않는다.

모두들 경기 이전에 요청하는 것이 대부분이다.

그러나 이전에도 거절하지 않고 사인을 해줬던 주혁의 친절(?)은 이미 탬파베이 레이스 팬들에게서 사인 잘 해주기로 소문이 나 있었고, 엄청난 인파는 아니지만 그래도 꽤 많은 사람들이 매번 기다리고 있었다.

특히 오늘처럼 두드러진 활약을 펼친 날은 더 많은 팬들이 항상 경기장 밖에서 주혁을 기다리곤 했다.

주혁도 사인을 해주는 일에 대해서는 굳이 피하지는 않았다.

팬들에게 좋은 이미지를 만드는 것이 진정한 프랜차이즈 스타가 되는 길이니까.

한창 사인을 해주느라 정신이 없던 그 때.

멀찌감찌 볼티모어 오리올스의 유니폼을 입고 있던 팬 한 명이 갑자기 주혁에게로 소리쳤다.

"그냥 너 혼자 야구하지 그래?"

이 말에 일부 팬들이 발끈하며 볼티모어 오리올스의 팬에게 욕설을 해댔고 주혁은 그들을 차분하게 말렸다.

그리고는 입가에 미소를 띤 채 여유로운 목소리로 팬들에게 말했다.

"냅둬요. 저거 칭찬이잖아요."

9. 투심 패스트볼

리턴
에이스
Return Ace

9. 투심 패스트볼

볼티모어 오리올스와의 경기에서 보여줬던 원맨쇼 이후, 주혁의 이름값은 더욱 높아지기 시작했다.

그와 함께 앤드류 프리드먼 단장의 명성 역시도 나날이 높아져 가고 있었다.

스카우트의 추천을 받아 고민 끝에 스몰마켓에서는 쉽게 지불하지 못할 만큼 큰 액수의 계약금을 주고 주혁을 데려와 윈터 리그를 뛰게 한 후, 곧바로 메이저리그 개막 로스터에 합류시킨 앤드류 프리드먼 단장은 초반에만 해도 무리수라는 이야기를 많이 들었으나 결과적으로는 벌써부터 성공한 사례로 평가받고 있었다.

아직은 이른 감이 없지 않아 있지만, 지금까지 보여준

모습만으로도 크게 될 재목임이 분명하게 드러나고 있었다.

이제 이 재능을 얼마만큼 잘 활용하느냐가 제일 큰 관건인 상황 속에서, 주혁은 시즌 6번째 선발 등판을 맞게 되었다.

이번에도 홈구장인 트로피카나 필드에서 열리게 된 경기.

상대는 현재 시점까지 동부 리그 1위를 달리고 있는 뉴욕 양키스였다.

2009시즌 당시, 선발 타자 전원 두 자릿수 홈런을 기록했을 만큼 강력한 타선을 지닌 뉴욕 양키스는 이번 시즌에도 어김 없이 막강한 화력을 선보이고 있는 팀이었다.

이런 뉴욕 양키스를 상대로 선발 마운드에 오른 주혁에게 경기 전, 전문가들은 최근 들어 장타를 자주 허용하는 주혁이 뉴욕 양키스의 강타자들을 상대로 많은 홈런을 내줄 것이라고 전망했다.

그리고 이렇게 예상한 까닭도 밝혔다.

"아무리 빠른 공을 가졌다고 하더라도 양키스의 거포들을 상대로는 공격적인 피칭을 하지 않아야 실점을 최소화할 수 있을 것이다. 양키스는 스트라이크 존 어디든 홈런으로 만들어 낼 수 있는 타자들이 즐비하다. 그도 분명 오늘만큼은 피칭 스타일을 달리 해야 할 것."

현재 뉴욕 양키스의 타자들 중 알렉스 로드리게스, 마크 테세이라, 닉 스위셔, 호르헤 포사다는 지난 시즌 20홈런

이상을 때려낸 타자들이었다.

게다가 여기에 이번 시즌 두 자릿수 홈런을 때려내는 데 성공한 커티스 그랜더슨, 로빈슨 카노까지 가세한 상태인지라 장타만큼은 정말 조심해야 하는 부분이었다.

한 가운데의 패스트볼이 들어온다면(빠른 공을 노리고 있다는 가정 하에), 이들은 이 공을 받아쳐 담장을 넘길 수 있을 정도의 힘을 가진 선수들이었다.

그러나 탬파베이 레이스의 팬들은 이런 강타자들을 상대로 주혁이 공격적인 피칭으로 압도하는 모습을 보길 원했다.

이 어린 루키가 내로라하는 뉴욕 양키스의 스타 플레이들을 상대로 과감하게 삼진을 잡아내면서 그들에게 굴욕을 안겨주기를 바라는 것이었다.

하나 이 기대도 그렇게 크지는 않았다.

뉴욕 양키스의 타선을 상대로 배터리가 공격적인 피칭을 할 거라고 생각되지는 않았기 때문이었다.

더군다나 어제 경기에서 뉴욕 양키스 타선을 상대로 제임스 쉴즈가 4이닝 7실점으로 강판, 이어 마운드에 올라온 불펜 투수들도 5이닝 동안 6실점을 허용하면서 13 - 4로 완패했었기에 타격감이 물오른 뉴욕 양키스의 타선을 견제할 것이라고 예상했다.

하지만 경기가 시작되고, 주혁이 첫 타자 데릭 지터를 상대로 초구를 포수 미트 안으로 집어넣는 순간.

파앙!

모두의 표정이 싹 바뀌었다.

전광판에 나타난 숫자는 97마일(156km).

뉴욕 양키스의 간판타자인 데릭 지터를 상대로 주혁이 시작부터 몸쪽에 패스트볼을 꽂아 넣었기 때문이었다.

기대감이 커졌다.

그들은 생각했다.

차라리 실점을 하더라도, 속 시원한 피칭으로 삼진을 잡아내라고.

그리고 잠시 후.

그들의 표정은 점차 놀라움에서 경악스러움으로 변해가기 시작했으니….

파앙!

"스트라이크!"

또 한 번 97마일(156km)의 패스트볼로 바깥쪽을.

틱!

89마일(143km)의 바깥쪽으로 향하는 체인지업을 쳐내기는 했으나 결과적으로는 파울이 되었고….

파앙!

"스트라이크 아웃!"

4구 째 101마일(163km)의 패스트볼은 다시금 몸쪽에 제대로 꽂히면서 루킹 삼진을 만들어내는 데 성공했다.

데릭 지터는 4구 째 공에 허탈한 미소를 보이더니 벤치로 돌아갔고, 주혁은 이어지는 2번 타자 커티스 그랜더슨을 상대로도 언제나 그랬듯이 공격적인 피칭을 이어가기 시작했다.

그리고….

따악!

2구만에 잘 맞은 타구가 나오는 가 싶었으나, 이 공은 3루수 글러브에 곧장 빨려 들어가고 말았다.

공 6개로 테이블 세터진을 아웃시킨 주혁을 상대로 본격적인 뉴욕 양키스의 중심 타선이 모습을 드러냈다.

그 첫 번째 상대는 스위치 타자 마크 테세이라였다.

현재 0.250을 기록 중인 마크 테세이라는 타율은 다소 저조하긴 했으나 15개의 홈런포를 때려냈을 만큼 장타력은 여전히 출중한 타자였다.

게다가 어제 우완투수를 상대로 왼손 타석에 섰던 그는 2타점 2루타 하나와 스크린을 맞추는 3점짜리 대형 홈런을 때려내면서 총합 5타점을 혼자 만들었을만큼 오늘 경기에서 가장 견제해야 할 대상 1호나 다름없었다.

그러나 이 배짱 두둑한 신인 투수는 마크 테세이라에게도 공격적인 피칭을 하기 시작했다.

파앙!

98마일(158km)의 패스트볼이 좌타자 바깥쪽 상단에 꽂혔고….

"스트라이크!"

구심의 손도 함께 올라갔다.

주혁의 공을 체감해 본 마크 테세이라가 천천히 고개를 끄덕였다.

모두들 그가 그런 행동을 보이자, '아, 이 공마저도 그에게는 쉬워 보이는구나.' 라고 생각했다.

하지만….

파앙!

"스트라이크!"

바깥쪽 낮은 코스로 들어간 97마일(156km)의 패스트볼에도 그의 배트는 앞으로 나오질 않았다.

이어서 주혁이 3구를 던지는 순간.

파앙!

"스트라이크 아웃!"

"……?"

100마일(161km)의 패스트볼에 루킹 삼진으로 마크 테세이라가 물러나는 게 아닌가!

순순히 타석에서 물러나던 마크 테세이라를 향해 대기타석에 서 있던 알렉스 로드리게스가 물었다.

"왜 뻔히 지켜만 본거냐? 고개를 끄덕거린 거, 타이밍을 잡은 거 아니었어?"

그러나 그의 질문에 마크 테세이라가 그의 어깨에 손을 살포시 얹으면서 이렇게 말했다.

"왜 저 애송이의 공에 다른 타자들이 속수무책으로 당하는지를 알게 돼서 나도 모르게 고개가 끄덕거려지더라고."

"뭐?"

"시범 경기 때의 그 공이 아니야. 우리를 가지고 놀았어. 느낌 자체가 달라."

"……."

마크 테세이라의 말에 알렉스 로드리게스가 할 말을 잃었다.

그의 입에서 이 정도의 말이 나오다니.

웬만한 정상급 투수들의 속구도 "별 거 없네. 다음 타석에는 넘겨 버릴 수 있겠어."라고 자신만만해 하는 그가 이 신인 투수의 속구를 인정할 줄이야.

마크 테세이라가 피식 웃으면서 그에게 말했다.

"우리가 저 애송이를 끌어 내리기 위해서는 하나만 기다리고 있으면 돼."

"뭐를?"

알렉스 로드리게스가 묻자, 마크 테세이라가 1루수 글러브를 끼고는 그라운드로 걸어가며 나직하게 말했다.

"뭐긴 뭐야. 실투지, 당연히."

◈

이런 피칭은 이번 시즌 들어와서 처음이었다.

완급 조절의 정석을 보여주던 그가 뉴욕 양키스의 타순이 한 바퀴가 돌 때까지 연신 강속구만 꽂아넣고 있었다.

그것도 공격적인 승부를 하면서 말이다.

3회까지 피칭을 하면서, 주혁이 던진 공의 90% 가량은 모두 포심 패스트볼이었다.

그리고 그 속구의 스피드는 95마일(153km) 이하를 기록한 적이 단 한 번도 없었다.

타자들은 좀처럼 이 공을 쳐내지 못했고, 멍하니 지켜보거나 헛스윙을 해대고 있었다.

마치 주혁의 피칭을 말로 풀어본다면 이렇게 표현할 수가 있었다.

"칠테면 쳐 봐. 칠 수 있는 곳에다 던져줄 테니까."

이런 배짱 가득한 공을 쳐낸 뉴욕 양키스의 타자는 아직까지 아무도 없었다.

오늘 선발로 뛰게 된 9명의 타자들 중 첫 타석에서 5명의 타자들은 삼진으로 물러났으며, 2명은 내야 땅볼로, 남은 2명은 뜬공 아웃으로 벤치로 돌아가고 말았다.

탬파베이 레이스 팬들은 환호했고, 반대로 뉴욕 양키스 팬들은 속구 하나조차 제대로 못 쳐내고 있는 스타 플레이어들에게 큰 실망감을 느끼고 있었다.

불과 어제만 해도 이곳 트로피카나 필드를 썰렁하게 만들었던 뉴욕 양키스의 타자들이 속수무책으로 당하는 모습은 이해를 하기 힘든 부분이긴 했다.

그러나 그들은 몰랐다.

방금 전까지 주혁이 어떤 공을 던졌는 지에 대해서 말이다.

전력 투구.

하루 최대 10구까지 던질 수 있는, 알면서도 치기 어려운 주혁의 진정한 결정구이자 비밀 병기.

대부분 초반에 완급 조절로 힘을 비축해 두었다가 마운드를 내려가기 직전에야 전력 투구를 하던 주혁이 오늘은 시작부터 힘을 쓰고 있던 것이었다.

충분히 의문을 가질 수가 있다.

그러다 힘이 빠져버리면?

밋밋한 패스트볼은 뉴욕 양키스 타자들의 눈앞에 던져진 먹잇감이나 다름없다.

대부분의 선발 투수들도 초반부터 힘을 빼는 경우는 없다.

그러나 주혁은 아예 시작부터 괴물급 타자들을 상대로 기선제압을 시도했고, 결과적으로는 성공했다.

문제는 더 이상 전력 투구를 했다가는 어깨에 무리가 간다는 점이었다.

탬파베이 레이스의 팬들은 이 사실을 몰랐기에, 그저 주혁의 오늘 컨디션이 좋다고만 생각하고 있었다.

비단 팬들만이 아니었다.

뉴욕 양키스의 벤치에서도 주혁의 오늘 컨디션이 최상급이라서 완급 조절을 하지 않고 묵직한 강속구를 뿌려대고 있다고 생각하고 있었다.

한데 4회 초, 다시 1번 타자 데릭 지터부터 시작되는 뉴욕 양키스의 공격에서 주혁이 던진 초구는….

파앙!

"스트라이크!"

"······?"

놀랍게도 93마일(150km)의 패스트볼이었다.

갑자기 구속이 대략 5마일(8km) 정도 떨어지자, 모두들 고개를 갸웃거렸다.

그러나 다시 2구가 포수 미트에 꽂히자 더 이상 그런 반응은 나오질 않았다.

파앙!

97마일(156km)의 패스트볼이 스트라이크 존을 벗어나면서 우타자의 바깥쪽 낮게 들어갔다.

구속이 돌아오자 그들은 생각했다.

역시 오늘 컨디션이 좋은 거구나.

파앙!

이어지는 3구 째 97마일(156km)의 패스트볼이 높게 들어갔으나 구심의 선택을 받지는 못했다.

다시 4구 째 공이 날아오는 순간, 그제야 데릭 지터의 방망이도 반응했다.

틱!

그러나 빗맞으면서 파울이 되고 만 타구.

구속은 88마일(142km).

체인지업이었다.

1회부터 간간히 체인지업을 던졌기에 탬파베이 레이스의

팬들은 이제 강속구에 체인지업까지 얹어서 뉴욕 양키스의 타자들을 잡아내는 것이라고 생각했다.

하지만 정작 타석에 서 있는 데릭 지터는 생각이 달랐다.

그는 좀처럼 납득이 되지 않는다는 표정으로 타석에 서서 배트를 쥔 채 타격폼을 취하고 있었다.

'아까 그 공이 아니다.'

온몸에 소름을 돋게 만들었던 그 위력적인 강속구를 이번 타석에서는 지금까지 상대한 4구 동안 단 한 번도 보지 못한 데릭 지터였다.

분명 구속은 아까 전과 비슷했으나 느껴지는 체감상, 속구의 힘은 분명히 저하되어 있었다.

'그럼 초반부터 전력을 다했다는 건가?'

상식상 이해가 되질 않았다.

물론 계투진이 단단하다면 납득이 간다.

하나 마무리 투수 라파엘 소리아노를 제외하고는 그렇게 위력적인 불펜 투수들을 보유하고 있지 않은 탬파베이 레이스였다.

더군다나 어제 불펜 투수들을 상대로도 6점을 뽑아냈던 뉴욕 양키스의 타자들이었다.

그런데 자신들을 상대로 불펜 투수들을 일찍 마운드에 내세운다?

탬파베이 레이스의 코칭스태프들 뇌 속에 생각이라는 것 자체가 존재하지 않는다면 가능할 수도 있는 시나리오다.

'말도 안 되는 거지.'

데릭 지터가 침을 꿀꺽 삼켰다.

'분명 뭔가 있다.'

피칭 스타일이 달라졌다.

자신들을 상대로 이전 이닝보다 힘이 빠진 공으로 승부를 보려할 리가 없다.

아무리 신인 투수라고 한들 말이다.

'믿는 구석이 있으니까 이렇게 피칭을 하는 거겠지.'

강속구나 체인지업을 제외한 어떤 대단한 공이 있을 거라고 데릭 지터가 판단했다.

'커브인가?'

어쩌다 한 번씩 던지는 커브가 오늘 유독 잘 긁히는 날일 수도 있다.

'아니면 슬라이더?'

구속이 빠른 선수이니 분명 고속 슬라이더를 던질 수 있을 것이다.

하나 데릭 지터는 여전히 그가 던졌던 패스트볼을 잊을 수가 없었다.

'완급 조절도 뛰어난 녀석이다.'

데릭 지터가 최종적으로 결론을 지었다.

'이제 아까 그 미친 속구가 들어올 게 분명해.'

5구 사인을 확인한 주혁이 고개를 끄덕거리고는 공을 던질 준비를 마쳤다.

'투구수가 한정되어 있는 투수니까 이번 공에 승부수를 띄울 테고.'

데릭 지터의 눈이 번뜩였다.

그는 확신했다.

이번에 그 강속구가 들어올 것이라고 말이다.

이윽고 주혁의 손에서 공이 뿌려졌고, 곧바로 데릭 지터의 배트도 움직였다.

그런데….

부웅!

"……?"

공이 아래로 뚝 떨어져 버리는 게 아닌가!

당황한 데릭 지터가 전광판을 바라보았고, 구속을 확인하고 나서야 방금 전 공이 무엇이었는지를 확실하게 알 수가 있었다.

90마일(144km).

마치 포크볼처럼 홈 플레이트 앞에서 뚝 떨어지는 공은 바로 체인지업이었다.

허무하게 벤치로 돌아가는 데릭 지터.

그리고 그런 그를 슬쩍 본 주혁이 속으로 씩 웃었다.

'이게 내가 초반부터 전력 투구를 한 이유다.'

던져도 어깨나 팔꿈치에 무리가 가지 않으며, 스피드마저도 빠른 이 체인지업.

경기가 시작되기 전, 불펜 피칭을 통해서 주혁은 오늘

체인지업이 상당히 예리하다는 걸 알 수 있었다.

하지만 큰 문제가 하나 있었다.

체인지업의 감각은 좋았으나 오늘 컨디션 상, 완급 조절이 생각보다 만족스럽지가 않은 것이었다.

특히 95마일(153km) 이하의 속구는 이전보다 그 위력이 떨어져 있었다.

분명 어제만해도 문제 없던 것이 갑자기 컨디션 난조로 감이 떨어진 것이었다.

어제 대승을 거두고 기세등등해 하는 뉴욕 양키스 타자들에게 이 공은 통하지 않을 게 분명했다.

가뜩이나 자신이 마운드에만 서면 타자들의 배트에 불이 꺼져 버리는데, 타격감이 최고조에 올라와 있는 뉴욕 양키스 타자들을 상대로 3점 이상 내준다면 패전 투수로 기록될 가능성이 높았다.

방법이 필요했다.

이 좋은 체인지업을 가장 훌륭하게 활용할 수 있는 방법을 말이다.

그리고 잠시 고민하던 그 때.

좋은 아이디어 하나가 뇌리에 스치고 지나갔다.

'차라리 시작부터 전력 투구로 간다.'

상대 타자들에게 자신의 공이 오늘 얼마나 위력적인지를 먼저 보여주고, 그들에게 빠른 공이 오늘 좋다는 인식을 심어준 후, 그들이 속구를 노리고 타석에 들어서면 그 때 체인지업으로 뒤통수를 치는 것.

물론 이 방법을 쓰면 초반에 힘이 빠질 게 분명하다.

그러나 중반에 스트라이크 존 안으로 체인지업을 집어넣고, 타자들에게 계속 빠른 공에 타이밍을 맞추도록 그와 비슷하지만 구위는 떨어져 있는 강속구를 스트라이크 존에서 벗어나도록 던진다면?

'막판에 전력 투구로 던질 수 있는 힘이 생긴다.'

분명 이전 경기들 보다는 어깨에 무리가 갈 건 자명했다.

하나 완급 조절에 이상이 생긴 이상, 이전보다 휴식을 좀 더 길게 취하는 방식을 택해서라도 이 경기를 잡고 가야만 했다.

'빌어먹을 팀 분위기를 내가 끌어올려야지.'

그리고 이 피칭은….

부웅!

"스트라이크 아웃!"

그가 생각했던 것과 정확히 일치하게, 제대로 먹히고 있었다.

◈

7이닝 무실점 2피안타 11K.

상대가 뉴욕 양키스였다는 사실은 이 기록의 값어치를 더욱 높게 만들어주고 있었다.

던지기도 잘 던졌고, 두 자릿수 삼진도 잡아냈다.

단 한 명의 타자도 3루 베이스를 밟지 못했으며, 딱 한 타자만이(데릭 지터가 해냈다) 2루타를 쳐냈었다.

신인 투수가 이 정도의 활약을 펼쳤다면, 타선은 적어도 승리를 안겨줄 정도의 타점을 만들어줘야 한다.

아무리 잘해도 3년 동안 구단이 정해주는(거의 최저 연봉 수준) 액수의 돈만 받으며 선수 생활을 해야 하기에, 커리어에 도움이 되는 기록이라도 챙겨줘야 마땅하다.

그러나….

'바랄 걸 바래야지.'

오늘도 어김 없이 탬파베이 레이스의 타선은 침묵했다.

그 뿐만이 아니었다.

7회까지 무실점으로 잘 틀어막았던 주혁은 이 때까지만 해도 분위기를 탬파베이 레이스 쪽으로 이끌어냈다.

하나 그가 정확히 99구를 채우고 마운드를 내려간 이후, 불펜 투수들은 스스로 자멸했고, 그 좋던 분위기를 타지 못한 타자들은 경기가 끝날 때까지 단 한 점도 뽑아내지 못했다.

결과는 3 - 0.

패배.

인내에도 한계가 있다.

신인이라고 입을 다물고 있으라는 법은 없다.

'못하면 내려와야지.'

제 몫을 해주지 못하는 타자는 응당 타석에 설 자격이

없는 셈이다.

오로지 실력으로(경력도 인정하긴 하지만) 평가받는 메이저리그에선 결국 더 잘하는 놈이 주전 자리를 차지하는 거다.

'애런 코치한테 투심 패스트볼만 오케이 사인 받으면 바로 타석에 선다.'

명분 따위는 이제 더 이상 없다.

그냥 못하는 그 자체만으로도 충분한 명분이 된다.

현재 지명 타자로 타석에 나서는 알폰소 마르티네스는 1할대의 타율에 그치고 있는 중이었고, 후보 타자들은 그야말로 선풍기처럼 배트를 허공에 빙빙 돌려대고 있었다.

그나마 마이너리그에서 콜업된 선수 중에 필립 모리스만이 준수한 성적을 보이고 있을 뿐, 나머지 선수들은 아직 메이저리그에서 뛸 준비가 덜 되어 있었다.

'고작 50만 달러도 채 안 되는 연봉 받고 그렇게 열심히 뛰고 싶지는 않지만….'

득점 지원도 받지 못하는데다 겨우 올라오던 팀 분위기마저 다시 하락세를 보이고 있었다.

답답해 하기는 팬들도 마찬가지였다.

'이 참에 그냥 몸값을 미리 올려놓자.'

탬파베이 레이스에 딱히 애정이 있는 건 아니었다.

기억이 나지는 않지만 분명 이 팀에서 그리 오랫동안 뛴 것 같지는 않았다.

물론 메이저리그 무대에 데뷔할 수 있게끔 자리를 마련

해 준 팀이긴 하다.

그러나 만족스러운 액수의 연봉을 챙겨줄 수 있는 재력이 충분한 구단은 아니었다.

메이저리그라는 곳은 자기 주장을 똑바로 내세우지 못하면 손해만 보게 된다.

확실히 주장할 건 주장해야 한다.

연봉 조정 자격이 생기기 전까지 투타에서 맹활약한다면, 족히 1000만 달러의 금액을 보장 받아야 마땅하다.

하지만 탬파베이 레이스가 그 금액을 주고서라도 주혁을 계속 데리고 있을 가능성은 매우 희박했다.

오히려 트레이드 카드로 활용한다면, 예를 들어 최소 주전급 선수 1명과 특급 유망주 1명, 가능성이 보이는 유망주 2명을 얻을 수가 있다.

이것이 바로 스몰마켓이 적은 액수로도 팀을 알차게 굴릴 수 있는 방법이다.

프로는 돈이 중요하다.

특히 메이저리그라면 더욱 그러하다.

구단에게 받는 연봉의 액수가 크면 클수록, 그만큼 자신의 가치가 높다는 걸 보여주는 대목이니 말이다.

게다가 계약을 통해 보장 받은 총액은 선수가 그 기간 내내 부상으로 병원에 드러눕더라도 지급된다.

그래서 약물을 복용하는 선수들이 끊이지를 않는 것이다.

한 번 대박 계약을 맺으면 평생 먹고 살 걱정을 하지

않아도, 아니 3대가 배불리 먹고도 남을 만큼의 액수를
벌 수 있기 때문이다.

'대신 그 전까지는 열심히 뛴다.'

어쨌든 기회를 제공한 팀이다.

그에 대한 보답은 마땅히 해야 하는 법.

미뤄왔던 지명 타자로서의 출격을 해야할 시간이 도래
했다.

특히나 자신의 커리어를 위해서라도.

좋은 피칭을 하고도 승리 투수가 되지 못한 것 때문에 치
솟았던 화를 겨우 삭이면서 주혁은 집으로 돌아가 침대에
그대로 뻗었다.

조금 무리를 해서 그런지 피곤함 때문에 눈꺼풀이 너무
도 무겁게 느껴지고 있었다.

금세 잠에 빠져든 주혁은 다음 날 아침이 되어서야 겨우
정신을 차릴 수 있었다.

간단하게 씻고 클럽하우스로 출근한 주혁은 제일 친한
클러비인 케빈 마이클스가 그를 위해 준비해 둔 샌드위치
를 먹고 가볍게 몸을 풀었다.

본래 등판 다음 날은 휴식을 취하는 게 일반적이다.

대부분의 선발 투수들은 등판을 마치고 나면 녹초가 되
어 몸을 제대로 가누지도 못하기 때문이다.

어깨를 제대로 움직이지 못하는 투수들도 있고, 화장실을
갈 때도 누군가의 부축이 필요한 투수들도 있으며, 심지어

배변 이후 마무리도 스스로 하지 못하는 투수들도 있다.

그만큼 힘들고 지치는 포지션이 투수다.

그러나 주혁은 달랐다.

다음 날이 되면 멀쩡한 모습으로 경기장에 모습을 드러내는 경우가 다반사였고, 이튿날이면 즉시 훈련에 돌입해도 될 정도로 회복력이 빨랐다.

'그래도 오늘은 러닝만 하고 쉬어야지.'

어제 좀 무리를 했기에 휴식을 취해줘야 했다.

그런데 뭔가 이상하다.

이전과 같게 어깨에 피로가 전혀 느껴지지 않는 게 아닌가!

'전력 투구 최대치를 하루 10구로 잡았는데…. 그럼 20구나 던질 수 있다는 건가?'

믿을 수 없는 강철 육체.

과거와는 완전히 달라진 몸.

'부상 걱정을 놓아서는 안 되지만….'

일단 한 가지는 확실했다.

과거로 돌아온 지금, 자신의 육체는 그 때와 확연하게 달라져 있었다.

◆

시즌 7번째 선발 등판 경기 오클랜드 어슬레틱스 전, 6.2이닝 2실점 7K 5피안타 2볼넷 승패 없음(A). 〈5 - 4 탬파

베이 레이스 승리〉

시즌 8번째 선발 등판 경기 캔자스시티 로열스 전, 7.1이
닝 2실점 9K 4피안타 1피홈런 승패 없음(H).〈6 - 3 탬파
베이 레이스 승리〉

시즌 9번째 선발 등판 경기 보스턴 레드삭스 전, 5.2이닝
5실점 5K 8피안타 1볼넷 패전(A).〈9 - 2 보스턴 레드삭
스 승리〉

보스턴 레드삭스와의 경기에서 패전을 맞이한 이후.

메이저리그는 올스타 브레이크를 맞이했다.

그리고 이 기간 동안, 주혁은 오로지 훈련장에서만 살았
다.

그렇게 4일이라는 시간이 흘러 다시 시작된 메이저리그
일정.

그 첫 상대는 바로 내셔널리그의 팀, 플로리다 말린스였
다.

일명 시트러스 시리즈(Citrus Series)라고도 불리우는
이 고정적인 인터 리그 매치업은 플로리다에 연고를 두고
있는 두 팀, 탬파베이 레이스와 플로리다 말린스 간의 맞대
결을 뜻한다.

플로리다 말린스의 홈구장인 선 라이즈 스타디움에서 열
리는 이 시트러스 시리즈는, 메이저리그 인터 리그 매치업
중 가장 인기가 없지만 플로리다 지역 사람들에게만큼은
엄청난 인기를 얻고 있는 시리즈였다.

이틀 전부터 시작된 이 시리즈는 수많은 팬들이 열렬한 응원을 펼쳐 보이면서 자신들이 응원하는 팀이 이기기를 소망했다.

하나 앞선 두 경기에서, 승리의 여신은 탬파베이 레이스 팬들의 손을 뿌리쳤다.

침울한 분위기 속, 시트러스 시리즈의 마지막 경기.

탬파베이 레이스의 팬들은 이 날 선발 투수로 예정된 주혁에게 큰 기대를 걸었다.

그리고 그들의 희망은 마운드에서 빛을 발했으니….

파앙!

"……!"

1회 초.

플로리다 말린스의 타자들은 스카우팅 리포트에도, 비디오 영상에서도 보지 못한 새로운 구종에 넋을 놓고 있었다.

엄청난 무브먼트.

우타자의 몸쪽으로 예리하게 휘는 주혁의 이 구종은 심지어 스피드마저도 빨랐다.

낯선 구종의 등장에 플로리다 말린스의 벤치가 침묵에 휩싸였고, 반대로 탬파베이 레이스의 벤치와 팬들은 함박웃음을 짓고 있었다.

부웅!

파앙!

"스트라이크 아웃!"

96마일(154km)의 방금 전 공은 좌타자의 몸쪽으로 오다가 갑자기 바깥쪽으로 휘면서 타자의 배트를 허공에 가르게끔 만들어버렸다.

지금 주혁의 손에서 뿌려지고 있는 이 마구는 그가 이전부터 준비해 온, 그리고 휴식 시간이던 올스타 브레이크를 통해 확실하게 연마한 구종.

바로 투심 패스트볼이었다.

◈

시트러스 시리즈의 마지막 경기가 진행 중인 이곳, 선 라이즈 스타디움에서는 묘한 분위기가 흐르고 있었다.

대기 타석에서 몸을 풀던 주혁이 발걸음을 옮기면서 속으로 씩 웃었다.

'하늘이 내게 기회를 주시는구나.'

4회 초.

8번 타자 필립 모리스가 몸에 맞는 공으로 출루를 하면서 2사 만루의 찬스가 왔다.

배트를 들고 타석으로 걸어가면서, 주혁은 전광판을 슬쩍 바라보았다.

0 - 0.

'이 기회는 내가 반드시 살려야 한다.'

3회까지 새로운 구종, 투심 패스트볼 덕에 단 한 명도 출루를 허용하지 않았던 주혁이었다.

주혁의 손에서 뿌려지는 투심 패스트볼은 결정구의 역할과 땅볼 유도의 역할, 이 두 가지 기능을 겸비하고 있었다.

게다가 이 공 또한 마찬가지로 능수능란한 완급 조절을 하고 있었기에 플로리다 말린스의 타자들이 속수무책으로 당할 수밖에 없었다.

이제 남은 건 오로지 득점 지원 뿐.

오늘은 뭔가 느낌이 좋았다.

탬파베이 레이스의 타선은 1회부터 볼넷 한 개와 안타 하나를 때려내면서 타격감이 나쁘지 않다는 걸 보여줬었고, 2회와 3회 역시도 안타가 한 개 이상 씩은 터졌었다.

그렇게 4회까지 온 지금.

밥상이 맛있게 차려졌다.

'정말 다행스럽게도 숟가락의 주인이 나군.'

만루의 찬스.

안타 하나만 터져도 1점 이상은 무조건 먹고 들어간다.

만일 이 기회를 다른 타자(그것도 득점권 타율이 저조한 타자)가 잡았더라면 높은 확률로 사라졌을 가능성이 높았을 것이다.

물론 주혁이 이 만루 찬스를 100% 득점으로 연결시킨다는 보장은 없다.

'대신 내가 이 기회를 날린다면 남탓할 이유도 없지.'

투심 패스트볼도 실전에서 유용하게 먹히고 있고, 당장

커브의 숙련도가 눈에 띌 정도로 발전되고 있지 않았다.

팀 타선은 여전히 불균형이고 기복이 너무도 심한 편이었다.

잘 칠때는 남 부럽지 않게 타점을 생산하지만, 못 칠때는 그야말로 최악의 경기 내용을 보이는 게 현재의 탬파베이 레이스의 타선이었다.

적어도 균형을 바로잡아줄 타자 한 명만 있어도 이 문제는 어느 정도 해결이 될 수가 있다.

교타와 장타를 두루 갖춘 타자.

팀을 위한 타격을 하는 선수.

20년이 넘는 세월 동안 이런 타격만을 해온 최적의 타자, 주혁에겐 가장 적합한 역할이나 다름없었다.

그리고 그 역시도 더 이상 답답해서라도 배트를 들기로 마음을 굳게 먹은 상태였다.

그렇기에 오늘 경기를 통해서 또 한 번 자신의 진가를 보여줘야만 했다.

'여기서 안타 하나 때려서 점수 만들고, 내가 투구수 잘 관리해서 7회 이상을 무실점으로 버틴다면 승산이 있다.'

어제 등판을 하지 않았던 현재 탬파베이 레이스 최고의 불펜 투수, 호아킨 베노아.

철벽 마무리 라파엘 소리아노.

이 두 명의 투수라면 충분히 실점을 내주지 않고 승리를 확정시킬 수 있을 거라고 주혁은 굳게 믿고 있었다.

'그래서 지금 이 타석이 정말 중요하다.'

타석 안으로 들어선 주혁이 크게 심호흡을 한 후, 천천히 타격폼을 취했다.

점수를 내야 한다.

승리를 하기 위해서라도.

'할 수 있다.'

과거 만루 찬스만큼은 정말 잘 살렸던 주혁이었다.

다만 한 가지 아쉬운 점은, 살면서 한 번도 상대해 보지 못한 투수가 지금 플로리다 말린스 마운드 위에 서 있다는 것이었다.

전 타석에서 이미 한 번 상대를 했던 주혁은 외야 플라이로 물러난 바 있었다.

잘 맞기는 했으나 바람의 영향 때문에 끝까지 뻗지는 못했던 첫 타석에서의 승부.

5구까지 간 승부를 통해 주혁은 플로리다 말린스의 선발투수에 대한 개인적인 분석을 마치는 데 성공했다.

우선, 상대 팀 선발 투수에게는 별 다른 루틴이 없었다.

매끄러운 투구폼에 공을 숨기는 동작인 디셉션도 괜찮았고, 볼 끝도 좋은 편이었으며 제법 날카로운 슬라이더를 구사하는 투수였다.

하나 주혁은 적시타를 때려낼 수 있다고 자신만만해 하고 있었다.

그럴만한 이유가 있었다.

'너무 무난해.'

결정구가 없다는 점.

이게 주혁이 판단한 가장 큰 단점이었다.

무엇보다도 2스트라이크 이후에 제구가 조금 흔들린다
는 것을 주혁은 더욱 주목하고 있었다.

'상황은 만루다.'

이 만루까지 오는 과정 중에는 안타도 있었고, 플로리다
말린스 유격수 헨리 라미레즈의 실책도 있었으며, 마지막
엔 몸에 맞는 공도 있었다.

'지금이야말로 투수가 가장 멘탈이 흔들릴 때다.'

더군다나 아웃카운트 하나는 공짜로 먹고 들어가는 투수
와의 승부가 하필이면 주혁이라는 점 역시도 상대 선발 투
수가 불안해할 요소로 작용되기는 충분했다.

한편, 사인 교환을 마친 플로리다 말린스의 우완 선발 투
수, 제레미 던스가 슬라이드 스텝 동작을 취하자 주혁도 그
에 맞춰 준비를 하기 시작했다.

'온다.'

이윽고 그의 손에서 초구가 뿌려지는 순간.

파앙!

'그렇지!'

주혁의 입가에 희미한 미소가 걸렸다.

좌타자의 바깥쪽으로 스트라이크 존을 많이 벗어났던 초
구.

눈에 보였다.

제레미 던스가 흔들리고 있다는 사실이 말이다.

투수는 절대로 타자에게 자신의 불안함을 보여줘서는 안 된다.

이는 되려 타자에게 자신감을 불어넣어 주기 때문이다.

내색하지 않는 것.

일명 포커 페이스(Poker Face)를 유지하는 일.

아무리 위기 상황이 닥쳐 오더라도 전혀 긴장하지 않고 자기 공을 던질 수 있는 배짱을 가져야 하는 게 투수다.

그래서 투수라는 보직이 정말 어려운 것이다.

한데 제레미 던스는 아직 경험이 부족해서인지 흔들리고 있다는 게 티가 났다.

어깨를 가볍게 돌리는 행동이나 이맛살을 찌푸리는 행동, 고개를 살짝 갸웃거리는 행동, 투수 플레이트 근처의 흙을 자꾸 스파이크로 파내는 행동까지.

이 모든 게 얼핏 보면 아무렇지 않은 것일지 몰라도, 주혁은 이런 행동들을 보자마자 제레미 던스가 만루 위기를 의식하고 있다는 걸 알 수 있었다.

잠시 후, 제레미 던스가 2구를 던졌으나 이 공 역시도 스트라이크 존을 벗어나고 말았다.

'패스트볼의 제구가 영 좋지 않으니 슬슬 슬라이더를 던지겠지.'

그나마 제레미 던스가 던지는 구종 중에 가장 위협적인

공이 바로 슬라이더였다.

'흠….. 문제는 속구 카운트라는 건데.'

2 - 0의 볼 카운트.

이는 속구로 무조건 스트라이크를 잡아야 하는 카운트로
통상 여겨진다.

물론 아닌 경우도 있다.

'패스트볼을 던질 리는 없다.'

전 타석에서도 속구를 때려 외야로 타구를 날려보냈던
주혁이었다.

이를 잘 알고 있는데다 상대 타자도 속구를 던질 거라고
누구나 쉽게 예측할 수 있는 상황에서, 그것도 만루라면 3
구 째 공은 속구가 아닐지도 모른다.

'와라.'

사인을 확인한 제레미 던스가 움직였다.

곧바로 그의 손에서 공이 뿌려지는 순간, 주혁의 두 눈동
자가 번뜩였다.

그리고….

따악!

"……!"

몸쪽으로 날아오는 공을 맞춰낸 주혁의 배트.

당겨친 타구가 내야수 키를 넘어갔고, 이 공은 절묘하게
도 우측 파울 라인 부근에 떨어진 이후 워닝 트랙까지 굴러
가기 시작했다.

우익수가 재빨리 타구 쪽으로 뛰어가서 공을 집어들고 2루로 힘껏 송구했으나….

"……."

누상에는 고작 한 명, 타자 주자인 주혁만이 덩그러니 남아 있을 뿐이었다.

◆

[윤주혁(20, 탬파베이 레이스)이 자신의 가치를 여실하게 보여주었다.

어제 현지 시각 7시 5분부터 시작된 플로리다 말린스와의 원정 경기에서 선발 투수로 마운드에 오른 윤주혁은 투심 패스트볼을 새롭게 선보이면서 플로리다 말린스의 타선을 꽁꽁 묶는 데 성공했다.

이 경기에서 윤주혁의 속구 최고 스피드는 100마일(161km)까지 나왔으며, 투심 패스트볼은 최고 97마일(156km), 체인지업은 최고 91마일(146km)까지 던졌다.

좋은 컨디션으로 3회까지 퍼펙트 게임을 이어가던 윤주혁은 4회 말 2아웃 상황에서 상대한 에이스 헨리 라미레즈를 상대로 우전 안타를 허용했으나 실점까지 내주지는 않았다.

8회 1아웃까지 마운드에서 활약한 윤주혁은 총 9개의 탈삼진을 이 날 경기에서 잡아내는 데 성공했다.

비단 마운드에서만 활약이 빛났던 것은 아니었다.

타자로 타석에 선 윤주혁은 두 번째 타석에서 플로리다 말린스의 선발 투수 제레미 던스를 상대로 2사 만루 찬스에서 3구 째 몸쪽 슬라이더를 잡아당겨 3타점 싹쓸이 2루타를 때려냈고, 이는 득점의 물꼬를 틀어주는 계기가 되어 이 이닝에서만 4점이 추가로 터졌다.

이 날, 탬파베이 레이스는 8 - 0으로 승리를 거두면서 시리즈 스윕은 면했다.

윤주혁은 이로써 시즌 5승 째를 거두는 데 성공했다.]

〈 케이스포츠 백성일 기자 〉

- 7.1이닝 무실점 9K 3피안타 1볼넷
- 3타석 2타수 1안타 1볼넷

◆

이 경기 이후 이제 더 이상 어느 누구도 주혁의 타격 실력을 인정하지 않는 사람은 없었다.

적어도 탬파베이 레이스의 팬이라면 말이다.

다음 날 아침.

가볍게 러닝만 하고 휴식을 취하던 주혁을 조 매든 감독이 불렀다.

주혁도 무슨 말을 하려는지 바로 눈치를 챘다.

'이제 때가 됐다.'

조 매든의 사무실 안.

그가 커피를 한 모금 마시고는 천천히 입을 열었다.

"타선에 네가 필요하다."

"준비는 됐습니다."

주혁의 대답을 들은 조 매든이 슬쩍 한숨을 내쉬었다.

결국 선발 투수를 타석에 내세워야 하는 상황까지 왔다는 게 안타까운 조 매든이었다.

하나 타자들보다도 더 타격을 잘 하는 주혁을 타석에 내세우는 것이 팀을 생각해서라도 더 나은 판단이었다.

더군다나 강철 체력을 자랑하는 주혁이기에, 조 매든은 자신을 향해 날아들 비난을 감수하고서라도 주혁을 타석에 내세우기로 마음을 먹은 상태였다.

그가 말했다.

"네 체력적인 문제를 고려해서 선발 등판 경기와 그 다음 날은 휴식이다. 오늘처럼. 그리고 컨디션이 좋지 않으면 언제든 말해라. 바로 교체해줄 테니까."

"선발 등판 경기에서도 타자로 나서고 싶습니다, 감독님."

주혁의 말에 조 매든이 살짝 당황하더니 이내 고개를 끄덕거렸다.

"가능하다면 선발 등판 경기 때 타석에 서도 좋다."

"알겠습니다."

"무리할 필요는 없다. 그냥 지금처럼만 하면 된다. 무슨 말인지 알지?"

조 매든의 말에 주혁이 씩 웃으면서 대답했다.

"실질적인 클린업 히터(4번 타자) 말씀이신 거죠?"

"하하. 그래, 맞다. 자신 있나?"

그의 물음에 주혁이 당당하게 말했다.

"물론입니다."

"좋다. 내일부터 타석에 서라. 오늘은 충분히 쉴 수 있도록."

주혁이 고개를 끄덕이고는 사무실을 나섰다.

조 매든은 그가 나가자마자 씹는 담배를 입 안에 털어넣고는 질겅질겅 씹기 시작했다.

'짧지만 가능성만큼은 충분히 보여준 녀석이다.'

베테랑 타자 같은 타석에서의 침착함과 집중력은 보통 신인 선수가 아님을 두 눈으로 똑똑히 보여주었던 주혁이었다.

'윤이 매 경기마다 출루만 한 번씩 해줘도 충분하다.'

부상으로 비어버린 타석 두 자리 중 한 자리는 필립 모리스가 어느 정도 메꿔주고 있었기에 남은 한 자리만 확실히 보강 된다면 막판 지구 우승을 놓고 싸워볼만한 전력이 갖춰지는 셈이었다.

이제 가장 큰 골칫덩어리였던 지명 타자 자리에서 주혁이제 몫만 톡톡히 해준다면 승산이 있었다.

'아직까지는 눈에 띄는 약점도 크게 없고.'

조 매든이 씹는 담배를 종이컵에 퉤 뱉어내고는 커피로 입 안을 헹궜다.

이제 대략 두 달 정도 남은 메이저리그의 일정.

3.0게임차로 뒤져 있는 탬파베이 레이스의 운명이 어쩌면 이 신인 선수의 활약에 달려 있을지도 모른다는 생각이 들자, 조 매든이 피식 웃었다.

'저 녀석이 우리 팀에 있다는 그 자체만으로도 큰 행운이다.'

예상을 뛰어넘는 활약으로 매번 모두를 깜짝깜짝 놀라게 만드는 재능.

이튿날의 해가 밝아오자 조 매든이 기자들과의 인터뷰에서 주혁의 지명 타자 출격에 대해 말했고, 이는 곧 메이저리그를 뜨겁게 달궜다.

투수가 지명 타자로 타석에 계속 나선단다!

이 말도 안 되는 괴물 신인의 등장에, 이제는 야구팬 모두가 이목을 집중하기 시작했다.

그리고….

따악!

이 날 경기에서 주혁이 때려낸 타구가 아름다운 아치를 그리며 담장을 넘어가는 순간.

"Yeah!"

트로피카나 필드의 홈팬들의 함성 소리가 고막을 찢을 듯이 맹렬하게 울려 퍼졌다.

◆

시즌 11번째 선발 등판이 예정되어 있는 오늘.

주혁이 실내 배팅 케이지로 발걸음을 옮겼다.

그리고는 그곳에서 타격 훈련을 시작한 주혁은 가벼운 스윙으로 공을 정확하게 맞추는 것에 주력하고 있었다.

'오늘은 상대 투수가 워낙 제구력이 좋으니까…'

오늘 맞붙을 상대 팀, LA 에인절스의 선발 투수 대니 머츠맨은 메이저리그 정상급 제구력을 자랑하는 투수였다.

구속도 그리 빠르지 않을 뿐더러 결정구인 낙차 큰 커브 역시도 70마일(112km) 수준이지만, 그 각도와 컨트롤이 너무도 훌륭해 6년 동안 꾸준히 두 자릿수 승수와 3점대 초반의 평균자책점을 보여주고 있는 대니 머츠맨이었다.

과거에도 대니 머츠맨과 여러번 상대해 본 경험이 있는 주혁은 그를 높게 평가하고 있었다.

스트라이크 존 구석구석을 정말 잘 활용하며 위기 관리 역시도 뛰어난 대니 머츠맨은 웬만해선 멘탈이 흔들리지 않는 투수였다.

실제로 과거, 대니 머츠맨과의 5차례 맞대결에서 통산 11타수 2안타 1타점에 그쳤을 만큼 주혁에게는 까다로운 투수가 아닐 수 없었다.

게다가 평균 구속 86마일(138km)의 패스트볼임에도 볼 끝이 상당히 지저분하기에 쉽게 공략하기 어려운 선수였다.

'오늘 목표는 안타다.'

분명 오늘도 탬파베이 레이스의 타선은 고전을 면치 못할 게 눈에 보였다.

상대가 기교파 투수일 경우, 유독 점수를 잘 내지 못했기 때문이었다.

특히나 실투가 거의 없는 투수를 상대로는 사실 상 득점 지원은 없다고 봐도 무방한 수준이었다.

다만 한 가지 확실한 사실은, 그런 기교파 투수를 상대로 초반에 기선제압만 성공하면 이후 타자들의 경기력이 더욱 향상된다는 점이었다.

해결사가 필요하다.

그리고 그 역할을 누가 맡게 될지는 모르지만….

'내가 되겠지, 빌어먹을.'

내 손으로 점수를 막고, 내 손으로 점수를 얻어야 하는 인생.

따악!

날아오던 90마일(144km)의 공을 힘껏 때려 본 주혁이 이내 훈련을 마쳤다.

'감은 좋다.'

배트 스피드는 늘 그랬듯이 빨랐다.

게다가 최근 3일 연속으로 타석에 들어섰던지라(매 경기 안타 한 개씩은 꼭 때려냈다) 타격감이 좋을 수밖에 없었다.

잠시 휴식을 취한 주혁이 이번에는 글러브를 끼고는 존 제이소와 함께 불펜으로 향했다.

가벼운 캐치 볼 이후, 잠시 주혁의 곁으로 다가온 존 제이소가 물었다.

"오늘 컨디션은 좀 어떠냐?"

"투수? 아니면 타자?"

"통 틀어서."

"직접 잡아보면 알겠지, 네가."

"좋다는 뜻이군."

존 제이소가 어깨를 툭 치더니 방긋 웃고는 포수 마스크를 낀 채 포수석으로 걸어갔다.

그리고는 그가 포심 패스트볼과 투심 패스트볼을 연이어 던지라는 사인을 보냈고, 이를 확인한 주혁이 고개를 끄덕였다.

천천히 와인드업을 시작한 후, 곧바로 포수 미트를 향해 힘차게 포심 패스트볼과 투심 패스트볼을 연속으로 던졌다.

파앙!

파앙!

날아오는 이 두 개의 공들을 잡아본 존 제이소가 주혁에게 말했다.

"오늘 네가 두 자릿수 삼진을 잡는다에 이번 시즌 내 잔여 연봉을 건다!"

볼 끝은 더할 나위 없이 위력적이었다.

◆

출발은 산뜻했다.

1회 초, 마운드에 올라간 주혁은 3타자 연속 삼진을 잡아내면서 오늘 컨디션이 아주 좋다는 것을 보여주는 데 성공했다.

그의 손에서 뿌려지는 공들은 위력적이었고, 완급 조절에도 전혀 이상이 없었다.

여기에 굉장한 무브먼트의 투심 패스트볼이 가세하고나자, 타자들의 배트는 시작부터 허공을 가르고 있었다.

"오늘 아주 좋아, 윤."

"역시 미친 애송이 답다!"

동료들은 주혁을 향해 칭찬을 아끼지 않고 있었으나 주혁의 반응은 그저 그랬다.

'그냥 점수만 좀 만들어줘라.'

그들도 여태껏 득점 지원을 제대로 해주지 못했던 터라 괜히 미안한 마음에 이렇게라도 주혁의 입가에 미소를 만들고 싶었던 것이었다.

'신인이라 말도 못하고.'

그저 조용히 입을 닫고 있어야 한다는 게 답답했으나, 주혁은 그래도 믿어보기로 했다.

그래도 저마다 실력들은 좋은 탬파베이 레이스의 타자들이다.

'문제는 상대가 대니 머츠맨이라는 건데….'

어차피 많은 점수는 기대도 안한다.

'딱 2점. 2점만 만들어보자, 제발.'

이제는 기대치가 한없이 떨어져 있는지라 주혁은 타선이 2점만 만들어내도 만족스러워 할 정도였다.

주혁은 벤치에서 이온 음료로 목을 축이고는 1번 타자 칼 크로포드와 대니 머츠맨의 승부를 가만히 지켜보았다.

그런데….

'음?'

어째 뭔가 이상했다.

그가 기억하는 대니 머츠맨이 아니었다.

공은 계속 높게 포수 미트로 향했고, 심지어 4구 째 커브 볼은 아예 포수 미트 안으로 들어가기도 전에 바닥에 먼저 튕겨져 나갔다.

그러더니….

파앙!

"……"

'얼레?'

칼 크로포드를 상대로 볼넷을 내주는 게 아닌가!

이를 보던 주혁의 입가에 그제야 미소가 살짝 번졌다.

그리고 이어지는 2번 타자와 3번 타자의 승부에서 대니 머츠맨이 아웃카운트 한 개도 잡지 못한 채 1점을 내주는 순간.

'컨디션이 안 좋군.'

기쁜 마음에 웃음이 한가득 터질 것만 같았다.

괜히 걱정했다.

'이제 이 기회만 잘 살려주자.'

대니 머츠맨이 감을 되찾기 전에 확실하게 밟아줘야 한다.

아예 일어서지 못할 정도로 말이다.

무사 1, 3루의 상황.

4번 타자 카를로스 페냐가 타석에 들어섰다.

곧바로 대니 머츠맨이 초구를 뿌렸고….

따악!

이를 제대로 받아친 카를로스 페냐의 타구가 중견수 키를 넘겨 펜스를 맞췄고, 3루 주자가 여유롭게 홈 베이스를 밟았다.

흔들리는 모습을 보이자 포수가 마운드를 방문했고, 대니 머츠맨과 이야기를 나누더니 다시 자기 자리로 돌아갔다.

5번 타자와의 승부를 시작한 대니 머츠맨.

마운드에서의 대화가 효과가 있었던 건지, 5번 타자를 상대로 대니 머츠맨은 조금 안정된 피칭을 선보이더니 내야 뜬공으로 5번 타자를 아웃시켰다.

'설마….'

벌써 감을 되찾은 건가?

바라던 2점을 얻었지만, 이런 달콤한 찬스를 놓치는 건 경기의 흐름을 바꿀수도 있기에 주혁이 초조한 표정으로 그라운드를 바라보았다.

'나한테까지만 와라.'

과거, 컨디션 안 좋은 투수를 강판시키는 일은 주혁이 전문이었다.

그 감각이 아직 살아있기에 주혁은 탬파베이 레이스의 하위 타선이 허무하게 1회 말을 끝내지 않기를 바라고 있었다.

6번 타자와의 승부.

따악!

외야로 타구가 높게 떴다.

좌익수가 이 공을 잡자, 3루 주자가 홈으로 파고들기 시작했다.

좌익수는 홈으로 송구하지 않고 2루에 공을 던졌고, 1루 베이스에 주자를 묶어두는 데 성공했다.

2사 1루.

3 - 0의 스코어.

'이 정도라도 만족한다.'

이내 주혁이 긴장을 풀고는 불펜으로 발걸음을 옮겼다.

그런데….

따악!

7번 타자가 안타를 때려내더니….

퍼억!

8번 타자 필립 모리스가 몸에 맞는 공으로 출루를 하는 게 아닌가!

졸지에 2사 만루 찬스에서 주혁이 타석에 들어서게 된 상황.

'이거 잘 살리면 바로 강판이다.'

과거 그의 날카로운 제구력에 허탕을 쳤던 게 생각나자, 주혁이 배트를 더욱 거세게 쥐었다.

이윽고 그가 초구 사인을 확인하더니 슬라이드 스탭으로 공을 던졌다.

그러나 다소 높게 날아드는 공.

이를 확인한 주혁이 곧바로 배트를 휘둘렀고….

따악!

이 큼지막한 타구가 좌측 담장 쪽으로 날아가는 순간!

"……!"

탬파베이 레이스의 팬들이 일제히 자리에서 일어났다.

호세 바티스타.

그는 불과 지난 시즌 중반기까지만 해도 별 볼 것 없는 선수였다.

여러 구단들을 돌아다니다가 피츠버그 파이어리츠에서 자리를 잡는가 싶었으나 활약은 그닥 좋지 못했고, 결국 그는 2008시즌 도중 토론토 블루제이스로 트레이드가 되었다.

그리고 그곳에서 그는 운명처럼 1루 코치 드웨인 머피를 만나게 되고, 그의 세밀한 지도 아래 호세 바티스타는 달라져 갔다.

2009시즌 후반기, 그는 눈부신 장타력을 뽐내면서 토론토 블루제이스 팬들에게 기대감을 심어주었고 2010시즌에 들어와서는 팀 내 최고의 거포로 우뚝서기 시작했다.

7월 중순까지 호세 바티스타가 때려낸 홈런의 개수만 무려 39개로 양대 리그 통틀어서 홈런 부문 1위를 달리고 있었다.

다만 타율은 이전 시즌들과 다를 바 없이 0.250 대를 유지하고 있었다.

그렇다고 그가 장타력만 좋은 타자라는 것은 절대 아니었다.

단순히 장타력만 출중해진 것이 아닌, 정확한 선구안까지 갖추게 된 호세 바티스타였다.

현재까지 얻어낸 볼넷 개수만 82개로 이 부문에서 3위를 기록하고 있었다.

　즉, 예전처럼 나쁜 공에 배트가 쉽게 나가지 않는 셈이었기에 투수들이 호세 바티스타를 상대하는 일은 쉽지가 않았다.

　그러나….

　파앙!

　"스트라이크!"

　"젠장할."

　호세 바티스타가 낮은 목소리로 중얼거렸다.

　오늘 경기에서 초구 스트라이크를 내준 것이 이번이 벌써 3번째였다.

　'저 공은 도대체 뭐야.'

　말도 안 되는 무브먼트로 포수 미트 안에 꽂히는 마구.

　우타자 몸쪽으로 꺾이는 각도는 그야말로 예술이었다.

　그가 장갑을 꽉 끼우면서 마운드 위의 어린 투수, 주혁을 바라보았다.

　무표정한 그의 얼굴.

　하나 경기를 즐기는 듯한 여유가 주혁에게서 물씬 풍기고 있었다.

　'다른 녀석들이 왜 신인 같지가 않다는 지 알 것 같다.'

　저렇게 자신만만할 수가 없다.

날카로운 제구력을 갖춘 것 같지는 않은데, 주혁은 몸쪽과 바깥쪽의 스트라이크 존을 향해 공을 과감하게 던지고 있었다.

그리고 그런 공들은 날이 제대로 서 있었기에 알고도 쉽게 쳐내기가 힘들었다.

묵직한 구위와 차이의 폭이 넓은 속구의 스피드.

게다가 지금 그의 손에서 뿌려지는 세 가지 구종 모두 같은 투구폼과 같은 릴리스 포인트에서 뿌려지고 있었다.

즉, 주혁의 손에서 공이 뿌려지기 전까지 구종을 예측할 수 있는 길이 전혀 없는 셈이었다

사실 오늘 경기가 시작되기 전, 플로리다 말린스를 상대로 주혁이 투심 패스트볼을 던진 비디오 영상을 봤던 호세 바티스타였다.

그리고 비단 호세 바티스타 뿐만이 아니라, 오늘 그를 상대해야 하는 토론토 블루제이스의 모든 타자들이 투심 패스트볼의 무브먼트를 보고 경악스러워했다.

비디오 영상으로만 봐도 그 움직임이 경이로운 수준이었는데, 막상 타석에 서니 느껴지는 체감은 상상을 초월했다.

더군다나 우타자인 그의 몸쪽으로 휘는 투심 패스트볼의 움직임은 일정하지가 않았다.

앞선 두 번의 타석에서 투심 패스트볼에 방망이를 휘둘러 보았던 호세 바티스타였으나 그때마다 공은 번번히 춤을 추듯 배트를 피해 포수 미트에 꽂혔다.

이 투심 패스트볼만 날카롭다면 그나마 다행이겠지만, 포심 패스트볼과 체인지업 역시도 너무도 위력적이었다.

더욱이 무서운 건, 그 세 가지 구종들이 언제 어떤 타이밍에 날아들지 모른다는 것이었다.

매 경기마다 던지는 패턴이 제각기 달랐고, 어떤 날은 결정구로 포심 패스트볼을, 어떤 날은 결정구로 체인지업을 던지던 주혁과 존 제이소의 볼 배합은 예측하기가 힘들었다.

한데 이런 상황 속에서 투심 패스트볼이라는 괴물 같은 공이 장착되었으니 고작 세 가지 구종을 상대로도 애를 먹을 수밖에 없는 것이었다.

물론 공략을 할 수는 있었다.

대체적으로 결정구로 쓰는 구종은 그 날 가장 위력적인 공을 선택할테니 말이다.

그러나 지금, 호세 바티스타를 비롯해서 토론토 블루제이스의 선발 타자들 모두 결정구를 예측하지 못했다.

그 이유는 바로….

부웅!

파앙!

"스트라이크!"

모든 구종들이 전부 위력적이었기 때문이었다.

호세 바티스타가 2구 째 포심 패스트볼을 상대로 크게

배트를 휘둘러 보았으나 이번에도 공이 배트에 맞지를 않았다.

'빌어먹을.'

0 – 2의 볼카운트.

호세 바티스타가 다시 배트를 어깨에 살짝 걸치고는 타격폼을 취하면서 이를 뿌드득 갈았다.

모든 공들이 죄다 스트라이크 존 안으로 들어오고 있는데 한 번도 맞추지를 못하다니!

이미 첫 타석에서 삼진으로 물러났던 호세 바티스타는 자신이 오늘 이 신인 선수에게 삼진 2개를 내주는 것만큼은 피하고자 각오를 단단히 하고 있었다.

'무조건 친다, X발.'

침착하게 하자.

그러나 눈에 보이는 스코어는 그의 의욕이 팍 떨어졌다.

11 – 0.

큰 점수 차이로 지고 있는 상황.

이미 경기는 패배로 기운 상태였다

그렇기에 경기를 뒤집지 못한다면 최소한 개인 기록이라도 챙겨야만 했다.

하나 뜻대로 일이 풀리지 않고 있었다.

토론토 블루제이스의 간판 타자로서 자존심이 구겨질대로 구겨지고 있는데다 11점 중 4점을 만든 타자가 누구였는지를 떠올린 호세 바티스타의 이마가 찌푸려졌다.

그러던 그 때.

슈웅!

공이 포수 미트로 날아오기 시작했다.

그 짧은 순간에 호세 바티스타는 직감했다.

'이건 패스트볼이다.'

삼진만 당하지 않으면 된다.

호세 바티스타의 배트가 출발했고, 그 스윙 궤적에 공이 맞닥 들이는 순간!

"……?"

공이 아래로 뚝 떨어지는 게 아닌가!

위력적인 세 가지 구종을 하나씩 완벽하게 던져 깔끔한 삼구 삼진을 잡아내버린 주혁이 태연하게 포수 존 제이소 가 던져주는 공을 받았다.

그리고 그 모습을 바라보며 벤치로 물러나는 호세 바티 스타의 이마는 좀처럼 펴지지 않고 있었다.

완패다.

저 어린 투수에게 타석에서만 패한 게 아니었다.

7이닝 동안 무실점 피칭을 하면서 타석에서 그랜드슬램 (만루 홈런)을 때려낸 괴물 신인.

'지옥에나 떨어져라, 이기적인 애송아.'

아메리칸리그에서 가장 핫한 타자, 호세 바티스타의 뒷 모습은 유난히도 처량해 보였다.

토론토 블루제이스와의 경기가 끝이 났다.

최종 스코어는 13 – 0.

이 날, 트로피카나 필드의 열기가 채 가시기도 전에 현지 언론을 비롯하여 한국 언론까지 주혁의 활약상을 담은 기사들이 우르르 쏟아져 나오기 시작했다.

「'그랜드슬램' 윤주혁, 시즌 6승 달성!」

「투타 만점 활약, 윤주혁 TOR 상대로 시즌 5승!」

「100K 윤주혁, 타석에서 만루 홈런까지!(시즌 5승)」

이제 더 이상 그의 미래를 부정적으로 보는 사람은 없었다.

◆

동네의 평범한 슈퍼마켓 안.

이곳에 있는 조그마한 TV 속에선 야구 경기가 중계되고 있었다.

현재 시각은 오전 10시.

한국프로야구 경기 시간과는 달랐다.

그러나 엄연히 생방송 경기였고, 화면 상단 우측에 경기를 치르고 있는 두 팀의 이니셜이 보였다.

TB, 그리고 MIN.

이는 메이저리그 아메리칸리그의 소속팀인 탬파베이 레이스와 미네소타 트윈스의 약자다.

즉, 지금 중계되고 있는 경기는 바로 메이저리그 경기인 것이었다.

화면에 비춰지는 선수들 중 동양인은 거의 없었다.

딱 한 명만을 제외하고 말이다.

이 가게의 사장은 카운터 의자에 앉아 등받이를 살짝 뒤로 젖혀둔 채, TV를 유심히 지켜보고 있었다.

이윽고 중계 카메라에 동양인 선수의 얼굴이 나오자 그의 얼굴에 흐뭇한 미소가 번지기 시작했다.

그러던 그 때.

덜컥!

정장을 입은 중년의 남자가 슈퍼마켓 안으로 들어왔다.

"어서오십시오."

사장이 부드러운 목소리로 인사를 건넸으나, 남자 손님은 대꾸조차 하지 않고 곧장 음료수 진열대로 향하더니 캔커피 하나를 꺼내와서는 계산대 위에 올려두었다.

삐삑!

사장이 캔커피의 바코드를 찍고는 남자에게 말했다.

"500원입니다."

남자가 주머니를 뒤적거리더니 500원짜리 동전 하나를 꺼내 사장의 손에 건네주고는 캔의 뚜껑을 따서 벌컥벌컥 들이키기 시작했다.

'어지간히 목이 말랐나보군.'

사장은 친절한 미소를 보이면서 남자가 다 마시고 난 캔을 버려주기 위해 그에게 말을 걸려고 했다.

그러나 먼저 말을 건 사람은 남자 손님이었다.

"지금 생방송인가요?"

"아, 야구 경기 말씀이세요?"

"네. 아! 오늘이 윤주혁 선수 선발 등판 경기군요!"

"맞습니다."

무뚝뚝하던 남자의 얼굴이 순간 환하게 밝아졌다.

그가 손목을 걷어 시계를 슬쩍 보더니 사장에게 말했다.

"실례가 안 된다면 잠깐만 경기를 보고 가도 괜찮을까요?"

"아, 물론입니다. 여기 의자에 앉으시죠."

"감사합니다."

사장의 옆자리에 앉은 그가 얼마 남지 않은 캔커피를 홀짝 마시면서 시선을 TV에 고정시켰다.

"제가 워낙에 야구 광팬이라서요. 집에서 보다간 마누라한테 등짝을 얻어맞으니 원…."

"편히 보시다 가셔도 됩니다."

"고맙습니다."

남자가 팔을 카운터에 살짝 얹더니 마운드 위에서 공을 던지는 한국인 선수, 주혁을 보자마자 대뜸 박수를 치기 시작했다.

그러더니 갑자기 사장한테 말을 걸었다.

"제가 저 선수 팬입니다."

"그러시군요."

"요새는 프로야구보다 메이저리그 보는 맛에 하루를 살아요. 윤주혁 선수 덕분이죠. 얼마전에는 유니폼도 샀습니다. 하하."

남자의 말에 사장은 웃기만 할 뿐 대답하지는 않았다.

그러나 남자는 아랑곳하지 않고 계속해서 말했다.

"솔직히 누가 상상이나 했겠습니까? 저렇게 엄청난 활약을 펼칠 거라고 말이죠."

"아무도 못했을 것 같습니다."

"그러니까요. 더군다나 20살짜리 새파랗게 어린 녀석이니 아무도 기대를 안했겠죠."

"……."

"윤 선수 부모님은 밥 안 먹어도 배부를 것 같아요. 제 아들도 아닌데 대견스럽게 느껴지니 말이죠."

이번에도 사장은 입을 열지 않았다.

"160km를 아무렇지 않게 던지고, 홈런까지 빵빵 터트리는 선수. 꿈만 같은 이야기인데 이게 현실이라는 게 믿겨지지가 않아요."

"저도 마찬가지입니다."

"몸 관리만 잘하고 다른 길로 새지만 않으면 정말 역대급 한국인 메이저리거가 되지 않을까 싶어요."

"그랬으면 좋겠네요."

"지난 선발 등판 경기 보셨습니까?"

"토론토 전 말씀이신가요?"

"네. 그 날 선발로 나와서 7이닝인가 실점 없이 던지고 만루 홈런도 쳤었는데, 그 경기 보셨습니까?"

남자의 물음에 사장이 대답했다.

"물론입니다. 정확히는 7.1이닝 12개 탈삼진, 2개 볼넷에 무실점의 피칭을 했었죠."

"그걸 다 기억하실 정도면 사장님도 팬이신가 보군요."

남자의 말에 사장은 그저 웃어 보일 뿐이었다.

"그 뒤로도 지명 타자로 나서던데 꾸준히 안타를 때리더군요. 거지같은 고교야구 인프라에서 이런 선수가 나왔다는 게 경이로울 따름입니다."

"……."

"지금 타율이 거의 6할이던데, 이러다 4할 대 타율로 시즌 마치는 거 아닌지 모르겠습니다."

"저는 그저 무사히 3할 타율만 쳐줘도 기쁠 것 같습니다."

"충분히 가능할 거라고 봅니다. 나쁜 볼에 배트가 안 나가더군요."

남자는 계속해서 주혁의 칭찬을 늘어놓기 시작했다.

"나이도 어린 것이 어찌 그리 침착한지…. 저것 보세요. 저렇게 몸 좋은 타자를 상대로도 과감하게 공 던지지 않습니까. 배짱이 정말 대단한 녀석이에요."

곧이어 화면에서 주혁이 상대 타자를 삼진으로 돌려세우자, 남자가 더욱 신이 난 톤으로 말을 이었다.

"벌써 삼진 100개도 넘겼다던데, 얼마전에 투심 패스트볼 무브먼트 보셨습니까? 전 감탄만 나오더라고요."

"굉장하더군요."

"특히 공 속도를 자기 마음대로 조절한다는 게 보통 쉬운 일이 아닌데 저걸 자유자재로 한다는 건…. 제 생각에는 저런 재능은 우리 나라에서 100년, 아니 500년에 한 번 나올까 말까한 재능이라고 봅니다."

이젠 아예 전문가처럼 사장에게 말을 하는 남자.

"박찬홍에 추신우, 그리고 윤주혁까지. 정말 우리 나라에서 이렇게 메이저리그를 평정하는 선수가 나오다니. 너무 기분이 좋네요."

"저도입니다."

사장의 말이 끝나기 무섭게….

파앙!

또 다시 주혁이 삼진을 잡았다.

-루킹 삼진! 이닝 종료!

-100마일(161km)의 빠른 공이 저렇게 몸쪽으로 날아가면 알고도 칠 수가 없죠.

-대단합니다. 4회 말, 현재까지 삼진을 무려 6개씩이나 잡아내고 있는 윤주혁 선수입니다!

TV에서 흘러나오는 해설자들의 격양된 목소리.

이와 함께 남자의 목소리도 더욱 높아져 갔다.

"통쾌합니다, 하하. 이제 타선만 좀 터져주면 승리는 확정일텐데…. 이상하게 윤 선수가 선발로 나오면 탬파베이 타자들이 점수를 못 내주더군요."

"저도 보면서 참 안타까웠습니다."

"뭐 그래도 윤 선수가 타자로도 나서서 자기 스스로 해결하니 보는 저로서는 더 뿌듯해서 좋습니다."

남자가 말을 마치더니 아까 마셨던 커피를 다시 가져왔다.

그가 주머니에서 동전을 꺼내자, 사장이 말했다.

"그냥 드셔도 됩니다."

"아, 고맙습니다."

남자가 커피 뚜껑을 따더니 조금씩 아껴 마셨다.

카피를 마시고 있어서 그런지 자연스럽게 말수가 적어졌고, 남자는 한동안 입을 다문 채 경기를 지켜보기 시작했다.

그러던 그 때.

따악!

- 중전 안타! 필립 모리스가 1루에 들어갑니다.

8번 타자 필립 모리스가 안타를 때려낸 것이었다.

이 장면이 나오자마자 다시 남자의 입이 열렸다.

"다음 타석이 윤 선수라니! 요 며칠간 홈런이 뜸하던데, 하나 쳐줬으면 좋겠네요. 하하."

남자가 미소를 지으면서 TV를 바라보았으나, 정작 사장의 표정은 다소 굳어져 있었다.

　　마치 주혁보다도 오히려 그가 더 긴장을 하는 듯한 모습이었다.

　　이윽고 타석에 선 주혁을 상대로 미네소타 트윈스의 선발 좌완 투수가 초구를 던졌고….

　　파앙!

　　좌타자 바깥쪽으로 휘어져 들어간 슬라이더는 스트라이크 존을 벗어났다.

　　"느낌 좋네요."

　　남자가 커피를 한 모금 마시고는 다시 시선을 집중했다.

　　이어서 2구와 3구가 연달아 포수 미트에 꽂혔고, 3구 째 공에 주혁의 방망이가 헛돌았다.

　　"아이고. 아쉽다."

　　다 마신 커피캔을 카운터에 올려둔 남자가 무릎을 딱 쳤다.

　　"저 투수 슬라이더가 날카롭네요. 삼진만 안 당했으면 좋겠습니다."

　　"동감입니다."

　　2 – 1의 볼카운트.

　　미네소타 트윈스의 선발 투수가 사인을 확인하더니 슬라이드 스탭을 가져가기 시작했다.

　　잠시 후 그의 손에서 공이 뿌려졌고, 동시에 주혁의 배트도 움직였다.

그리고….

따악!

다시 바깥쪽으로 흘러가는 슬라이더를 이번에는 주혁이 제대로 밀어치는 데 성공했다.

멀리 뻗는 타구.

남자가 자리에서 벌떡 일어나더니 TV 쪽으로 좀 더 가까이 다가갔다.

화면에선 좌익수가 타구를 쫓아가는 장면이 나오고 있었고, 곧이어 타구의 행선지가 결정되었다.

그 위치를 확인한 순간.

-아아! 홈런입니다! 시즌 7호 홈런!

"와아아아!"

남자가 흥분을 감추지 못한 채 방방 뛰어댔다.

사장 역시도 그제야 미소를 띤 채 조용히 박수를 쳤다.

TV에선 중계진의 목소리가 계속해서 흘러나왔다.

-밀어치는 저 힘을 보세요. 간결한 스윙인데도 파워가 대단합니다!

-오늘도 윤주혁 선수가 해결사의 면모를 보여줍니다! 투런 홈런!

주혁이 베이스를 돌아 홈으로 들어왔고, 동료 선수들은 그런 주혁을 뜨겁게 맞아주었다.

잠시 들떠있던 분위기가 차츰 가라앉고나자, 남자가 슬며시 사장에게로 다가와서는 입을 열었다.

"소란 피워서 죄송합니다. 너무 기뻐서 그만….”

“아닙니다. 괜찮습니다.”

“정말 홈런을 때려낼 줄이야…. 이제는 이치로도 부럽지가 않네요.”

남자가 싱글벙글 웃으면서 자리에서 일어났다.

“2점이면 오늘 윤 선수 승리는 확정일 거라고 믿습니다. 이만 늦었네요. 신세 많았습니다.”

남자가 감사의 인사를 하고는 이내 슈퍼마켓을 나섰다.

사장은 그가 마시고 버리지 않은 커피캔을 쓰레기통에 넣고는 다시 의자에 앉았다.

다시 TV를 바라보면서, 중계 카메라에 주혁의 얼굴이 비춰지자, 순간 사장의 눈에 눈물이 고였다.

그가 조용히 중얼거렸다.

“장하다, 우리 아들.”

이 평범한 슈퍼마켓.

이 가게의 사장은 바로 주혁의 아버지, 윤상현이었다.

그가 소매로 눈물을 닦아내더니 이내 흐뭇하게 웃었다.

조금 전 그가 흘린 눈물에는 뿌듯함, 대견함, 사랑, 감동, 기쁨, 그리고 이렇게 잘 커준 것에 대한 감사함이 모두 내포되어 있었다.

해준 것도 별로 없는 데, 주혁이 낯선 타지에서 엄청난 활약을 펼치고 있다는 건 너무도 자랑스러운 일이었다.

게다가 고국의 수많은 사람들에게 삶의 원동력이 되어

주고 있다는 것과 한국의 정말 많은 야구팬들의 사랑을 한 몸에 받고 있다는 게 그저 고맙기만 했다.

이 정도면 아들 자랑을 할 만 하지만, 그는 굳이 다른 사람들에게 내색하지 않았다.

묵묵히 아들을 응원하는 것이 아버지로서 해야 할 도리라고 판단했기 때문이었다.

─이제 5회 말, 윤주혁 선수가 다시 마운드에 서겠습니다.

TV에서 들려오는 중계진의 목소리.

윤상현은 겉으로는 조용히, 그러나 마음속으로는 뜨겁게 주혁을 응원했다.

화면을 지긋이 응시하는 그의 눈가는 여전히 촉촉하게 젖어 있었다.

10. 위대한 도전

리턴

에이스

Return Ace

10. 위대한 도전

　양키스타디움에서 뉴욕 양키스와 탬파베이 레이스 간의
맞대결이 한창 진행 중인 지금.

　탬파베이 레이스 앤드류 프리드먼 단장이 자신의 사무실
에서 경기를 지켜보며 펜을 빙빙 돌리고 있었다.

　'재능이 탁월하다는 건 잘 알고 있었지만 이 정도일 줄
이야.'

　그가 눈앞의 모니터에 비춰지는 소속 팀 선수, 주혁을 보
면서 감탄했다.

　'지난 등판 때 실점을 좀 내줬는데도 전혀 위축되는 게
없다니.'

　5회 말.

주혁은 현재까지 닉 스위셔에게 솔로 홈런을 하나 허용한 것을 제외하고는 2개의 볼넷과 피안타 2개만을 내주고 6개의 탈삼진을 잡아내고 있었다.

'이 정도로 터질 거라곤 상상도 못했는데….'

사실 처음에 주혁을 메이저리그 개막 로스터에 넣은 건 단순한 홍보용이었다.

이것 하나만으로도 한국의 수많은 야구팬들의 눈길을 사로잡았으며, 이후 주혁이 불펜 투수로 좋은 활약을 펼치기 시작하자 그의 유니폼 매출이 확연하게 늘긴 했었다.

충분히 좋은 재능을 갖추고 있었으나 앤드류 프리드먼 단장을 비롯하여 탬파베이 레이스의 코칭스태프들도 적당한 시기가 되면 마이너리그로 내려보낼 생각을 하고 있었다.

언제까지 불펜 투수로 쓸 수는 없었고, 선발 투수로서의 가능성도 보였기 때문에 마이너리그에서 제대로 된 교육을 받는다면 향후 탬파베이 레이스의 선발 마운드에 큰 보탬이 되어줄 수 있었기 때문이었다.

또한 여기에는 그를 좀 더 오랫동안 붙잡아 두기 위함도 있었다.

메이저리그의 제도 상, 서비스 타임 3년을 채우면 연봉 조정 신청 자격을 얻게 된다.

그리고 서비스 타임 3년을 채우지 못한 선수 중, 빅리그에서 뛴 기간이 상위 17%에 속하는 선수들에게는 1년 앞서 연봉 조정 신청 자격을 주는 '슈퍼2'라는 제도가 있다.

매 시즌 '슈퍼2' 대상자가 분류되는 커트라인은 2년 128일에서 2년 140일 사이인데, 구단들은 이 시기를 치밀하게 계산하여 보유한 선수가 대상자가 되지 않도록 6월 쯤에 유망주를 메이저리그로 콜업시켜 '슈퍼2'를 피하려고 한다.

모든 유망주에게 해당 되는 것은 아니다.

마이너리그에서 좋은 활약을 펼쳐보인 유망주 선수들에게 주로 악용되는 사례다.

물론 리그를 뒤흔드는 초대형 신인 선수들은 구단이 어떻게 해도 '슈퍼2'를 피할수는 없을 뿐더러, 거액을 안겨줘야 하기 때문에 구단은 이런 선수들을 열흘 가량 마이너리그로 내려보내 FA 취득 연수를 늦추게끔 만든다.

주혁도 마찬가지였다.

다만, 부상자가 시작부터 속출하고 있었기에 대체 자원으로 주혁을 콜업한 것일뿐 금방 내려보냈다가 다시 콜업할 계획을 잡고 있었던 앤드류 프리드먼 단장이었다.

그리고 시즌 초반 이후에는 분명 그가 흔들릴 거라고 예상했던 그였다.

던지는 구종에 한계가 있었으니까.

그러나 주혁은 그런 예상을 완전히 무너뜨렸다.

시즌 시작과 동시에 불펜에서 활약을 해주면서 핵심 요원으로 자리를 잡아버렸고, 이후 선발 마운드에 공백이 생기자마자 주혁이 그 자리를 꿰차게 된 것이었다.

1달 안으로 그를 마이너리그로 내려보냈다가 로스터 확장 시기 또는 내년 시즌 개막 때 다시 콜업하려던 계획이 무산되어 버렸고, 주혁은 아예 선발 자리를 꿰차더니 이제는 데이비드 프라이스와 맞먹는 활약을 선보이고 있는 중이었다.

이미 안성맞춤의 시기는 지나버렸고, 우승 경쟁을 하는 탬파베이 레이스의 입장에서는 주혁을 다시 내릴 수가 없게 되었다.

'투타 겸업까지 하고 있으니 연봉 조정 자격을 얻으면 거액을 달라고 할 게 뻔하고….'

만약에 투타 모두 지금처럼 정상급 활약을 펼친다면 팀 내 최고 연봉을 요구할 게 분명했다.

'더군다나 에이전트가 스캇 조나스니까 애초에 연장 계약은 불가능하다.'

스캇 조나스.

일명 '악마의 에이전트' 라 불리우는 스캇 조나스는 메이저리그 구단들 사이에서 악명 높기로 소문이 자자했다.

몸값을 높이기 위해 언론을 이용하고, 여러 구단들에게 경쟁을 부추겨 금액을 높이는 등 스캇 조나스의 손을 거치기만 하면 선수의 가치가 최소 1.5배 이상은 증가하는 게 대다수였다.

그리고 그런 선수들 중에는 액수에 못미치는 활약으로 투자 대비 효율을 얻지 못하는 경우도 많았다.

그렇기에 구단들에게는 악마로 불렸고, 선수들에게는 최고의 에이전트로 불리고 있었다.

그런 그가 최근 들어 아시아 선수들에게 관심을 가지기 시작했고, 그의 회사인 조나스 코퍼레이션에 한 때 메이저리그의 정상급 투수로 활약했던 한국 최초의 메이저리거 박찬홍의 에이전트였던 스티븐 킴을 아시아 총괄 에이전트로 앉혀두고 유망주부터 에이스급 선수들까지 계약을 하기 시작했다.

그리고 그 중에는 주혁도 포함되어 있었다.

고교 선수가 150km를 훌쩍 넘는 속구, 그리고 아주 좋은 하드웨어를 갖추고 있었기에 이는 스캇 조나스와 스티븐 킴의 눈길을 사로잡지 않을 수가 없었다.

실제 에이전트는 스티븐 킴이지만, 정작 협상 테이블에 앉는 사람은 스캇 조나스가 될 것이 자명했기에 앤드류 프리드먼은 스몰마켓인 탬파베이 레이스가 그를 붙잡을 만큼의 액수를 내밀지는 못할 거라는 것을 이미 알고 있었다.

'지금 활약만 놓고 봐도 엄청난 수준이니까.'

마운드에서 1점대 후반의 방어율과 벌써 세 자리수를 넘긴 탈삼진 개수, 현저하게 낮은 WHIP(이닝 당 출루 허용률), 그리고 타자로서 4할대의 타율과 5할에 가까운 출루율, 8할이 넘는 장타율을 보여주고 있는 현재 주혁의 기록.

타석에서의 기록은 조금씩 떨어지고 있긴 하지만 본래 이게 정상이었고, 이대로 시즌만 마감한다면 신인왕의

가능성은 상당히 높은 수준이었다.

'운 좋은 녀석.'

부상자만 없었더라도 이렇게 좋은 기회가 주혁에게 찾아오지는 않았을 것이다.

'뭐 실력이 있으니까 그 기회를 이렇게 잘 살린 것이기도 하고.'

어찌 되었든, 벌써부터 수많은 탬파베이 레이스의 팬들에게 사랑을 듬뿍 받고 있는 주혁은 여러 모로 활용 가치가 높은 선수임에는 틀림없었다.

'최대한 붙잡아 둘 수 있을 때까지 단물을 쪽쪽 빨아먹는 수밖에.'

대형 신인의 등장.

그리고 기울어져가던 팀을 살려낸 사실 상의 1등 공신.

그러나 오랫동안 함께 하지 못할 게 눈에 훤히 보이자, 앤드류 프리드먼이 씁쓸하게 입맛을 다셨다.

때마침 스피커에서 경쾌한 포구음과 함께 해설자의 목소리가 흘러나왔고….

파앙!

ㅡ삼진 아웃! 윤이 오늘 경기 7번째 탈삼진을 잡아냅니다.

모니터에서는 5회 말, 2사 1루 상황에서 삼진으로 이닝을 종료시켜버린 주혁이 마운드를 천천히 내려가고 있었다.

스코어 4 - 1.

'이기겠군.'

언젠가부터 주혁이 선발로 뛰고 있을 때, 점수 차이가 2점 이상 앞서 있다면 이상하게도 안심이 되었다.

이미 이긴 경기라는 생각이 들기 때문이었다.

앤드류 프리드먼이 시가를 꺼내 입에 물었다.

불을 붙이고는 그 향을 만끽하면서 1위인 뉴욕 양키스와의 점수 차이를 확인했다.

불과 1.0 게임 차.

'내일까지 이기면 우리가 1위로 올라선다.'

시즌 초반부터 악재가 너무도 지독했으나, 다행스럽게도 주혁과 필립 모리스의 활약 덕분에 다시 반등의 가능성이 높아지고 있었다.

흐뭇하게 웃으며 그가 이내 가만히 모니터만을 바라보며 시가를 태웠다.

경기가 끝날 때 까지, 사무실 안은 시가 연기로 가득 차고 있었다.

◈

공 하나에 승패가 좌우되는 게 야구 경기다.

밀려드는 고도의 압박을 견뎌내면서, 눈앞의 타자를 집어삼킬 듯한 각오로 항상 완벽에 가까운 공을 던지는 일.

흔들리지 않아야 하며 공이 손을 떠난 이후에 후회하는 일은 없어야 한다.

그리고 그 부담감을 이겨낸 공이 투수가 생각한 지점에 정확히 들어가고 나면….

파앙!

"스트라이크!"

듣기 좋은 구심의 경쾌한 목소리가 팬들의 함성 소리 사이로 들려오고, 혼신을 다해 던진 이 공을 멍하니 지켜보기만 한 타자는 고개를 절레절레 흔들면서 벤치로 돌아가고 만다.

투수는 삼진을 잡은 것에 대한 기쁜 마음을 금방 훌훌 털어내고는 이어지는 타자와의 승부에 또 다시 모든 신경을 집중해야 한다.

상대 타자의 약점을 간파하고, 타자가 노리는 구질을 파악하여 반대되는 공을 던져 혼란을 주며, 다양한 변화구 또는 완급 조절을 통해 타자의 타이밍을 무너뜨리는 것.

포수와의 호흡.

타자에게 빈틈을 보이지 않는 치밀함.

이러한 모든 것들이 갖춰져야 하기 때문에 투수는 매우 어려운 포지션이자 가장 핵심이 되는 포지션이기도 하다.

이것이 야구가 투수 놀음이라는 말이 나오는 이유다.

때로는 분위기를 가져오기도, 때로는 실투 하나에 분위기를 내어주기도 하는 포지션.

단순히 위력적인 공을 던지는 것만으로 모든 게 해결되지 않는다.

어떤 순간에서도 자기 공을 던질 줄 아는 것.

타자와의 기싸움에서 밀리지 않는 강인한 멘탈을 가져야만이 진정한 에이스 투수로 발돋움할 수가 있다.

그리고 여기, 그 누구보다도 단단한 멘탈의 소유자가 있었으니….

"윤! 윤! 윤! 윤!"

홈팬들의 열렬한 응원 소리.

무사 만루의 위기를 맞고 있는데도 불구하고 표정 변화하나 없이 포수의 사인을 확인하는 마운드 위의 투수.

그는 바로 메이저리그에서 가장 뜨거운 루키, 주혁이었다.

◆

트로피카나 필드에서 펼쳐지고 있는 LA 에인절스와의 경기.

오늘 시즌 9승을 따내기 위해 마운드에 오른 주혁은 불과 4회까지만 해도 완벽한 피칭을 해줬었다.

그러나 3 - 0으로 탬파베이 레이스가 앞서고 있던 상황에서, 5회 초 마운드에 올라온 주혁이 갑작스럽게 무사 만루의 위기를 맞게 되었다.

하나 주혁이 못 던져서 이런 위기를 맞은 게 아니었다.

첫 출루는 유격수의 실책으로, 두 번째 안타는 빗맞은 타구가 행운의 안타로 연결되면서 1,3루의 위기가 만들어졌고, 다음 타자를 상대로 3 - 2 풀카운트에서 구심이 스트라이크 존 외곽에 잘 걸쳤던 공을 볼로 판정해버리면서 졸지에 무사 만루라는 위기가 만들어진 것이었다.

어떤 투수라도, 특히 신인 투수라면 이렇게 내준 무사 만루 위기에 흔들릴 것이다.

그러나 주혁은 예외였다.

그는 무사 만루의 위기를 전혀 신경 쓰고 있지 않고 있었다.

그저 타석에 들어선 타자를 아웃시키겠다는 강렬한 의지만을 눈빛으로 보여주고 있었다.

'여전히 공은 묵직하다.'

이상은 전혀 없었다.

어이 없게도 무사 만루가 만들어지긴 했으나, 애초에 다 삼진으로 잡지 못했기에 허용한 것이라고 스스로를 질책하면서 주혁은 마음을 다잡고 있었다.

이 위기를 어떻게 넘기느냐에 오늘 승패가 걸려있는 상황.

'전부다 삼진으로 잡아내자!'

굳은 다짐과 함께 사인을 확인한 주혁이 천천히 와인드업을 시작했다.

이윽고 그가 포수 미트를 향해 공을 뿌렸고….

부웅!

파앙!

초구를 노렸던 타자의 배트는 공을 맞추지 못한 채 허공을 가르고 말았다.

95마일(153km)의 구속.

우타자의 몸쪽으로 예리하게 휘면서 포수 미트 안으로 들어갔던 이 공의 구종은 바로 투심 패스트볼이었다.

타자들이 알고도 못친다는 이야기가 벌써부터 나오고 있을 만큼 위력적인 주혁의 투심 패스트볼은 단조로운 피칭 패턴에 적응하기 시작하던 상대 타자들에게 다시 역경의 길을 걷게끔 만들고 있는 구종이었다.

여기에 메이저리그 정상급 투수들의 패스트볼과 비교해도 손색이 없는 강속구, 그리고 타이밍을 빼앗는 고속 체인지업과 완급 조절 능력.

이 모든 요소들이 복합적으로 작용하고 있다보니 그저 외야 플라이 하나만 때려줘도 1점을 챙겨갈 수 있음에도 불구하고 타자는 주혁의 공을 좀처럼 건드리지 못하고 있었다.

그것도 5회 초, 주혁과 오늘 3번째 맞대결을 하고 있는데도 말이다.

부웅!

파앙!

또 다시 헛스윙.

초구와 같은 구속의 포심 패스트볼이 몸쪽 높게 들어왔으나 이번에도 타자는 건드리기는커녕 허공에 스윙을 하고 말았다.

흐름이 서서히 LA 에인절스 쪽으로 넘어오는 와중에 타석에 서 있는 타자가 2구 연속 헛스윙을 해버리면서 0 - 2의 볼카운트를 내주자 LA 에인절스의 벤치에서 짙은 탄식이 흘러나왔다.

3점 차로 뒤져 있는 지금, 이 기회만 잘 살린다면 동점, 아니 역전까지도 노려볼 수 있는 아주 좋은 찬스였다.

하나 그 상대가 하필이면 주혁이었고, 그는 비축해 둔 힘을 이제야 제대로 활용하고 있었다.

그리고 그의 손에서 뿌려지는 공은 너무도 날카로웠다.

부웅!

떨어지는 체인지업에 헛스윙을 하고만 타자.

90마일(144km)의 이 고속 체인지업에 타자는 타이밍도 빼앗겼을뿐더러 공을 맞추지도 못한 채 아웃카운트 하나를 헌납하고 말았다.

무사 만루의 기회에서 내주고 만 삼구 삼진.

분명 찬스가 왔지만 그 미묘한 분위기가 탬파베이 레이스 쪽으로 흐르고 있었다.

이를 LA 에인절스의 마이크 소시아 감독도 눈치를 챘다.

경기의 상황으로 미루어볼 때, 기세등등한 쪽은 LA 에
인절스가 되어야 했으나 되려 탬파베이 레이스의 선수들
이 더욱 자신만만하게 각자 포지션에서 준비를 하고 있었
다.

그는 위기 상황을 맞이하고 있음에도 왜 탬파베이 레이
스 쪽으로 분위기가 기울고 있는지를 잘 알고 있었다.

'저 루키 때문이지.'

그의 시선이 주혁에게로 향했다.

빅리그 첫 시즌.

이 어린 선수가 고작 한 시즌을 마치지 않았음에도 불구
하고 이미 벤치와 선수들에게 믿음을 주고 있다는 사실이
놀랍지 않을 수가 없었다.

당연히 이 만루 위기를 넘길 것이라는 신뢰.

이런 기대감이 선수들로 하여금 더욱 결속력을 높여주고
있는 것이었다.

자신들의 실수로 실점이 나오지 않게끔, 자신들보다 어
린 이 선수에게 창피하지 않기 위해서 말이다.

'벌써부터 저런 영향력을 준다는 자체가 실로 대단하
다.'

상대 팀 선발 투수이지만, 이런 점은 그에게 놀라움을 선
사하고 있었다.

'오늘 경기에서 이기기 위해선 마쓰이가 최소한 외야 플
라이라도 쳐줘야 한다.'

지금 타석에 들어서고 있는 타자, 일본 최고의 좌타 거포인 마쓰이 히데키를 보며 마이크 소시아 감독이 희망을 걸었다.

한 방이 있는 선수다.

또한 좌타자라는 이점이 있기에 타점을 만들어 줄 가능성은 충분했다.

그러나 만일 이 승부에서 주혁이 실점을 내주지 않고 마쓰이를 잡아낸다면?

'걷잡을 수 없을 정도로 탬파베이의 사기가 치솟겠지.'

마이크 소시아가 턱선을 매만졌다.

이제 모든 건 저 두 명의 아시아 선수에게 달려 있었다.

때마침 사인을 확인하던 주혁이 와인드업 동작을 가져갔다.

그리고….

슈웅!

초구가 힘껏 포수 미트로 날아가자, 이와 동시에 마쓰이 히데키의 배트도 움직이기 시작했다.

그러나 결과는….

부웅!

파앙!

헛스윙.

전혀 패스트볼에 타이밍이 맞지 않았던 초구 헛스윙에 마이크 소시아 감독이 한숨을 푹 내쉬었다.

정작 만루를 의식하고 있는 건 주혁이 아니라 마쓰이 히데키였다.

이 노련한 타자를 상대로 과감한 몸쪽 승부를 펼친 결과.

틱!

빗맞은 타구는 병살이 되기 너무도 적절한 코스로 2루수의 앞으로 굴러갔고, 무사 만루의 찬스는 그렇게 병살타로 인해 순식간에 사라지고 말았다.

우려하던 일이 현실이 된 지금.

분위기는 이제 빼앗아 오기 힘들 정도로 탬파베이 레이스에게 넘어가버렸고, 이후 이 경기의 끝자락에 다다를 무렵 전광판에 비춰진 스코어는 가히 충격적이었다.

12 - 0.

벌써부터 탬파베이 레이스와의 남은 원정 2경기에 먹구름이 잔뜩 끼는 듯했다.

◆

LA 에인절스를 상대로 시즌 9승을 따낸 주혁은 그 뒤로 3번의 선발 등판 경기를 가졌으나 결과는 썩 좋지 않았다.

그 3번의 등판 중에는 패전 투수로 기록된 경기도 있었다.

타선의 득점 지원도 이전보다는 많이 좋아진 편이긴 했으나 시즌 후반부에 접어들수록 피홈런 개수가 늘어나면서 다소 실점을 많이 허용했던 주혁이었다.

공격적인 피칭이 가장 큰 원인이겠지만, 코너워크가 뛰어난 편은 아닌 주혁으로서는 차라리 이렇게 피칭을 이어가는 편이 나았다.

가끔가다 한 방씩 얻어맞기도 하지만 결과적으로 놓고 보면 피안타 개수가 시즌 중반보다 오히려 낮아진 수치를 보이고 있는 주혁이었다.

이는 투심 패스트볼의 장착이 매우 효과적이었다는 것을 입증하는 부분이었다.

다만 늘어나는 피홈런은 주의해야 했다.

'실투만 줄이면 된다.'

현재까지 허용한 피홈런들은 물론 타자가 잘 친 것도 있긴 했으나 대부분 실투에서 비롯되는 경우가 많았다.

주혁은 이런 부분들을 꼼꼼하게 체크했다.

어떤 상황에서 어떻게 실점을 했는지, 어떤 상황에서 실투가 나왔는지, 또 실투를 했을 때 어떤 문제 때문에 제대로 뿌려지지 않았는지 등을 말이다.

당장은 나아지지 않더라도 시즌을 치르면서 느낀 부족한 점 또는 개선해야 할 부분들은 주혁은 세밀하게 점검하고 기억했다.

이는 과거에도 그랬었는데, 매 경기들마다 자신이 느꼈던 아쉬움이나 문제점들을 경기가 끝난 후 항상 피드백을 했었던 주혁이었다.

이런 끊임 없는 피드백은 그를 한 층 더 성장시키는 요인이 되었고 현실에 안주하거나 자만하지 않게끔 만들어 주었다.

분명 지금 주혁이 보여주고 있는 성적과 기록들은 신인 왕이라는 타이틀에 근접할 정도로 빼어난 수치였다.

이런 좋은 기록들, 여기에 타자로서 모두를 깜짝 놀라게 만든 재능은 엄청난 스포트라이트를 받기 충분했다.

내가 너무 잘났다는 오만함.

이는 곧 패망의 지름길과도 같았다.

'겸손해야 한다.'

주혁은 이런 사실을 너무도 잘 알고 있었다.

과거, 자기 잘난 맛에 빠져 살다가 일찍이 그라운드를 떠난 선수들을 많이 봐왔던 그였다.

스스로에게 끊임 없이 채찍질을 하면서 도태되지 않으려고 노력했던 지난 날들.

이런 과정들이 그를 명예의 전당으로 이끌었고, 과거로 돌아온 지금에도 눈부신 발전을 가능하게끔 만들었다.

하나 그렇다고 그가 매사에 겸손한 태도로 삶을 살아온 것은 절대 아니었다.

특히 그가 그라운드에 서 있을 때는 더욱 그랬다.

베테랑 선수들을 상대로도 그는 기죽지 않았으며, 때로는 여유있게, 때로는 신중하게, 그러면서도 그는 결코 불안하거나 두려워하지 않는 모습을 항상 보여줬다.

삼진을 당하거나 찬스에서 병살타를 날려도 주혁은 흥분하지 않았다.

'뭐 그럴수도 있지'라며 조금도 위축되지 않는 모습으로 다음 타석에 들어섰었고, 그는 끝내 자신의 몫을 해내는 데 성공했었다.

그것은 거만이 아닌 스스로의 능력에 대한 강한 자신감이었다.

반드시 할 수 있다는 믿음.

후회 없는 경기를 하겠다는 각오.

이런 종합적인 것들이 주혁을 에이스의 자리에서 미끌어지지 않게 만들었다.

물론 사람인지라 슬럼프를 겪거나 컨디션이 안 좋을 때도 더러 있었다.

그러나 항상 기회를 잡기 위해 철저한 준비가 되어 있는 주혁에겐 이런 위기들은 그리 길게 이어지지는 않았다.

그 기회가 한 번 찾아오는 순간….

따악!

"……!"

과거에도 그랬듯이, 그는 이 기회를 결코 놓치지 않았다

◈

오늘 탬파베이 레이스가 디트로이트 타이거즈를 상대할 이곳, 트로피카나 필드 안.

모두들 주혁의 시즌 10승을 고대하면서 경기를 지켜보고

있었다.

최근 3경기 동안 이전보다 실점을 많이 내줬던 그였기에 탬파베이 레이스의 팬들은 홈구장에서 그가 다시 위력적인 모습을 보여주기를 바라고 있었다.

이는 탬파베이 레이스의 타자들도 마찬가지였다.

그간 매번 힘이 되어주지 못했던 그들이었기에, 오늘만큼은 그가 10승의 문턱을 넘어설 수 있도록 충분한 득점 지원을 해주고자 의지를 불태우고 있었다.

그리고 경기가 시작되고 나자, 그들의 의지는 빛을 발했다.

따악!

따악!

연속 안타로 1, 2번 타자가 출루에 성공하더니….

따악!

3번 타자 에반 롱고리아가 때려낸 타구가 외야로 쭉쭉 뻗어가더니 담장을 넘어가는 게 아닌가!

누상에 있던 주자 2명과 타자 주자가 모두 여유롭게 홈 베이스를 밟으면서 1회 말부터 그들은 주혁에게 3점을 안겨주는 데 성공했다.

벤치에서 이를 지켜보던 주혁도 깜짝 놀랐다.

시작부터 3점씩이나 등에 업고 경기를 치른 일은 거의 없었기 때문이었다.

주혁은 직감했다.

'오늘이다.'

시즌 10승을 기록할 수 있는 기회라고 말이다.

타선도 컨디션이 좋았고, 1회 초에도 타자 3명을 상대로 삼진 2개와 땅볼 하나로 삼자 범퇴를 만들었던 주혁이었다.

패스트볼의 완급 조절에도 문제가 없었는데다 결정적으로 앞선 3경기보다 투심 패스트볼의 무브먼트가 더욱 날카로웠다.

여전히 상대 타자들이 애를 먹고 있는 이 투심 패스트볼만 잘 활용한다면 충분히 승산이 있었다.

첫 이닝부터 크게 한 방 맞은 디트로이트 타이거즈의 선발 투수가 갑자기 정신을 차렸는지 이후 2타자를 상대로는 4구만에 둘다 아웃시키는 데 성공했다.

이를 본 주혁이 불펜으로 발걸음을 옮겼고, 사실 상 이닝이 끝날 거라고 생각했다.

그러나….

따악!

"……!"

이번엔 부상에서 돌아온 6번 타자 벤 조브리스트가 좌측 담장을 넘기는 솔로 홈런을 때려낸 것이었다.

순식간에 4 - 0으로 점수 차가 벌어졌고, 멘탈을 다잡아 가던 투수는 7번 타자를 상대로 볼넷을, 8번 타자를 상대로는 몸에 맞는 공을 허용하면서 2사 1,2루의 위기를 맞게 되었다.

그리고 불펜에서 몸을 풀다 급하게 대기 타석으로 향한 주혁이 1회 말부터 타석에 서게 되었다.

'나를 거를 리는 없다.'

근래 타격 성적도 썩 좋지 않은 주혁이었다.

물론 이런 기회가 오지 않았을 뿐더러 투수들이 주혁의 타격 실력을 알고는 좋은 공을 주지도 않았고, 결과적으로 4할대의 타율이 이제 3할대로 떨어진 상태였다.

하나 기회에는 무척이나 강한 타자가 바로 주혁이었다.

다만 주혁을 거른다면, 다음 타자는 1번 타자 에이스 칼 크로포드였기에 분명 승부를 걸어올 것이 틀림없었다.

잠시 마운드 회의가 열렸고, 대화를 마친 포수가 돌아왔다.

투수가 들고 있던 로진 백을 내려놓더니 사인을 교환한 후, 슬라이드 스탭을 가져가더니 초구를 던졌다.

파앙!

스트라이크 존의 중앙으로 높게 들어온 초구.

구심은 어떠한 움직임을 보이지 않았다.

'여전히 흔들리는 군.'

주혁이 속으로 씩 웃었다.

지금 자신을 상대로 높은 공을 던질 리가 없다.

철저히 낮게 승부해도 모자를 판에 높은 공이라니.

이는 분명 실투가 확실했다.

'패스트볼을 실투했으니 다음 공은 변화구를 던지겠지.'

타격폼을 취한 채 주혁은 투수를 유심히 바라보았다.

그리거 포수의 사인을 확인한 투수가 고개를 절레절레 흔들자, 주혁은 확신했다.

'이번 변화구다.'

투수는 이성을 잃은 상태다.

포수의 리드대로 따라갔다가 1회부터 4점을 내줬기에 이제 그는 자신이 생각하기에 가장 위력적인 공을 던지려 할 것이다.

포수는 타자가 다음 공으로 패스트볼을 노리지 않을 거라는 걸 알기 때문에 다시 한 번 패스트볼 사인을 보냈을 것이고….

'이걸 거절했으니 100%지.'

투수가 잠시 호흡을 정리했고 주혁은 배트를 더욱 힘껏 쥐었다.

'여기서 내가 홈런을 때리면 승리는 확정이다.'

다시 일어서지 못하게 마운드에서 눌러줄 자신은 있었다.

여기에 점수 차가 7점으로 벌어진다면 게임은 끝이나 다름없다.

불펜이 말아먹지 않는다면 말이다.

이윽고 투수가 슬라이드 스텝을 가져갔고, 곧바로 그의 손에서 공이 뿌려졌다.

그리고 이를 확인한 주혁이 날아오는 공을 향해 배트를

휘둘렀고….

따악!

"……!"

한 가운데로 들어오던 실투성 슬라이더를 놓치지 않은 주혁의 배트가 공을 정확하게 맞췄고, 타구는 우측 담장으로 날아가기 시작했다.

우익수가 열심히 쫓아갔으나 끝내 타구는 그의 수비 영역을 벗어나고 말았다.

시즌 8번째 홈런.

주혁은 베이스를 잽싸게 돌고는 동료들의 축하를 받자마자 바로 불펜으로 향했다.

시즌 10승이 눈앞이다.

'침착하자. 긴장의 끈을 놓으면 나도 저렇게 실점한다.'

모처럼만에 때려낸 홈런으로 살짝 들떠있긴 했으나 주혁은 마음을 차분하게 가라앉히고는 다음 이닝을 위해 준비를 하기 시작했다.

선발 투수가 결국 강판되고, 불펜 투수가 올라와서 공 2개만에 마지막 아웃카운트를 잡아내자 주혁이 불펜을 나선 후 마운드로 향했다.

로진 백을 집어든 채 4번 타자를 기다린 주혁이 존 제이소의 사인을 확인하고는 곧바로 초구를 던졌다.

파앙!

"스트라이크!"

바깥쪽에 제대로 걸친 초구.

95마일(153km)의 포심 패스트볼에 4번 타자가 입술을 깨물었다.

배트를 휘둘러야 했으나 그러지 못한 것에 대한 아쉬움 때문에 한 행동이었다.

이어지는 2구.

부웅!

파앙!

이번에는 타자가 배트를 휘둘러 보았으나 투심 패스트볼의 좋은 무브먼트는 스윙 궤적을 피해 포수 미트에 꽂혀버렸다.

0 - 2의 볼 카운트.

'끝내자!'

존 제이소가 몸쪽 빠른 공을 요구했고 주혁이 고개를 끄덕였다.

그리고 와인드업과 동시에 그의 손에서 공이 뿌려지자….

파앙!

"스트라이크 아웃!"

타자는 꼼짝도 못한 채 아웃카운트를 헌납하고 말았다.

97마일(156km)의 투심 패스트볼에 삼구 삼진을 당하고만 타자.

빠르기와 움직임을 두루 갖춘 오늘의 결정구.

믿었던 4번 타자의 삼구 삼진에 디트로이트 타이거즈의 벤치는 침묵에 휩싸이고 말았다.

　방금 전 주혁이 상대했던 디트로이트 타이거즈의 4번 타자.

　그는 디트로이트 타이거즈의 프랜차이즈 스타이자, 메이저리그 데뷔 2번째 시즌부터 지난 시즌까지 꾸준히 두 자릿수의 홈런과 100타점 이상을 만들어낸 에이스.

　바로 미겔 카브레라였다.

◆

　7회 초.

　2아웃 상황에서 주혁이 씁쓸한 표정을 지으며 마운드로 걸어오는 조 매든 감독을 바라보았다.

　그가 마운드로 오는 이유는 방금 전, 2아웃을 만든 이후 주혁의 투구수가 정확히 100구가 되었기 때문이었다.

　신인 선수 관리 차원에서 투구수 제한이 걸려 있는 주혁은 어쩔 수 없이 마운드를 내려가야만 했다.

　'아, 오늘은 완투할 수 있을 것 같은데….'

　여러모로 아쉬웠다.

　크게 벌어진 점수 차, 완전히 넘어온 분위기, 아직 충분히 남아있는 체력, 여전히 위력적인 볼 끝, 적게 내준 실투, 의욕을 상실한 디트로이트 타이거즈의 타자들.

투구수 제한만 없었더라면 충분히 완투를 하기 적절한 상황이 갖춰져 있는 현재 경기 흐름이었다.

그러나 조 매든은 단호했다.

이미 불펜에서 준비를 마친 중간 계투가 불펜에서 나오고 있었다.

마운드 위로 올라온 조 매든이 주혁을 슬쩍 보더니 이내 어깨에 손을 얹고는 입을 열었다.

"수고했다. 더 던지고 싶은 네 마음은 알지만 오래 야구 해야지."

그의 말에 주혁은 대답을 하지 않은 채 고개만 끄덕거렸다.

사실 조 매든도 주혁에게 완투를 할 수 있도록 기회를 주고 싶었다.

이미 승리로 굳어지고 있는 이 경기에서 굳이 불펜 자원을 쓰는 것은 체력 낭비이기 때문이었다.

그러나 신인 선수이고, 타석에서 타격도 하는 주혁에게 완투의 기회를 내줄 수는 없었다.

물론 주혁이 괴물 같은 체력을 가지고 있다는 것은 알고 있는 조 매든이지만 그렇다고 무리하게 뛰도록 허락하지는 않았다.

예외적인 허용 조건은 있었다.

노히터 피칭을 하고 있거나, 또는 퍼펙트 게임을 진행 중이라면 그는 마운드를 방문하지 않았을 것이다.

하나 5회까지 퍼펙트 피칭을 이어가다가 6회 초, 2아웃 상황에서 안타를 허용하고 말았던 주혁이었다.

조 매든이 어깨를 토닥거리면서 말했다.

"쉬어라. 정말 잘했다."

"알겠습니다."

그의 손에 야구공을 건네준 주혁이 무거운 발걸음을 이끌고 벤치로 걸어갔다.

그리고 그 순간.

짝짝짝짝!

트로피카나 필드의 탬파베이 레이스 팬들이 주혁을 향해 일제히 기립박수를 보내주기 시작했다.

주혁이 슬쩍 고개를 들어 관중석을 바라보자, 수많은 팬들이 힘차게 박수를 치고 있는 모습이 시야에 들어왔다.

늘상 느끼는 것이지만, 정말 뿌듯한 순간이 바로 지금이었다.

과거에도 그랬고, 지금도 마찬가지였다.

그저 이 경기장에 다시 서서 이렇게 수많은 팬들의 우레와 같은 박수갈채를 받을 수 있다는 사실에 감사함을 느끼는 주혁이었다.

'그래. 기회는 언제든지 있다.'

타자로서는 그랜드슬램이나 사이클링 히트, 4연타석 홈런 또는 11경기 연속 홈런, 통산 500홈런 돌파 등 수많은 기록들을 경험했던 주혁이었다.

다만 투수로서 이룩한 것은 하나도 없었기에 아쉬움을 느끼고 있는 것이었다.

그러나 주혁은 이내 그 모든 감정들을 떨쳐냈다.

'중요한 건 얼마만큼 내 몫을 했느냐다.'

사소한 기록에 얽매일 필요는 없다.

오늘 경기에 후회가 없다면, 그것만으로도 충분하다.

그제야 굳어있던 주혁의 표정이 서서히 풀렸다.

그가 손을 높이 들어 팬들을 향해 고맙다는 뜻의 박수를 보냈고, 팬들은 환호했다.

벤치로 돌아오자 이번에는 동료들이 주혁에게 다가와 하이파이브를 하기 위해 손바닥들을 내밀기 시작했다.

그들은 그저 잘했다 또는 수고했다는 말만 연신 내뱉을 뿐, 일부러 10승을 축하한다는 멘트를 날리지 않고 있었다.

이윽고 다시 경기가 재개되었고 9 - 0으로 벌어진 점수 차는 9회 초까지 좁혀지지 않았다.

그리고….

따악!

9회 초 2아웃에서 타자가 친 공이 내야에 높게 떴고, 이는 유격수의 글러브 안으로 쏙 들어가면서 경기가 끝이 났다.

주혁의 시즌 10승이 확정되는 순간.

그제야 선수들이 묵혀두었던 말들을 꺼냈다.

"시즌 10승 축하한다, 애송이."

"디트로이트를 상대로 10승 따낼 줄이야…. 미친 애송이 답다. 축하해."

"작년에 이어 올해도 신인 투수가 두 자릿수 승수를 따 내는구나. 잘했어, 윤."

"아무도 시즌 8호 홈런을 축하 안해주네? 8호 홈런 축하 해, 윤. 이대로 10승, 10홈런 가보자!"

"미리 신인왕을 축하한다, 윤."

모두들 자기 일인 것처럼 주혁의 데뷔 시즌 10승을 기뻐 하며 축하해주고 있었다.

씩 웃으며 주혁이 고맙다는 인사들을 하고 있을 때, 저만 치서 카를로스 페냐와 브라이언 무어가 다가왔다.

"어이, 애송이. 이 정도면 듀라이거 맥주 쏴야 하는 거 아냐?"

카를로스 페냐가 싱글벙글 웃으며 말하자, 주혁이 피식 웃으며 말했다.

"지금 기껏해야 최저 연봉 41만 4천 달러 받는 선수한테 그게 할 말입니까?"

주혁의 말에 옆에 있던 브라이언 무어가 피식 웃으며 대 답했다.

"애초에 기대도 안 했어. 10승 축하한다, 윤. 인터뷰 마 치고 락커룸으로 와. 널 위해 내가 듀라이거 맥주를 사났으 니까."

"……?"

"선수들꺼 말고 클럽하우스 전 직원들 것까지 다 샀어. 지금 다들 너 기다리고 있으니까 얼른 마치고 와."

브라이언 무어가 이 말을 남기고는 카를로스 페냐와 함께 락커룸으로 발걸음을 옮겼다.

'이런 면이 있을 줄이야.'

주혁이 미소를 지으면서 이내 인터뷰를 하기 위해 리포터, 레이첼에게로 걸어간 후 깔끔하게 인터뷰를 잘 마무리 지었다.

그리고는 락커룸으로 향한 주혁은 그곳에 모인 선수들과 코칭스태프, 직원들, 그리고 앤드류 프리드먼 단장을 볼 수 있었다.

'단장까지 올 줄은 몰랐네.'

모두들 주혁의 10승을 축하해주기 위해 모인 것이었다.

단장부터 시작해서 동료 선수들, 그리고 클럽하우스 직원들까지 주혁에게 축하의 말을 건네주었고, 주혁은 그들에게 일일이 미소로 화답했다.

이토록 많은 사람들이 주혁의 10승 달성을 축하해주는 이유가 있었다.

팀의 1위 탈환을 위해 헌신적으로 뛰어 주었는데다 매번 쓰러져가던 분위기를 살려내기도 한 주혁의 10승 달성은 그 의미가 남달랐다.

앤드류 프리드먼 단장이 말했다.

"이제 두 자릿수 홈런까지 기록하면, 넌 한 시즌만에 우리 탬파베이 레이스의 프랜차이즈 스타가 되는 거다. 이 모습 그대로 꾸준히만 해다오. 그럼 넌 메이저리그를 대표하는 선수가 될 거다. 장담하지."

오랫동안 역사가 끊겼던 투타겸업 에이스의 등장.

이것이 정말 많은 사람들의 이목을 집중하는 가장 큰 요인이었다.

그리고 그런 선수가 스몰마켓인 탬파베이 레이스에서 나왔다는 사실은, 구단의 위상을 드높여 줄 수 있는 부분이나 다름없었다.

파티를 방불케 하는 락커룸 안.

흥겨운 이 분위기를 만끽하면서, 주혁은 또 다른 꿈을 꾸기 시작했다.

10 - 10 클럽의 달성.

이는 홈런과 도루를 뜻하는 것이 아니다.

10승과 10홈런.

주혁은 메이저리그 역사의 한 페이지에 이름을 올릴 도전을 꿈꾸고 있었다.

◆

한 달도 채 남지 않은 메이저리그 페넌트레이스 종료를 앞두고, 각 지구들마다 1위 쟁탈전이 벌어지고 있었다.

포스트시즌 티켓을 얻기 위한 전쟁, 그리고 지구 우승을 못하더라도 각 리그의 지구들 중 성적이 가장 좋은 2위팀에게도 주어지는 티켓인 와일드카드 쟁취를 놓고 이 피튀기는 승부들은 팬들을 연신 두근거리게 하고 있었다.

어떤 지구는 1위 팀의 우승이 거의 확정 분위기로 흘러가는 경우도 있었으나 대부분의 지구들은 1위와 2위, 심지어 3위까지도 우승을 놓고 싸우고 있었다.

얼마 차이나지 않는 게임 차.

한 경기의 승패에 따라 순위의 변동이 생기는 상황.

이는 탬파베이 레이스가 속한 아메리칸리그 동부지구도 마찬가지였다.

특히 동부지구는 1위와 2위 싸움이 메이저리그 지구들 가운데서도 가장 치열하게 펼쳐지는 곳이었다.

현재 1위 탬파베이 레이스와 2위 뉴욕 양키스 간의 게임 차는 고작 1.0에 불과할 정도였다.

2주일 전만 해도 3.0게임 차로 탬파베이 레이스가 앞서는 듯했으나 양키스타디움에서 2연패를 당한 이후 살짝 흔들리던 참에 뉴욕 양키스가 잽싸게 치고 올라온 것이었다.

그리고 마침내 오늘.

탬파베이 레이스가 동부지구 최하위(5위) 클럽인 볼티모어 오리올스를 상대로 4 - 2 역전패를 당하면서, 서부지구 1위 텍사스 레인저스를 7 - 5로 꺾은 뉴욕 양키스와의 격차가 사라지고 말았다.

다시 팽팽해진 우승 경쟁.

탬파베이 레이스가 2주일만에 뉴욕 양키스와 동률이 된 것에는 여러 원인이 있었는데, 그 중에는 경미한 부상으로 15일짜리 DL(부상자명단)에 내려가 치료를 받고 있는 주혁의 공백도 있었다.

훈련 도중 발목쪽에 살짝 무리가 온 주혁은 조 매든의 결정에 따라 휴식을 취하기로 결정했고, 이 시기 동안 공교롭게도 팀이 하락세를 보이기 시작한 것이었다.

최근 들어 마운드에서의 활약을 제외하고는 딱히 타석에서 큰 활약을 펼치지는 않았던 주혁이었다.

물론 여러 이유들이 더 있겠지만, 데이비드 프라이스에 이어 가장 눈부신 활약을 보여주는 선발 투수의 공백, 그리고 9번 타순에서 매 경기마다 출루를 성공시키는 타자의 공백은 경기를 치르면서 얼마나 큰 것인지를 뼈저리게 느낀 탬파베이 레이스였다.

첫 데뷔 시즌만에 팀의 핵심과도 같은 존재감을 보여주는 신인 선수의 등장.

부상으로 암흑기를 밟았던 시즌 초반과 중반기에 가장 큰 힘이 되어 주었던 선수.

이런 주혁의 활약이 머릿속에 아직도 생생한 탬파베이 레이스 팬들은 주혁을 사랑하지 않을 수가 없었다.

팬들은 그저 하루 빨리 그가 돌아오기만을 학수고대하고 있었다.

그들은 행여 뉴욕 양키스에게 1위를 내주는 것도 모자라서 게임 차이가 더 많이 벌어질지도 모른다는 불안감에 휩싸이고 있었다.

그건 결코 용납할 수 없는 부분이었다.

더군다나 어렵게 치고 올라온 지금, 허무하게 다시 내려가는 건 비단 선수들뿐만이 아니라 팬들에게도 큰 실망감을 안겨다 주는 일이 될 수도 있었다.

항상 이렇게 분위기가 가라앉을 때면 불쑥 나타나 반전을 일으키고 사기를 충전시켜주는 주혁이 그래서 더욱 그리운 팬들이었다.

고작 2주일이라는 시간이지만, 우승 경쟁을 하고 있는 입장에선 주혁이 너무도 필요했다.

그들은 행여 그의 복귀가 더 늦어질까봐 걱정하고 있었다.

그렇게 정확히 15일이 지난 날.

탬파베이 레이스는 공식적으로 주혁의 복귀를 알렸다.

이를 두고 탬파베이 레이스의 팀 닥터 찰리 데이먼은 기자와의 인터뷰를 통해 다음과 같은 사실을 밝혔다.

"심각한 부상은 아니지만 확실하게 치료를 하지 않으면 재발의 가능성도 높고, 이후 큰 부상으로 이어질수도 있는 부상이었다. 그러나 윤의 놀라운 회복 속도에 나를 비롯한 의료진들은 깜짝 놀랄 수밖에 없었고, 그는 단 1주일만에 정상 컨디션을 되찾았다. 윤의 부상 부위에는 이상이 전혀 없으며 완벽하게 치유가 된 상태다."

그리고 이 기사가 언론에 공개가 된 후, 주혁은 곧바로 경기장에 나타나 얼리 워크(Early Work) 훈련에 참여했다.

팬들의 환호 아래 배팅 케이지에서 가볍게 타격 훈련을 시작한 주혁은 천천히 몸을 예열시켰다가 서서히 배트 스피드를 높이기 시작했다.

따악!

따악!

따악!

이를 지켜보던 타격 코치 브래들리 콜먼은 흐뭇한 미소를 지으면서 주혁의 타격 훈련에 시선을 고정시켰다.

이윽고 주혁의 타격 훈련이 끝이 나자, 브래들리 콜먼이 주혁에게로 다가갔다.

그는 짧고 간결하게, 요점만 물었다.

"문제 없지?"

주혁의 대답은….

"당연하죠."

주혁이 15일 DL(부상자명단)에서 복귀한 첫 날.

그의 9번 타자 선발 출전이 확정되었다.

◈

우승을 하는 팀들에게는 한 가지 공통점이 있다.

잡을 수 있는 경기, 그리고 반드시 잡아야만 하는 경기는 어김 없이 승리로 이끌어낸다는 점이다.

이런 승리들이 흔들리지 않는 팀 분위기를 형성하게 되고, 나아가 안정적인 플레이를 선보일 수 있는 발판을 마련하게 된다.

여기에 선수들의 사기는 더욱 드높아지게 되고, 가장 중요한 자신감이 충만해진다는 점은 이후 강팀들을 상대로도 좋은 경기력을 펼칠 수 있는 요소가 된다.

이번 시즌 우승을 노리는 탬파베이 레이스에게 이런 점들은 반드시 충족시켜야 하는 부분이었다.

최하위 볼티모어 오리올스를 트로피카나 필드로 불렀다면, 그리고 지금 우승 경쟁을 하고 있는 상황이라면, 응당 승리를 챙겨야만 했다.

더군다나 경쟁 상대인 뉴욕 양키스가 강팀 텍사스 레인저스를 상대하고 있기에, 이런 좋은 기회를 놓친다면 우승할 자격이 없는 것이나 마찬가지였다.

그러나 탬파베이 레이스는 가장 중요한 볼티모어 오리올스와의 3연전 첫 경기를 그것도 역전패를 당하고 말았다.

사기가 바닥으로 떨어져 있는 것은 너무도 당연했다. 게다가 믿었던 철벽 마무리 라파엘 소리아노의 블론 세이브가 역전패의 시초가 되었기에 벤치의 분위기는 다소 차가울 수밖에 없었다.

주장 브라이언 무어가 애써 밝게 만들어보려고 했지만, 경기 내내 저조했던 타선의 활약, 잘 틀어막았던 투수들의 실망감, 라파엘 소리아노의 침묵, 9회 내줬던 실책으로 인한 야수들의 죄책감은 쉽사리 사라지지 않고 있었다.

그나마 자유롭게 망각이 가능한 베테랑 선수들이 나서서 분위기를 바꾸려고 시도했으나 좀처럼 바뀌진 않았다.

이런 팀 분위기를 읽은 주혁이 씁쓸한 표정을 지었다.

'얼굴에 철판을 깔으란 말이야.'

어제 경기가 월드시리즈 7차전도 아닌데, 굳이 이렇게 풀이 죽어 있을 이유는 전혀 없었다.

때로는 실수도 할 수 있고, 그러다 역전패를 당할 수도 있다.

하나 다음 경기를 승리로 이끌면 그만 아닌가.

그 실수들을 굳이 기억하고 있을 필요는 없었다.

'뭐 이게 쉬운 일은 아니긴 하지.'

스스로에 대한 실망감을 잊기란 참으로 힘든 일이긴 했다.

주혁이 씁쓸하게 웃었다.

'오늘은 풀 스윙을 해야겠네.'

9번 타순이긴 하지만, 오늘 선수들의 플레이를 보니 맛있는 밥상이 차려지진 않을 것 같았다.

이 분위기를 바꿀 수 있는 건 오직 하나 뿐이었다.

파앙!

"스트라이크 아웃!"

8번 타자 필립 모리스가 타이밍을 무너뜨리는 커브에 꼼짝도 못한 채 삼진을 당하고 말았다.

  힘 없이 벤치로 돌아가는 필립 모리스.

  주혁이 그런 그의 어깨를 토닥이고는 위풍당당하게 타석에 들어섰다.

  탬파베이 레이스의 홈팬들은 그의 등장에 열광했고 주혁은 이내 침착하게 타격폼을 취했다.

  '난 네가 초구에 어떤 공을 던질지 잘 알고 있다.'

  그리고 그 공이 오늘 가장 위력적이라는 것도 말이다.

  사인을 확인한 볼티모어 오리올스의 선발 투수가 천천히 와인드업 동작을 취하더니 곧바로 포수 미트를 향해 공을 힘차게 뿌렸고, 그의 손에서 뿌려진 공을 확인한 주혁의 배트가 번뜩이듯 움직였다.

  잠시 후, 매섭게 날아오는 공을 배트가 정확히 때려내는 순간!

  따악!

  모두가 기다리던 그 묵직한 타격음이 트로피카나 필드에 울려퍼지기 시작했다.

  ◆

  홈런이었다.

  맞는 순간, 볼티모어 오리올스의 선발 투수는 미간을

찌푸린 채 타구에 시선을 주지 않았고 주혁도 슬쩍 타구를 확인하고는 이후 바닥만을 보면서 잽싸게 홈 베이스까지 달렸다.

비거리 132m짜리 솔로 홈런.

1점짜리 홈런이지만, 이 홈런이 오늘 시사하는 의미는 매우 컸다.

DL(부상자명단)에서 복귀한 첫 날, 신인 선수가 그것도 첫 타석에서 공 두 개만에 홈런을 때려냈다는 것은 실로 경이로운 부분이었다.

게다가 탬파베이 레이스의 다른 타자들은 첫 타석에서 이 투수의 묵직한 패스트볼에 꼼짝도 못했기에 이는 하마터면 시작부터 분위기를 내줄 뻔 했던 탬파베이 레이스에게 있어 볼티모어 오리올스의 흐름을 한 번 끊어주는 매우 중요한 홈런이었다.

선취점을 먼저 안겨다 준 주혁의 활약.

동료들에게 축하를 받고는 이온 음료를 마시면서 주혁이 속으로 생각했다.

'이제 여기서 확실하게 경기를 잡고 가야한다.'

1점을 먼저 앞서가긴 하지만, 다시 상대 팀 선발 투수의 공에 타자들이 속수무책으로 당한다면 분위기는 다시 볼티모어 오리올스에게로 가고 만다.

더군다나 3회 초까지 볼티모어 오리올스의 타선이 제임스 쉴즈를 상대로 안타만 무려 4개를 뽑아냈을 정도로 타격감도 나쁘지 않은 그들이었다.

분명 추격하기 위한 점수가 터질 가능성이 높고, 심리적으로 흔들리는 제임스 쉴즈가 안정적인 피칭을 하기 위해서는 4회 말까지 최소한 2점 이상은 만들어내야만 했다.

지금 자신이 그토록 믿었던 패스트볼이 주혁에게 단번에 공략당했다는 사실은 현재 상대 팀 선발 투수의 자신감을 위축시키고 있었다.

이렇게 살짝 흔들리는 이 타이밍은 경기의 판도를 뒤바꿀 수 있는 아주 좋은 부분이었다.

3회 말 1아웃 상황.

마운드의 흙을 스파이크로 다지던 투수가 이윽고 1번 타자 칼 크로포드가 타석에 들어서자 쥐고 있던 로진 백을 바닥에 내려둔 채 호흡을 정리했다.

구심이 경기를 속개하라고 지시했고, 고개를 끄덕인 투수가 와인드업을 시작했다.

파앙!

그가 초구로 선택한 공은 슬라이더.

좌타자의 몸쪽으로 휘던 이 슬라이더는 제법 날카롭긴 했으나 구심의 선택을 받지는 못했다.

이어지는 2구.

파앙!

이번엔 다소 높았던 패스트볼.

구심의 손은 올라가지 않았다.

이는 3구 째도 마찬가지였다.

파앙!

다시 한 번 던진 패스트볼이 바깥쪽 스트라이크 존 부근에 걸치는 듯했으나 구심은 이번에도 타자의 편을 들어주었다.

그리고 4구 째.

따악!

카운트를 잡기 위해 날아오는 슬라이더를 침착하게 받아친 칼 크로포드의 타구가 중견수 앞에 떨어졌다.

중전 안타로 1루에 출루를 성공하는 칼 크로포드.

'그렇지!'

3할 타자는 이럴 때 안타를 때리기 때문에 가치를 인정받는 것이다.

게다가 누상이 텅텅 비어있는 상황에서 칼 크로포드가 1루에 있다는 자체만으로도 투수에게는 엄청난 부담이 될 수가 있었다.

매우 빠른 발.

현재까지 38개의 도루를 기록중인 칼 크로포드는 2루 베이스를 훔칠 수 있는 능력이 출중한 주자였다.

더욱이 지금 볼티모어 오리올스의 선발 투수의 퀵 모션이 다른 투수들에 비해 느리다는 점, 견제를 하기에 상대적으로 힘든 우완 투수라는 점, 지금 포수 마스크를 쓰고 있는 볼티모어 오리올스의 포수가 현재까지 도루 저지율

0.248로 좋지 않다는 점은 칼 크로포드가 도루를 시도할 가능성이 매우 높다는 것을 의미했다.

투수는 자꾸만 칼 크로포드를 의식했고, 다음 타자에게 초구를 던지기 전까지 견제구만 3개를 던졌다.

하나 그가 굳이 이렇게 힘을 뺄 필요는 없었다.

지금 그에게는 오히려 눈앞의 2번 타자를 아웃시키는 것이 더욱 중요했다.

그러나 앞선 홈런으로 인해 멘탈에 약간 금이 간 상황에서 칼 크로포드가 그의 신경을 자꾸 거슬리게끔 하자 그가 되려 칼 크로포드를 더욱 의식하고 만 것이었다.

그리고 겨우 2번 타자 B.J. 업튼을 상대로 초구를 던졌으나….

따악!

한 가운데로 몰린 실투성 슬라이더를 던지고 만 투수.

B.J. 업튼은 이를 놓치지 않았고, 타구는 워닝 트랙 부근에 떨어졌다.

이미 초구를 던질 때부터 스타트를 끊었던 칼 크로포드는 전력 질주로 홈 베이스까지 파고 들었고, B.J. 업튼은 일부러 혼동을 주기 위해 3루까지 가는 척하다가 2루 베이스로 돌아가면서 홈 송구를 방해했다.

결과적으로 칼 크로포드는 홈 베이스를 밟는 데 성공했고, 분위기는 조금씩 되살아나기 시작했다.

이를 지켜보며 주혁이 슬쩍 입가에 웃음을 지어보였다.

'바라던 대로다.'

자신의 홈런이 경기의 흐름을 바꾸는 계기가 되고 있다는 사실은 뿌듯하지 않을 수 없었다.

그리고 이런 기회를 놓치지 않고 투수의 멘탈을 흔들면서 추가 득점을 만든 테이블 세터진의 활약상에 주혁은 박수를 보냈다.

'이제 많이는 말고 딱 두어점만 더 뽑아보자.'

3점 차 이상으로 벌어진다면 충분히 승산이 있다고 보고 있는 주혁이었다.

특히 제임스 쉴즈의 특성 상, 타선이 초반부터 터져주면서 확실한 득점 지원을 해주면 각성을 하기 때문에 피안타 수가 줄어들 가능성도 있었다.

잠시 후….

따악!

3번 타자 에반 롱고리아의 타구가 중견수와 우익수 사이에 떨어졌고, 칼 크로포드처럼 빠른 발을 가진 저스틴 업튼은 잽싸게 홈 베이스를 밟는 데 성공했다.

3 - 0의 스코어.

그리고 이번 이닝에서 탬파베이 레이스의 타선은 1점을 더 추가한 채로 끝이 났다.

1점은 더 득점할 수 있었던 찬스에서 6번 타자의 병살타로 아쉽게 기회가 날아가긴 했으나 주혁은 4점을 앞서가고 있다는 사실에 충분히 만족하고 있었다.

불과 전 타석에서만해도 상대 팀 선발 투수의 공을 도무지 때려내지 못하면서 기죽어 있었는데, 단숨에 자신감을 되찾았기 때문이었다.

'이 정도면 어제처럼 어이 없이 역전패를 당할 리는 없겠군.'

물론 집중력이 흐트러진다면 어제와 같은 일이 반복될 수도 있다.

자만하면 안 된다.

'우리가 4점을 금방 만든 만큼, 상대 팀도 순식간에 따라올 수도 있다.'

이제 여기서 승리를 굳히기 위해서는 결정적인 한 방이 필요했다.

일단 4회 초를 실점 없이 막아 분위기를 유지한 채로 4회 말 공격을 시작하는 것이 지금으로서는 가장 중요했다.

'그 기회가 나한테 올 지는 모르지만….'

만약 온다면?

'강판시켜버린다.'

주혁의 주특기.

마운드 위의 투수를 끌어내리는 일.

경기의 주도권을 확실하게 쥐어주는 역할.

그것이 과거 주혁이 도맡았던 부분이었다.

파앙!

4회 초, 제임스 쉴즈가 이전 이닝보다 좀 더 가벼워진 몸 상태로 볼티모어 오리올스의 타선을 공략하기 시작했다.

따악!

높게 뜬 공은 내야 플라이 아웃으로 처리가 되었고….

틱!

빗맞은 타구는 내야 땅볼로….

파앙!

"스트라이크 아웃!"

마지막 아웃카운트는 바깥쪽 낮은 코스로 94마일(151km)의 패스트볼을 통해 깔끔한 삼진으로 잡아내면서 삼자 범퇴로 이닝을 마무리 짓는 제임스 쉴즈.

점수를 등에 업은 제임스 쉴즈는 역시 무득점 때의 제임스 쉴즈와는 확연하게 달랐다.

좋은 분위기를 망치지 않은 제임스 쉴즈의 뒤로, 다시 탬파베이 레이스의 4회 말 공격이 시작되었다.

7번 타자가 이닝의 첫 타자로 타석에 들어섰고 투수는 불펜에서 재점검을 했는지 이전보다는 비교적 안정적으로 피칭을 하기 시작했다.

그리고….

부웅!

"스트라이크 아웃!"

이닝의 첫 타자를 헛스윙 삼진으로 돌려 세우는 투수.

마음의 여유를 조금 되찾은 까닭일까.

파앙!

"스트라이크 아웃!"

두 타자를 연속 삼진으로 처리를 해버리는 데 성공한 투수의 표정이 이전보다 좀 더 밝아져 있었다.

'주자가 있으면 좋았겠지만….'

대기 타석에서 발걸음을 천천히 옮기던 주혁이 속으로 살짝 아쉬워했다.

'뭐 그래도 상관은 없지.'

노리는 것은 첫 타석 때와 동일하다.

볼티모어 오리올스의 배터리가 어떻게 승부를 가져갈지는 예측할 수가 없었다.

어쩌면 피할수도 있고, 아니면 허를 찌르는 볼 배합을 가져갈수도 있다.

하나 주혁은 신경 쓰지 않았다.

'다 필요 없고 패스트볼 하나만 던져라. 아니, 뭐든 좋으니까 스트라이크 존 안으로만 던져라. 담장 밖으로 넘겨줄 테니까.'

주혁이 배트를 힘껏 쥐며 타격폼을 취했다.

이윽고 투수가 와인드업을 하는 순간.

"……!"

주혁의 두 눈동자가 번뜩였다.

지금 볼티모어 오리올스의 마운드 위에 올라와 있는 투수, 에릭 크리스는 이 승부를 피하고 싶지 않았다.

포수 맷 위터스는 에릭 크리스에게 승부를 피하자는 사인을 보냈으나 그는 고개를 절레절레 흔들었다.

'흐름 좋은데 굳이 내보내서 칼 크로포드를 상대할 바에는 그냥 이 애송이를 처리하는 게 낫지.'

3회 말에는 4점을 내줬으나 4회 말에 들어와서는 2타자를 모두 삼진으로 잡아냈었던 에릭 크리스였다.

다시 감각을 되찾았고, 불안하던 마음에도 어느 정도 안정이 찾아온 상태였기에 잠시 죽어 있던 그의 자신감이 부활하고 있었다.

'저 애송이가 때린 홈런 이후로 내가 좀 흔들리긴 했지만 지금은 괜찮다.'

실투도 없고 공도 초반에 위력적이었던 그 모습으로 돌아가고 있는 중이었다.

'아까 그 홈런은 솔직히 공이 좀 높았어.'

에릭 크리스는 주혁이 잘 쳤다고 인정하지 않고 있었다.

그저 공이 좀 높았고, 그걸 운 좋게 잘 맞춘 주혁의 타구가 담장을 넘어간 것이라고 판단하고 있었다.

'몸쪽 바깥쪽 뭐 다 잘 치는 건 알고 있지만…'

낮은 공을 퍼올려서 담장을 넘길 정도로 힘이 좋은 타자는 아니라고 그는 보고 있었다.

우락부락한 몸매도 아니고, 힘은 좀 있다고 해도 메이저 리그에 존재하는 괴물 타자들(낮은 공도 상체 스윙만으로 담장을 넘기는 괴력의 소유자들)만큼의 파워가 있다고 보지는 않는 에릭 크리스였다.

'지금 스플리터가 제법 잘 떨어지고 있으니까 승산 있다.'

분명 저 어린 선수는 자신감에 가득 차서 스윙을 더욱 크게 할 것이고, 자신의 스플리터를 상대해 보지 않았기 때문에 이 공에 배트가 자연스레 나올 거라고 그는 확신했다.

'패스트볼 타이밍은 얼추 맞추는 것 같으니….'

포수 맷 위터스가 잠시 고민을 하더니 이내 사인을 보내 왔다.

그가 생각하기에도 차라리 이 좋은 흐름을 끊지 말고 이어가는 편이 더 낫다고 판단한 상태였다.

주혁의 발이 빠른 편도 아니고, 주혁을 거르고 상대하게 될 1번 타자 칼 크로포드 역시 안타를 때려냈는데다 출루를 허용하면 오히려 주혁보다 더 골치 아픈 존재였기에 맷 위터스는 이참에 확실하게 잡아 되살아나는 이 분위기를 유지하기로 마음을 먹었다.

'최대한 낮게 가자.'

마음이 통한 두 사람은 이후 의견도 딱딱 맞았다.

와인드업을 시작한 에릭 크리스가 곧바로 초구를 힘차게 던졌다.

그의 손을 떠난 공은 좌타자의 몸쪽으로 휘면서 바닥에 달라붙듯이 포수 미트 안으로 들어갔다.

맷 위터스가 에릭 크리스에게 조금 침착하라는 제스처를 취한 후, 2구 째 사인을 보냈다.

파앙!

이번에는 낮게 잘 떨어진 공.

87마일(140km)의 스플리터는 구심의 스트라이크 존을 벗어나고 말았으나 맷 위터스와 에릭 크리스는 오히려 긍정적으로 보고 있었다.

'공이 다시 살아나고 있다.'

이전 이닝과는 스피드며 떨어지는 낙폭, 구위가 확연한 차이를 보이고 있는 지금의 스플리터였다.

물론 포크볼보다는 그 낙폭이 적기는 하지만 이 정도면 충분히 헛스윙을 유도해 낼 수 있을 만큼의 움직임을 보이고 있었다.

이어지는 3구 째, 에릭 크리스가 이번에는 살짝 바깥쪽으로 낮게 스플리터를 던졌고….

부웅!

기다리던 바로 그 헛스윙이 마침내 나오자, 맷 위터스가 좋은 공이었다는 칭찬을 고개를 끄덕거리는 제스처를 통해 에릭 크리스에게 전달했다.

그리고 이를 확인한 에릭 크리스가 애써 태연한 표정을 지었다.

로진 백을 바닥에 내려놓고 사인을 확인한 그가 주혁의 얼굴을 슬쩍 쳐다보았다.

　'덤덤한 척 하기는.'

　신인치고 제법 포커페이스를 잘 유지하고 있긴 하지만, 에릭 크리스가 보기에는 주혁이 분명 속으로 당황해 하고 있을 거라고 믿고 있었다.

　이후 4구 째.

　부웅!

　다시 던진 스플리터에 주혁이 또 한 번 헛스윙을 하자, 에릭 크리스가 속으로 회심의 미소를 지었다.

　'거르지 않기를 잘 했다.'

　스플리터는 완벽하게 먹히고 있었고, 이제는 확실하게 승부를 끝내기 만 하면 되는 상황이었다.

　그리고 맷 위터스와 에릭 크리스가 결정구로 선택한 공은 바로….

　슈웅!

　포수 미트를 향해 빠르게 날아가다가 홈 플레이트 쪽에서 아래로 떨어지는 공.

　스플리터.

　던지는 순간, 에릭 크리스는 직감할 수 있었다.

　너무도 완벽하게 손에서 뿌려진 공이었고, 이 공을 주혁은 건드리지조차 못할 거라고 확신했다.

　그런데….

따악!

"……?"

귓가에 예상치도 못했던 묵직한 타격음이 울려퍼지는 게 아닌가!

'설마….'

전 타석에서 맞았던 홈런은 굳이 보지 않아도 넘어갔음을 알 수 있었으나 지금은 도무지 믿겨지지가 않았기에 에릭 크리스가 타구로 시선을 옮겼다.

담장을 향해 멀리 날아가는 타구.

이윽고 이 타구가 담장을 넘어가는 순간.

에릭 크리스가 끝내 고개를 떨궜다.

5구 째 던진 스플리터는 주혁을 상대하면서 손에서 가장 잘 뿌려졌던 공이었다.

하나 이 공에 홈런을 맞았다는 사실은 그의 살아나던 자신감을 바닥 끝까지 끌어내리고 말았다.

이전의 스플리터에는 타이밍조차 맞추지 못했던 그가 90마일(144km)로 이전보다 더 빨라진 스플리터를, 그것도 아래로 잘 떨어지던 공을 퍼올릴 줄은 상상도 하지 못한 에릭 크리스였다.

낮은 공을 퍼올려 담장까지 날려보내는 파워와 매우 빠른 배트 스피드, 그리고 정확하게 잡은 히팅 포인트까지.

완벽한 인사이드 아웃 스윙(최대한 팔꿈치를 배쪽에 붙인 후 안쪽에서 짧게 임팩트 후에 바깥쪽으로 쪽 밀어주면서 길게 팔로 스로우 하는 스윙)의 정석을 보여주는 주혁의 타격에 경기를 지켜보던 모두가 놀라움을 금치 못하고 있었다.

결국 마운드를 내려가고 만 에릭 크리스.

그리고 이 날.

볼티모어 오리올스는 끝내 경기를 뒤집지 못했다.

◈

시즌 10호 홈런.

이 홈런의 의미는 단순히 데뷔 시즌 두 자릿수 홈런을 때려냈다는 것에 그치지 않았다.

메이저리그 역사 상 전설 베이브 루스 이후 영원히 나오지 않을 것만 같았던 한 시즌 10승 10홈런의 달성.

그것도 마이너리그를 거치지 않은 신인 선수가 달성한 기록이었기에 이는 이 날 경기가 끝난 이후, 미국 전역에 엄청난 파장을 불러일으키기 시작했다.

각종 언론에서 주혁의 대기록을 마치 서로 경쟁하듯 보도했고, 이는 태평양을 건너 한국과 일본, 대만까지 전해졌다.

특히나 주혁의 본국인 한국에서는 그야말로 난리가 났다.

더군다나 같은 날, 메이저리거 추신우 역시도 연타석 홈런을 때려내면서 좋은 활약상을 보였기에 이 날은 한국 야구팬들에게 잊지 못할 순간으로 장식되고 있었다.

경기가 끝난 이후, 주혁의 이름이 국내 각종 포털 사이트 검색 순위 1위에 올라왔으며 수없이 쏟아지는 뿌듯한 소식들에 한국 야구팬들은 뜨거운 반응들을 보이고 있었다.

베이브 루스의 귀환.

한국의 베이브 루스.

아직은 다소 섣부를 지는 몰라도, 한국 기자들은 제목 앞에 이런 문구들을 붙인 채 기사들을 내보내고 있었다.

그리고 오늘만큼은 이런 제목이 붙은 기사들에다가 그 어느 누구도 부정적인 반응을 보이지 않고 있었다.

현대 야구에서의 투타 겸업 성공 사례를 보여준 주혁의 10 - 10 달성.

이 날 이후, 주혁의 이름값은 미친 듯이 치솟기 시작했다.

◈

미국 ABC 스포츠 스튜디오 안.

이곳에선 지금 'What's the issue?' 라는 이름의 방송이 생방송으로 진행되고 있었다.

ABC 스포츠의 야구 관련 방송들 중에서 가장 인기가 많은 프로그램이자 주간 가장 이슈가 되었던 것들에 대해 이야기를 나누는 프로그램이었다.

멋들어진 양복을 입은 남자 세 명이 먼저 여러 핫한 뉴스들에 대한 이야기를 나눈 후, 한 가지 대화 주제를 놓고 보다 본격적인 대화를 하기 시작했다.

그들의 뒤로 보이는 큼지막한 TV에선 한 선수의 활약을 모은 클립 영상이 나오고 있었고, 이후 이 비디오가 끝나자 영상에 등장했던 선수의 모습이 찍힌 사진이 화면에 나타났다.

같은 유니폼, 같은 등번호, 같은 이름.

YOON.

그들은 베이브 루스 이후 메이저리그 최초로 '10승 – 10홈런 '을 달성한 괴물 신인, 주혁에 대한 이야기를 하고 있는 중이었다.

이 방송의 진행자, 마이클 브란트가 말했다.

"마이너리그로 다녀오지 않은 신인이 이 정도의 활약을 펼칠거라고 예상하셨습니까, 댄?"

반대편 테이블에 앉아 있는 남자, 해설자 댄 오브라이언은 이 질문을 듣고는 피식 웃었다.

"예상을 했다면 어제 제가 중계 때 소리를 지르지는 않았겠죠?"

"그렇군요. 모두에게 충격을 안겨준 윤의 이번 시즌 활약. 아메리칸리그 신인왕에 가장 근접했다는 평가를 받고 있는 데 어떻게 생각하십니까?"

"대적할 만큼 센세이셔널한 성적을 낸 선수가 아메리칸

리그에 또 있나요? 디트로이트 타이거즈에 어스틴 잭슨 선수가 신인치고 아주 좋은 성적을 보여주고 있습니다만 제 개인적인 생각으로는 윤과 대적할 수는 없다고 봅니다."

"그야말로 확정인 셈이군요."

"이 정도로 뜨거운 신인의 탄생은 근래 정말 오랜만이니까요. 그것도 프로 경험이 베네수엘라 윈터 리그 한 시즌을 제외하고는 전무한 선수이기도 하고요."

댄 오브라이언의 대답에 마이클 브란트가 천천히 고개를 끄덕거리고는 질문이 쓰여 있는 종이들을 정리한 채 이번에는 옆에 앉은 남자, 은퇴한 메이저리거 그렉 바우어에게 물었다.

"그렉. 저는 불과 2년 전에 당신이 했던 말이 아직도 기억이 납니다. 현대 야구에서 투타 겸업을 하는 선수는 제정신이 아니며, 이도저도 아닌 선수가 될 거라고 장담을 하셨는데 기억나시나요?"

"부끄럽네요. 기억납니다."

"그 장담을 깨부수는 선수가 나왔습니다. 그것도 한국에서 건너온 신인 선수가 말이죠."

"이미 추의 활약을 보고 한국이라는 나라에서도 메이저리거가 될 수 있는 재능을 가진 선수가 있을 거라고 어느 정도 예상은 했지만 이런 선수가 나올 거라고는 저 역시도 몰랐습니다. 그래서 더욱 놀랍네요."

그렉 바우어는 말을 하면서도 연신 감탄하는 기색을

보이고 있었다.

마이클 브란트가 말했다.

"윤에 대한 간단한 평가를 좀 해주신다면?"

"윤은 신인 선수라는 게 믿겨지지가 않을 정도로 완성된 선수입니다. 투수로 보자면 그저 빠르기만 한 공이 아닌, 현존하는 메이저리그 투수들 가운데 다섯손가락 안에 드는 분당 회전수를 가진 패스트볼을 구사하는 선수입니다. 또한 우타자 바깥쪽 제구력이 좋은 편이고, 무엇보다도 공의 구속을 자유자재로 가지고 놀 수 있는 뛰어난 완급 조절을 갖추고 있습니다. 게다가 고속 체인지업과 올스타 브레이크 이후 선보인 투심 패스트볼은 이 공을 상대하는 타자들이 엄지를 치켜세울 정도로 위력적이죠."

그가 잠시 숨을 고르고는 말을 이었다.

"이어서 타자로 봐도 완벽합니다. 타격폼과 스윙, 타법, 이 모든 것들이 수준급입니다. 스트라이크 존 어느 곳이든 모두 다 쳐낼 수 있으며, 빠른 배트 스피드, 그리고 인사이드 아웃 스윙 덕분에 컨택 역시도 뛰어나죠. 또한 선구안도 굉장히 좋고 몸쪽 바깥쪽 가라지 않고 다 잘 칩니다. 이게 그가 삼진을 적게 허용한 이유 중 하나죠. 무엇보다도 가장 결정적인 것은, 공을 때리는 그 순간의 힘입니다. 스윙 폭이 크지 않음에도 불구하고 손목 힘으로 담장을 넘기죠. 이런 모든 요소들이 어우러졌기에 불가능하다고 말씀드린 투타 겸업을 성공할 수 있던 겁니다."

그렉 바우어의 말이 끝나자, 마이클 브란트가 마지막으로 질문을 하나 더 던졌다.

"신인 선수가 그 정도로 잘 갖춰져 있다는 말씀은 윤의 재능이 그만큼 탁월하다는 뜻입니까?"

그리고 이 물음을 들은 그렉 바우어가 피식 웃더니 대답했다.

"그게 아니라면 이런 실력을 갖추고 있다는 걸 납득할 만한 길이 없어보입니다만?"

"외계인이라면 가능할지도 모릅니다."

"너무 갔네요, 마이클."

"하하. 미안합니다."

마이클 브란트가 머리를 긁적였고, 댄 오브라이언과 그렉 바우어도 가볍게 웃어넘겼다.

"농담은 여기까지 하고, 앞으로의 전망에 대해 들어보죠. 댄?"

마이클 브란트가 먼저 댄 오브라이언을 바라보며 물었고, 그가 물을 한 모금 마신 후 차분하게 입을 열었다.

"제 생각에는 베이브 루스가 달성한 한 시즌 13승 11홈런 기록은 윤이 수년 안에 깰 것 같습니다. 굉장히 빠른 적응력, 그리고 베테랑 같은 침착함만 봐도 최고의 선수로 클 자질이 충만하다고 생각합니다. 미래가 기대되는 선수죠. 게다가 나이가 아직 어리기 때문에 여기서 더 발전한다면 이치로에 버금가는 아시아 선수가 나오지 않을까 싶습니다."

"그렇군요. 그럼 그렉은 어떻게 보시는지?"

"최고의 재능은 맞습니다만 저는 약간 다르게 보고 있습니다. 분명 이번 시즌이 끝나고 나면 모든 구단들이 윤에 대한 철저한 분석에 들어갈테고 타자들도 내년부터는 더 이상은 당황스러워 하진 않을 겁니다. 또한 아직까지도 저는 투타 겸업이 계속 성공을 거둘거라고는 보고 있지 않습니다. 분명 체력적으로 한계가 올 것이며, 어느 한 쪽에 무게감을 실어야 할 겁니다. 부상도 신경을 써야 할 것이고 어린 나이부터 혹사를 하다간 일찍 그라운드를 떠날 수도 있음을 알아야 합니다. 당장 다음 시즌, 윤이 어떻게 대비를 해서 이런 좋은 성적을 유지할 수 있을지 기대가 됩니다."

댄 오브라이언과는 다르게 보다 현실적인 이야기를 한 그렉 바우어는 끝으로 이 말을 잊지는 않았다.

"하지만 기억해야 할 것은, 윤은 모두의 예상을 깨부수는 능력을 가진 선수라는 것입니다. 이제 그는 스타 플레이어입니다."

"그렇군요. 알겠습니다. 두 분 의견 감사합니다."

대답을 마저 들은 마이클 브란트가 조용히 목을 가다듬었다.

때마침 PD가 마무리를 지으라는 사인을 보냈고, 마이클 브란트가 천천히 고개를 끄덕거렸다.

그리고는 카메라 정면을 응시한 채 클로징 멘트를 시작했다.

"메이저리그를 뒤흔든 신인. 한시즌 10승 10홈런 달성. 투타 모두 놀라운 성적을 거둔 괴물 루키, 윤에 대해서 오늘 이야기를 나누어 보았습니다. 여러 이야기들이 오고 갔으나 가장 중요한 것은 이 어린 선수가 대중의 치솟는 관심에 부담을 느끼지 않고 지금처럼 좋은 활약을 보여주는 일이라고 생각합니다. 이상 'What's the issue?', 마이클 브란트였습니다."

이 멘트를 끝으로 방송이 종료되었고, 이 날 'What's the issue?' 프로그램은 올해 들어 가장 높은 시청률을 기록했다.

모두의 이목이 집중되고 있는 가운데.

방송이 나간 다음 날.

주혁의 시즌 19번째 선발 등판 경기가 열렸고, 수많은 사람들은 그가 베이브 루스의 기록을 올해 뛰어넘을 수 있을지에 지대한 관심을 보이고 있었다.

신인 선수에게는 이런 시선들이 엄청난 부담이 될 수도 있겠지만, 주혁에게는 이미 예전에 이와 비슷하게 스포트라이트를 받았던지라 다소 무덤덤한 편이었다.

그리고 잠시 후, 1회 초 경기가 시작되는 순간.

파앙!

"스트라이크!"

고막을 찢는 듯한 포구음과 함께 구심의 콜이 울려퍼졌고….

파앙!

파앙!

"스트라이크 아웃!"

주혁은 첫 타자를 상대로 깔끔한 삼구 삼진을 잡아내는 데 성공했다.

결정구로 던진 패스트볼의 구속은 100마일(161km).

그에게 있어 사람들의 뜨거운 관심은 경기에 그 어떤 지장도 주지 않고 있었다.

11. 2010 포스트시즌

리턴 에이스
Return Ace

11. 2010 포스트시즌

10승 10홈런을 달성한 직후부터, 주혁이 기록하는 승리나 홈런은 역사와 직결되는 일이었다.

베이브 루스가 기록한 한 시즌 13승 11홈런에 도달하기 위해 남은 건 3승과 단 한 개의 홈런 뿐이었다.

하나 정규 시즌이 얼마 남지 않은 상황이었기에 대부분 주혁이 이번 시즌에는 그 기록을 넘어서지 못할 거라고 보는 사람들이 많았다.

앞으로 3번의 선발 등판이 예정되어 있는데, 그 중 3번의 선발 등판 경기를 모두 승리로 가져가야만 하기 때문이었다.

물론 결코 불가능한 도전은 아니었다.

그러나 남은 등판 경기들이 모두 승리로 이어질거라고는 아무도 장담하지 못하고 있었다.

주혁도 되도록이면 신경을 쓰지 않으려고 노력했다.

자신을 향해 쏠려있는 관심들은 마운드 위에서 잊을 수가 있었으나 생전 처음 도전해보는 이 대기록의 부담감을 떨쳐내기는 쉽지 않았다.

그것도 메이저리그의 전설, 베이브 루스의 기록을 뛰어넘는 기록 달성을 눈앞에 두고 있었으니 말이다.

다만 이것이 그의 활약에 문제를 일으키지는 않았다.

그래도 한 때 11경기 연속 홈런이라는 세계 신기록을 달성했던 주혁이기에 이런 부분에 대한 경험들이 나름 탄탄히 갖춰져 있는 편이었다.

다만 이 기록은 결코 혼자서 만들 수 있는 게 아니었다.

팀 동료들의 도움이 절실하게 필요했고, 타선이 아니더라도 수비 쪽에서의 안정감은 필수적인 부분이었다.

하나 무엇보다도 주혁의 활약이 가장 중요하긴 했다.

그리고 그가 맞이한 시즌 19번째 선발 등판 경기는 7이닝 1실점 10K 호투로 좋은 모습을 보여주는 데 성공했다.

상대 팀 텍사스 레인저스의 강타선을 상대로 아쉽게 솔로 홈런 하나를 허용하긴 했으나 최종적으로 단 3개의 피안타만을 허용하는 좋은 피칭을 선보였다.

주혁이 마운드를 내려갔을 때, 전광판에는 4 - 1이라는 스코어가 띄워져 있었다.

전체적인 분위기도 좋았고 이제 단 2이닝만 역전을 허용하지 않으면 시즌 11승 달성이 눈앞에 놓여 있는 상황이었다.

그러나….

따악!

따악!

따악!

8회 초.

연이어 안타와 홈런이 터지고 말았고, 믿었던 셋업맨 호아킨 베노아가 내리 3점을 내주며 동점을 허용하고 말았다.

게다가 수비 실수까지 연달아 터지면서 단숨에 분위기를 내준 상황.

사실 상 주혁의 승리가 날아가버린 지금, 호아킨 베노아는 망연자실한 표정을 지은 채 마운드를 내려왔고 주혁은 한숨만 푹 내쉬었다.

중계 카메라가 자꾸만 자신을 비추고 있었기에 이미지 관리를 위해서 일부러 괜찮은 척을 하고는 있었으나 마음 같아서는 쓰레기통이라도 발로 걷어차고 싶은 심정이었다.

'후. 어차피 개인 기록이다. 다음 시즌도 있고…. 흥분하지 말자, 흥분하지 말자….'

이왕 이렇게 된 거, 이기기라도 해라.

승리는 날아갔지만 그래도 팀이 이긴다면 주혁은 그 선에서 적당히 만족하고 넘어가기로 결심했다.

'빌어먹을 투구수 100구 제한만 없었어도….'

자신이 끝까지 던졌다면 최소 동점까지는 허용하지 않았을지도 모른다고 생각하니, 이 상황이 더욱 아쉽게만 느껴지는 주혁이었다.

그러던 그 때.

따악!

"……."

또 다시 터진 홈런포로 역전이 되자, 결국 주혁이 이맛살을 찌푸렸다.

고참 시절의 성격이 나올 뻔했다.

'뭐라고 할 수도 없고, 젠장할.'

팀 내 최고 베테랑에서 한 순간에 신인으로 전락(?)하고만 주혁이 지금 입을 열 수는 없었으나 굳게 다문 입술이 자꾸만 꿈틀거리고 있었다.

'끝까지 집중을 해야지. 이게 뭐야, 도대체!'

주혁의 불만이 목 끝까지 차올랐다.

'1위를 하고 있으면 뭐하나. 이기는 게임을 스스로 내주는데.'

지구 우승, 나아가 월드시리즈 우승을 꿈꾼다면 이런 승리들은 확실하게 굳힐 줄 아는 집중력이 필요했다.

그러나 이번 시즌, 다 이긴 게임을 후반에 놓치는 경우를 여러번 본 주혁은 고개를 가로저었다.

이런 정신 상태로 월드시리즈 우승을 넘본다?

'불가능하지.'

원맨쇼로 우승을 할 수 있다면 단체 스포츠인 야구가 개인 종목으로 바뀔 것이다.

철저한 팀 플레이 위주로 운영되는 야구의 특성 상, 안일한 태도로 임하는 선수가 있다면 진정으로 그 해 세계 최고의 야구 구단이 될 수는 없다.

물론 호아킨 베노아와 지금 부리나케 마운드로 올라가서 역전을 허용한 불펜 투수가 대충 던졌다는 뜻은 아니다.

하나 좋은 흐름을 타고 있으면서 경기를 내줬다는 것은 아직도 많이 부족하다는 걸 뜻하는 셈이었다.

나름 탄탄한 전력과 비교적 안정적인 조직력, 뛰어난 지도자, 투타에 각각 리그 에이스급 선수를 보유한 탬파베이 레이스의 지구 우승은 충분히 가능한 일이었다.

그러나 선수들 모두의 집중력이 빛을 발해야만 손가락에 끼울 수 있는 월드시리즈 반지는 머나먼 일처럼 느껴졌다.

반면에 오늘 상대하고 있는 팀, 텍사스 레인저스는 달랐다.

3점 차로 뒤져 있는 흐름 속에서도 그들은 끝까지 집중력을 발휘했고, 끝내 역전을 성공시켰다.

그들은 오늘 경기에서 딱 한 번 찾아온 기회를 놓치지 않았고, 1할대의 타율을 기록하던 타자마저 홈런을 때려낼 정도로 에이스에게 편중되지 않게 저마다 중요한 순간에선 꼭 제 몫을 톡톡히 해주고 있었다.

그리고 타선의 중심을 맡고 있는 조쉬 해밀턴, 넬슨 크루즈, 블라디미르 게레로 역시도 에이스답게 타점을 생산해주면서 결과적으로 8회에만 6점을 내주면서 7 - 4로 스코어가 변하고 말았다.

실망한 탬파베이 레이스의 홈팬들은 선수들에게 야유를 보냈고….

틱!

겨우 내야 땅볼로 아웃카운트 3개를 채운 채 이닝이 끝났으나, 순식간에 가라앉고만 벤치의 분위기는 그저 차갑기만 했다.

그리고 이 날 경기가 결국 역전패로 끝나고 나자, 각종 언론들은 저마다 한 마디씩 오늘 경기에 대해 언급하기 시작했다.

「윤주혁의 아쉬운 투구수 제한, 텍사스 레인저스 상대로 탬파베이 레이스 역전패….」

「탬파베이 레이스, 윤주혁의 대기록 도전을 망치다.」

「이기는 경기 놓치는 탬파베이 레이스의 어두운 미래.」

「루키가 팀의 에이스인 탬파베이 레이스, 막판까지 이어질 듯한 동부 지구 우승 경쟁.」

주혁의 탬파베이 레이스에서의 존재감은 이 경기 이후 더욱 부각되고 있었다.

정규 시즌 마지막 경기를 치르는 당일 아침.

얼리 워크(Early Work)가 시작하기 2시간 전부터 주혁은 트로피카나 필드의 클럽하우스로 출근했다.

그곳에 먼저 출근해 있던 직원들과 인사를 주고받은 주혁은 복도 쪽에서 클러비 케빈 마이클스와 마주쳤다.

그가 환하게 반겨주며 먼저 말을 걸었다.

"오, 윤! 오늘은 일찍 왔네요?"

"오늘이 정규 시즌 마지막 경기라서 일찍 와 봤어요."

"정말 시간 빠르네요."

"그러게 말이에요."

"이제 포스트시즌만 치르면 정말 끝이군요."

그가 뭔가 아쉽다는 듯한 어조로 중얼거리듯 말했다.

보수는 제법 짭짤하더라도 일이 힘들기에 대부분의 클러비들은 시즌이 끝나면 좋아하곤 했다.

반면에 케빈 마이클스는 선수들과 함께 하는 것이 너무도 좋았기에 아쉬움을 느끼고 있는 것이었다.

그런 그를 보며 주혁이 피식 웃었다.

'이 사람 덕분에 편하게 시즌 보냈지.'

야구 외적인 부분에 있어서 자신의 손과 발이 되어준 사람이 바로 케빈 마이클스였다.

오직 야구에만 집중할 수 있도록 그는 주혁을 도왔고,

때로는 굳이 말하지 않아도 알아서 척척 해낼 정도로 눈치도 빠른 사람이었다.

주혁이 말했다.

"어디 당장 가야하는 거 아니면 나 따라와요."

"아! 알겠습니다. 무슨 시키실 일이라도…?"

"시킬건 없고 그냥 따라와 봐요."

주혁의 말에 케빈 마이클스가 고개를 갸웃거리다가 곧바로 그의 발걸음을 맞춰 뒤에서 따라가기 시작했다.

이윽고 락커룸 앞에 도착하자, 주혁이 입을 열었다.

"들어와요. 줄 게 있어요."

줄 것이라니?

'설마 선물인가?'

케빈 마이클스의 입가에 순간 미소가 한가득 번졌다.

그러나 기대심을 일부러 내색하지는 않은 채 똘망똘망한 눈빛으로 기다렸다.

그런 그에게 주혁이 예쁘게 포장된 상자 하나를 건네주었다.

"이게 뭔가요?"

"선물이요. 뭐 지금 열어봐도 괜찮아요."

"에이, 그래도 준 사람 예의가 있는데…."

말은 그렇게 하면서, 케빈 마이클스는 이미 포장지를 뜯고 있었다.

그리고 안에 있는 내용물을 확인한 순간.

"......!"

그의 동공이 커졌다.

주혁은 별 것 아니라는 말투로 그 내용물에 대해 언급했다.

"저번에 보니까 지갑이 없는 거 같아서 준비했어요. 원래는 포스트시즌까지 끝난 후에 줄려고 했는데 그냥 생각난 김에 준 거예요."

"아… 아니, 이거 너무 비싼 거 아닌가요?"

"잃어버리지만 마요."

"물론이죠!"

주혁이 케빈 마이클스에게 선물한 것은 바로 명품 브랜드 블랑코 사의 지갑이었다.

족히 5천 달러 정도의 값을 지닌 이 지갑은 남녀를 가리지 않고 모두가 선망하는 제품이었다.

"여자친구 선물해주는 줄 알고 포장을 그렇게 예쁘게 했더라고요. 근데 여성용은 아니니까 잘 쓰시길 바래요."

"고마워요, 윤. 지갑 잘 쓸게요."

케빈 마이클스가 지갑을 조심스럽게 어루만지면서 연신 고맙다는 말을 반복했다.

그리고 그 모습을 보던 주혁이 속으로 씩 웃었다.

'앞으로 더 어려운 부탁을 들어줘야 할겁니다.'

선물은 일종의 밑밥이었다.

트로피카나 필드에서 펼쳐질 정규 시즌 마지막 경기, 미네소타 트윈스를 상대로 홈팀 탬파베이 레이스의 감독 조 매든은 모두를 깜짝 놀라게끔 만들 타선을 발표했다.

이는 꽤나 신선한 충격을 안겨주기 충분했는데, 주전급 선수들이 대거 빠져 있었기 때문이었다.

물론 성적이 좋은 스타 플레이어들, 즉 칼 크로포드나 에반 롱고리아, B.J. 업튼, 그리고 주혁은 선발 명단에 올라와 있었으나 포수 존 제이소를 제외하고는 전부 교체 자원들의 이름이 올라와 있었다.

더욱이 놀라운 것은 바로 타순이었다.

1번 칼 크로포드, 2번 B.J. 업튼, 3번 에반 롱고리아로 여기까지는 변함이 없었으나 오늘 4번 타자로 기용된 선수가 바로 주혁이라는 점이 가장 놀라운 부분이었다.

이틀 전 시즌 21번째 선발 등판 경기를 가졌던 주혁은 보스턴 레드삭스를 상대로 시즌 11승을 달성한 채 투수로서의 이번 시즌을 마무리 지은 상태였고, 어제는 하루 휴식을 취했기에 상식 상 감각이 다소 저하되어 있는 주혁이 4번 타자의 자리에서 타격을 한다는 것이 언뜻 보면 이해가 되질 않았다.

다만 주혁의 성적이 매우 좋은 편인데다 어제 경기 이후로 뉴욕 양키스을 2.0게임 차로 꺾고 지구 우승을 확정지은 탬파베이 레이스인지라 굳이 오늘 경기를 이기지 않아도 문제될 것이 없었기에 이런 라인업이 문제될 건 없었다.

그러나 마지막 경기를 보기 위해 구장을 찾은 팬들에게는 다소 실망스럽게 느껴질 수도 있었다.

매번 보던 주전급 선수들을 마지막 경기에서 보지 못하기 때문이었다.

하나 이런 타선으로 경기를 마무리 짓는데는 그만한 이유가 있었다.

먼저 복귀한 지 얼마 되지 않은 외야수 벤 조브리스트의 경우, 어제 경기에서 주자로 홈 베이스를 파고들다가 무릎을 살짝 다치면서 1주일 정도 치료를 받아야 했다.

또한 2루수 브라이언 무어는 햄스트링 부상으로 2주전 DL(부상자명단)에 등재되었다가 다시 메이저리그로 돌아오긴 했으나 아직 경기를 뛸 수준은 되지 않은 상태였다.

그 밖에도 유격수 제이슨 바트렛은 감기 증세로 휴식이 필요했고, 1루수 카를로스 페냐는 1할대로 떨어진 타율 때문에 근래 자주 선발 명단에서 빠지곤 했었다.

그리고 카를로스 페냐의 공백을 우익수로 뛰던 필립 모리스가 벤 조브리스트의 복귀 이후 1루 수비를 맡아주면서 그 공백을 잘 메워주고 있는 상황이었다.

어쩔 수 없는 선택.

포스트시즌을 앞두고 있는 지금으로선 다소 지친 선수들에게는 휴식이 절실하게 필요했다.

그래야만이 더 좋은 컨디션으로 기대 이상의 활약을 보일 수가 있으니 말이다.

이 타선이 발표되었을 때, 팬들이 그나마 기대하는 것이 하나 있었다.

그것은 바로 주혁이 4번 타자 자리에서 얼마나 좋은 활약을 펼쳐 보일 수 있을까에 대한 부분이었다.

조 매든은 경기가 시작되기 전, 주혁에게 이렇게 말했다.

"너를 4번 타자 자리에 앉힌 건 오늘 마지막으로 유감 없이 스윙을 하라는 거다. 알겠나?"

출루를 신경 쓰지 않아도 되니, 근래 2주 가까이 터지지 않고 있던 홈런포를 쏘아올리라는 뜻이었다.

2루타를 많이 터트렸던 주혁은 10홈런 달성 이후 4일 만에 시즌 11홈런을 때려내긴 했으나 그 이후로는 좀처럼 담장을 넘기지 못하고 있었다.

워낙에 좋은 공을 주지 않던 것도 하나의 이유이긴 했으나 팀을 위해서는 출루를 좀 더 신경써야 했기 때문이었다.

그리고 이런 역할을 지금까지 잘 수행해온 주혁에게 오늘 조 매든이 기회를 준 것이었다.

이미 이 루키에겐 부담감 따윈 존재하지 않는다는 걸 잘 아는 조 매든은 그가 마음껏 스윙하기를 바랬다.

잠시 후 경기가 시작되었고 1회 초를 실점 없이 막아낸 이후 찾아온 1회 말, 선두 타자 칼 크로포드의 중전 안타 이후 B.J. 업튼과 에반 롱고리아가 모두 뜬공으로 물러나면서

2사 2루의 찬스가 주혁에게 왔다.

그리고 이 기회를 맞이한 주혁이 3구 째 날아오는 공에 힘껏 스윙을 하자….

따악!

"……!"

굵직한 타격음과 함께 타구가 멀리 뻗어나가기 시작했다.

중견수가 날아가는 타구를 잡기 위해 열심히 뛰었으나 타구는 펜스를 훌쩍 넘어가버렸고….

"Yeah!"

팬들은 그 어느 때보다도 더욱 크게 환호하고 있었다.

◆

미네소타 트윈스와의 정규 시즌 마지막 경기는 의외의 선수들이 눈부신 활약을 보여주면서 11 − 2로 대승을 거둔 채 끝이 났다.

1루수 필립 모리스는 이 날 연타석 홈런을 포함하여 무려 5타점을 기록하면서 시즌 타율 0.258 10홈런 49타점 3도루 출루율 0.351 장타율 0.445로 빅리그 데뷔 첫 해를 성공적으로 마쳤다.

주혁 역시도 첫 타석에서 때려낸 2점짜리 시즌 12호 홈런과 2루타 한 개를 기록, 오늘 경기 4타석 3타수 2안타

1홈런 2타점 2득점 1볼넷의 성적으로 4번 타자로서 아주 훌륭한 플레이를 보여주었다.

경기가 끝난 이후, 탬파베이 레이스의 팬들은 일제히 자리에서 일어나 한 해 동안 열심히 뛰어준 선수들에게 박수를 아낌 없이 보냈다.

초반 여러 주축 선수들의 대거 이탈로 뿌리째 흔들리던 탬파베이 레이스가 결국 지구 우승을 차지했다는 것만으로도 팬들에게는 매우 만족스러운 결과였다.

특히나 신인 선수들의 활약과 더불어 선수들의 결속력을 단단히 하면서도 적절한 타이밍에 기막힌 전술을 보여준 조 매든 감독에게도 찬사가 쏟아지고 있었다.

그 찬사 중에서도 이번 시즌 많은 사람들의 비난에도 불구하고 가장 고집있게 밀고 나갔던 일인 주혁의 투타 겸업에 대한 칭찬이 가장 많았다.

물론 주혁이 잘 해낸 것이긴 하지만 그 과정 속에서 모든 비난을 스스로 받아내고 책임을 감수하면서 그를 지명타자로 기용한 조 매든은 결과적으로 이 판단이 현명했음을 입증했다.

애초에 교체 자원이 있음에도 좌타자 부족이라는 이유만으로도 주혁을 기용한 것 자체가 선수단 내에 불화를 일으킬 수 있는 요인이었다.

그러나 조 매든은 주혁의 타격 실력을 스프링캠프 때부터 눈여겨 보았고 다른 백업 타자들보다도 주혁의 센스를 인정하면서 비어있던 지명타자 자리에 그를 세웠다.

그리고 주혁은 자신이 선택받은 이유를 타석에서 연일 빼어난 활약으로 주변의 불만과 비난을 모조리 함묵하게끔 만들면서 결국 불가능하다던 한 시즌 10승 10홈런이라는 기록을 달성할 수 있게 되었다.

이제 수많은 메이저리그 팬들은 그가 앞으로 얼마만큼 더 성장할지를 눈여겨 보고 있었다.

2010시즌 페넌트레이스의 폐막.

남은 포스트시즌을 위해서, 진출 팀들은 그에 대한 철저한 대비를 하고 있었고 야구 팬들을 가장 설레게 만드는 가을야구의 시작이 얼마 남지 않은 지금.

올 해 월드시리즈 우승 반지를 과연 어떤 팀이 차지하게 될지에 더 많은 관심들이 쏠리고 있었다.

이후 며칠이 흐르고 나자, 본격적인 포스트시즌 개막을 알리는 8강전 '디비전 시리즈'가 시작되었다.

동부 지구 우승을 기록한 탬파베이 레이스가 상대하게 된 팀은 바로 서부 지구 우승 팀, 텍사스 레인저스였다.

그리고 당일, 양 팀의 디비전 시리즈 1차전 선발 라인업이 공개되었다.

탬파베이 레이스

타순 이름 (포지션) 타율 / 홈런 / 타점 / 도루

1번 제이슨 바트렛 (SS) 0.256 / 4 / 30 / 17

2번 B.J. 업튼 (CF) 0.244 / 18 / 62 / 45

3번 칼 크로포드 (LF) 0.357 / 19 / 80 / 47

4번 에반 롱고리아 (3B) 0.294 / 22 / 108 / 13

5번 카를로스 페냐 (1B) 0.192 / 28 / 79 / 5

6번 윤주혁 (DH) 0.355 / 12 / 45 / 0

7번 필립 모리스 (RF) 0.258 / 10 / 49 / 3

8번 켈리 숍패치 (C) 0.187 / 5 / 11 / 0

9번 브라이언 무어 (2B) 0.257 / 4 / 50 / 18

포지션 이름 승 − 패 / 방어율 / 이닝 / 탈삼진

SP 데이비드 프라이스 19 − 6 / 2.72 / 204.1 / 183

−

텍사스 레인저스

타순 이름 (포지션) 타율 / 홈런 / 타점 / 도루

1번 엘비스 앤드루스 (SS) 0.271 / 0 / 35 / 32

2번 마이클 영 (3B) 0.283 / 21 / 88 / 3

3번 조쉬 해밀턴 (CF) 0.364 / 31 / 105 / 8

4번 블라디미르 게레로 (DH) 0.302 / 30 / 119 / 4

5번 넬슨 크루즈 (LF) 0.315 / 28 / 84 / 15

6번 이안 킨슬러 (2B) 0.278 / 9 / 45 / 17

7번 제프 프랑코어 (RF) 0.241 / 10 / 58 / 7

8번 호르헤 칸투 (1B) 0.250 / 14 / 53 / 0

9번 벤지 몰리나 (C) 0.246 / 5 / 30 / 0

포지션 이름 승 – 패 / 방어율 / 이닝 / 탈삼진

SP 클리프 리 12 – 9 / 3.04 / 215.2 / 190

1차전은 탬파베이 레이스의 홈구장, 트로피카나 필드에서 펼쳐졌다.

◆

윤주혁 (Joo-Hyuk Yoon)

Stats

Pitcher

24경기 21선발 11승 3패 147.2이닝 38실점 175K 113피안타 12피홈런 7사구 35볼넷 2홀드 0세이브 ERA 2.31 WHIP 1.00

Batter

60경기 185타석 138타수 49안타 12홈런 45타점 41득점

32볼넷 5사구 10희생 타율 0.355 출루율 0.464 장타율 0.688

◆

트로피카나 필드의 중계석 안.

1년만에 포스트시즌을 중계하게 되어서인지 해설자 댄 오브라이언과 캐스터 래리 허드슨은 약간 들뜬 목소리로 대화를 주고받고 있었다.

"이번 시즌 상대 전적만 놓고 보면 텍사스 레인저스가 2승 더 앞서 있지만 승부를 쉽게 예측하기는 힘드네요. 어느 팀이 우위에 있다고 볼 순 없을 것 같습니다."

"그렇군요. 이번 1차전의 승패가 정말 중요할텐데 오늘 어떤 선수가 키플레이어인가요?"

캐스터의 물음에 해설자가 목을 살짝 가다듬고는 대답했다.

"우선 타선이 좀 더 강한 텍사스 레인저스의 타자들을 잠재우는 일이 탬파베이 레이스에겐 가장 중요할 겁니다. 즉, 오늘 선발 마운드의 데이비드 프라이스가 탬파베이 레이스 승리의 핵심적인 열쇠를 쥐지 않았나라고 생각합니다."

"그렇다면 텍사스 레인저스는 어떤 선수를 주목해야 합니까?"

"10월 성적이 가장 좋은 타자인 블라디미르 게레로를

유심히 봐야할 것 같습니다. 베테랑 선수이기도 하고 근래 장타율이 급상승하고 있기 때문에 이런 큰 경기에서 그의 시원한 한 방을 볼 수 있지 않을까 싶습니다."

댄 오브라이언의 말이 끝나자마자 중계 카메라는 배트를 닦고 있는 블라디미르 게레로를 비췄다.

'괴수'라는 별명에 걸맞게 그는 존재감 자체로도 상당한 위압감을 주는 선수임에는 틀림없었다.

까다로운 공도 툭 갖다 맞추면 담장을 넘어서 2층 관중석까지 날려버리는 장타력은 모든 투수들에게 공포를 심어주기 충분했다.

댄 오브라이언이 말했다.

"데이비드 프라이스가 강력한 텍사스 레인저스의 클린업 타자들을 상대로 실점을 내주지 않느냐가 오늘 경기의 가장 큰 관건이라고 봅니다."

"기대가 됩니다. 마운드 위로 데이비드 프라이스가 올라섰습니다."

중계 카메라가 마운드 위에서 연습구를 던지고 있는 데이비드 프라이스에게로 향했다.

이윽고 그가 연습구 8개를 모두 던지고 나자, 구심이 대기 타석에 있던 엘비스 앤드루스에게 손짓했다.

래리 허드슨이 말했다.

"이제 탬파베이 레이스와 텍사스 레인저스 간의 아메리칸리그 디비전 시리즈 1차전 경기가 시작되겠습니다!"

구심의 콜과 함께 경기가 시작되자 홈팬들의 함성 소리
가 경기장을 가득 메웠다.

　그 환호를 들은 데이비드 프라이스가 침착한 표정으로
초구 사인을 확인한 후, 곧바로 초구를 던졌다.

　파앙!

　우타자 바깥쪽 살짝 높게 꽂힌 초구.

　96마일(154km)짜리 포심 패스트볼을 구심은 이렇게 판
단했다.

　"스트라이크!"

　경기는 초반부터 뜨거운 분위기를 자아내고 있었다.

◈

　매번 떨리지만, 이 순간이 가장 재밌고도 즐겁다.

　타석에 선 주혁이 배트를 허공에 한 번 휘두른 후, 이내
타격폼을 취했다.

　앞선 1회 초.

　데이비드 프라이스가 2번 타자까지 잘 막아낸 이후 조쉬
해밀턴에게 3루타를 허용, 블라디미르 게레로에게 홈런을
맞으면서 시작부터 2점을 헌납하고 말았다.

　데이비드 프라이스가 못 던진 것이 아니었다.

　정말이지 기술적인 타격으로 바깥쪽 낮게 깔리는 포심
패스트볼을 걸어올린 블라디미르 게레로의 타구가 담장을

넘어가는 건 그가 왜 '괴수'라는 별명을 가지고 있는지를 아주 잘 보여주는 대목이었다.

초반 점수를 내준 것은 다소 아쉽긴 했으나 2회 초, 데이비드 프라이스가 공 9개로 삼자 범퇴를 만들어내면서 분위기를 완전히 빼앗기지는 않는 데 성공했다.

그리고 지금.

1회 말, 탬파베이 레이스의 타자들을 상대로 안타 한 개를 내준 것을 제외하고는 아주 깔끔한 피칭을 선보인 텍사스 레인저스의 선발 좌완 투수 클리프 리를 상대로 주혁이 2회 말 첫 타석을 맞게 되었다.

클리프 리가 포수와 사인을 주고받을 때, 주혁이 짧게 심호흡을 했다.

'제일 까다로운 유형의 투수다.'

주혁이 가장 싫어하는 타입의 투수는 바로 제구력이 좋은 투수들이었다.

특히나 메이저리그 정상급 제구력을 자랑하는 투수들은 스트라이크 존 어느 곳이든 마음 먹은 대로 던질 수 있는데다 변화구들 마저도 컨트롤이 가능할 정도로 비교적 상대하기가 어려운 편이었다.

게다가 클리프 리는 완벽한 숨김 동작(디셉션)으로 타자가 공의 타이밍을 잡기 어렵게끔 만들었기에 만만한 투수가 절대 아니었다.

'이런 투수들한테 2스트라이크를 내주면 끝이다.'

그 전에 승부를 봐야만 한다.

'던지는 구종도 꽤 다양한 투수고….'

방법은 오직 하나 뿐.

'초구를 노린다.'

주혁이 배트를 강하게 쥔 채 사인을 확인한 클리프 리의 초구만을 기다렸다.

어떤 공이 날아올지는 예상할 수가 없다.

다만 데이터로 보자면 그가 좌타자들, 특히 장타력이 좋은 선수들에게는 최대한 바깥쪽 낮게 패스트볼을 던져 초구를 잡아내는 경우가 많았다.

텍사스 레인저스의 배터리가 주혁을 장타력이 좋은 타자로 보고 있을지는 모르지만, 타순이 6번에 배치가 되어 있기에 분명 장타 역할을 할 것이라고 그들이 생각할 가능성이 높았다.

'그리고 난 그 공을 안타로 만든다.'

이번 시즌 클리프 리를 만난 적은 딱 한 경기 뿐.

그러나 과거의 경험들까지 합하면 그 수는 꽤 많았다.

즉, 그의 변하지 않은 투구폼과 디셉션은 주혁에게 완전히 낯설지는 않았다.

'온다!'

때마침 클리프 리가 와인드업을 시작했다.

곧이어 그가 공을 힘차게 포수 미트로 뿌리는 순간.

"……!"

따악!

예상한 대로 날아오던 공을 주혁이 놓치지 않고 때려낸 것이었다.

제대로 맞진 않았으나 이 타구는 유격수의 키를 넘겼고 좌익수 앞에서 뚝 떨어졌다.

잽싸게 주혁은 1루 베이스를 밟았고, 이 기술적인 타격을 상층에 위치한 중계석에서 지켜본 중계진들이 다소 격양된 목소리로 입을 열었다.

"윤이 클리프 리의 초구를 공략해서 안타를 때려냅니다!"

"정말이지 기술적인 타격입니다. 완벽한 인사이드 아웃 스윙으로 출루에 성공하네요."

"오늘 첫 타석부터 제 몫을 톡톡히 해주는 윤입니다."

"이런 무대는 처음일 텐데도 전혀 긴장하지 않고 자기 스윙을 한다는 것이 그저 놀라울 따름입니다."

"윤의 안타로 1사 1루가 된 상황. 이제 타석에 7번 타자 필립 모리스가 들어섭니다."

"클리프 리는 전혀 부담 가질 필요가 없어요. 윤이 이번 시즌 도루를 시도조차 하지 않았기 때문에 눈앞에 있는 타자에게 더 신경을 써야 할 겁니다."

댄 오브라이언의 말이 끝나자마자 클리프 리가 초구를 던졌다.

그런데….

"아! 윤이 2루로 달립니다!"

곧바로 주혁이 도루를 시도하는 게 아닌가!

순간 당황한 포수 벤지 몰리나가 일단 재빨리 2루로 공을 송구했으나 주혁의 스파이크가 먼저 2루 베이스 안으로 들어갔다.

도루 성공.

댄 오브라이언이 깜짝 놀란 듯한 기색을 보이면서 말했다.

"윤이 뛸 거라고는 생각하지 못했습니다만…. 타이밍도 완벽했고 아주 깔끔한 베이스 러닝이었습니다."

예상치 못한 주혁의 도루에 클리프 리가 모자를 고쳐쓰고는 슬쩍 2루를 바라보았다.

좌투수를 상대로, 그것도 퀵 모션이 굉장히 빠른 자신을 상대로 도루를 시도하다니.

하나 주혁은 마치 자신을 상대로 도루를 몇 번 시도해 본 사람처럼 뛰어야 할 타이밍이 언제인지 정확하게 알고 있었다.

클리프 리의 눈썹이 살짝 꿈틀거렸다.

'얘 대체 뭐하는 애송이야?'

◆

도루 성공 이후 자신을 경이롭다는 듯이 바라보는 주위 시선을 알아차린 주혁이 속으로 피식 웃었다.

'이래 봬도 10시즌 연속으로 두 자릿수 도루를 한 사람이야, 내가.'

비록 20 - 20 클럽을 달성하지는 못했으나 나름 스피드도 빠른 주혁이었다.

실제로 타자로 전향한 이후 그가 초반에 코칭스태프들에게 가장 많이 들었던 칭찬이 바로 베이스 러닝에 대한 부분이었다.

다른 선수들보다도 베이스 러닝 센스가 탁월했던 주혁은 타자로서 타석에 서기 이전, 대주자로 먼저 첫 데뷔전을 치르기도 했었다.

다만 점차 타격 실력이 좋아지면서 중심 타선에 배치가 된 이후부터는 파워를 키우기 위해 근육량을 늘리게 되었고, 그 결과 스피드가 다소 하락하고 말았다.

하나 그렇다고 느린 편에 속하진 않았기에 주혁은 이따금씩 벤치에서 도루 사인이 나오면 투수의 타이밍을 유심히 지켜보다 가장 이상적인 순간에 달렸고, 성공률도 제법 괜찮았다.

그리고 때로는 지금처럼 100% 성공하겠다는 판단이 서면 단독으로 뛰기도 했었다.

방금 전도 성공한다는 확신이 있었기에 시도를 한 주혁이었다.

하나 사실 방금 전 도루는 꽤나 위험한 도전이었다.

행여 아웃이라도 된다면 1점이라도 만들 수 있는 찬스가 날아가는 것 뿐만 아니라, 단독 도루 시도였기에 분위기를 망칠 수도 있었다.

그러나 주혁은 성공한다는 확신이 있었다.

텍사스 레인저스의 배터리는 도루를 시도할 거라고 아예 생각도 하고 있지 않았고, 클리프 리도 한 번 눈을 마주친 이후에는 줄곧 포수만을 바라봤기에 도루 성공 가능성을 높게 본 주혁이었다.

더군다나 과거, 클리프 리를 상대로도 도루를 시도했던 경험이 있었는데다 동료 선수들을 통해 그를 상대로 언제 도루를 시도해야 하는지까지 알고 있던 주혁에게는 식은 죽 먹기나 다름없었다.

그리고 무엇보다도 지금은 벌크업을 하지 않은 상태인지라 스피드도 생생하게 살아 있었다.

그런 그가 정규 시즌 중에 뛰지 않은 이유는 오직 하나뿐이었다.

바로 체력 안배 때문.

투수로도 경기에 임해야 하는 주혁에겐 장기전인 정규 시즌 때 굳이 뛰어서 체력을 낭비할 필요는 전혀 없었다.

항상 좋은 컨디션을 유지해야 하기 때문에 괜히 뛰었다가 자칫 잘못해서 햄스트링 부상이라도 당하면 그야말로 창피의 끝을 달리는 셈이기 때문이었다.

하나 지금처럼 단기전은 이야기가 다르다.

경기수도 적고 포스트시즌 이후로는 충분한 휴식 기간이

주어지는데다 이 도루 성공 한 번에 경기의 흐름을 바꿀 수도 있다.

이를 잘 아는 주혁은 포스트시즌의 개막 이전부터 나름 부상을 당하지 않게 준비를 잘 했었다.

그 결과, 주혁은 무리 없이 2루 베이스를 손쉽게 훔칠 수가 있었다.

'그나저나 다른 기억들은 다 삭제 되어도 이런 기억들은 생생하게 남아있네.'

기억력이 매우 좋은 편은 아니었으나 과거로 돌아오면서 얻게 된 또 다른 능력이었다.

'어쩌면 삭제된 기억 때문에 용량이 남아돌아서 가능한 것일 수도 있고.'

아무튼 이게 중요한 것이 아니다.

'어쨌든 이 기회를 잘 살려서 점수만 나오면 오히려 우리가 분위기를 먹고 간다.'

현재 타석에 서 있는 필립 모리스와 눈이 마주친 주혁이 눈빛으로 그에게 응원의 메세지를 보냈다.

그리고 잠시 후.

파앙!

"스트라이크!"

필립 모리스를 상대로 우타자 몸쪽 낮게 꽂히는 패스트볼을 던진 클리프 리가 초구 스트라이크를 잡는 데 성공했다.

이어지는 2구 째.

부웅!

파앙!

"스트라이크!"

또 한 번 날아온 패스트볼에 필립 모리스는 헛스윙을 하고 말았다.

그 모습을 2루 베이스에서 보던 주혁의 얼굴이 굳어져갔다.

'클리프 리를 상대로 노볼 2스트라이크의 볼 카운트를 내주다니….'

자칫 삼구 삼진이라도 내주게 되면 1점이라도 이번 이닝에서 가져가기는 더욱 힘들어지게 된다.

'진루타라도 때려라. 아니, 그냥 때리기라도 해. 맞춰!'

삼진만 당하지 말기를 속으로 바라면서 주혁이 슬금슬금 2루 베이스에서 멀어지기 시작했다.

클리프 리가 이전보다 편안해진 얼굴로 포수 사인을 확인하더니 이내 공을 던졌다.

파앙!

바깥쪽 스트라이크 존 모서리에 꽂힌 컷 패스트볼.

3구 째 공에 배트를 휘두르지 않은 필립 모리스.

그러나 다행스럽게도 구심은 스트라이크 콜을 하지 않았다.

1볼 2스트라이크의 볼 카운트.

'아직 유리해.'

이제는 커트라도 해야하는 시점이 왔다.

클리프 리가 4구 사인을 확인하더니 와인드업을 시작했다.

그리고 그 순간.

따악!

"......!"

필립 모리스의 배트가 클리프 리의 공을 정확하게 맞췄고, 타구는 예상보다 멀리 날아가기 시작했다.

중견수가 타구를 쫓아가 보았으나 타구는 펜스를 넘어가 버렸다.

2점짜리 홈런포.

4구째 던진 체인지업을 제대로 때려낸 필립 모리스가 단숨에 2점을 탬파베이 레이스에게 안겨주는 데 성공한 것이었다.

주혁이 여유롭게 홈 베이스를 밟고는 곧이어 홈으로 들어오는 필립 모리스와 하이파이브를 한 후 벤치로 돌아왔다.

동료들에게 축하를 받는 필립 모리스의 입가에는 미소가 한 가득 걸려 있었다.

'거기서 홈런을 때릴 줄이야…'

바람대로 공을 때리긴 했다.

'이 정도면 해볼만 하다.'

긍정적인 기류가 탬파베이 레이스의 벤치 내로 흘러들어오고 있었다.

7회 초 1사 1, 2루.

데이비드 프라이스의 역할은 여기까지였다.

6.1이닝 3실점으로 나쁘지 않은 피칭을 선보였으나 데이비드 프라이스의 얼굴에는 어두운 그림자가 드리워져 있었다.

포심 패스트볼의 평균 구속도 나쁘지 않았고, 구위도 괜찮았으나 공이 다소 높았던 것이 문제였다.

현재 스코어 3 - 3.

3회 말, 에반 롱고리아가 희생 플라이로 한 점을 추가하며 앞서갔으나 이번 이닝에 들어와서 데이비드 프라이스가 흔들리기 시작하더니 결국 동점을 허용하고 말았다.

벤치에서 묵묵히 경기 상황을 지켜보던 주혁의 표정도 그다지 밝지는 않았다.

'벌써 불펜 투입은 좀 위험한데.'

텍사스 레인저스의 타선이 유독 탬파베이 레이스의 불펜 투수들에게 강한 면모를 보여왔기에 이런 위기 속에서의 등판이 왠지 모르게 불안하게 느껴졌다.

잠시 후, 그랜드 발포어가 마운드 위에 올라섰고 곧바로 7번 타자 제프 프랑코어가 타석에 들어섰다.

'여기서 이 타자를 잡느냐 못 잡느냐에 승부가 걸려있다.'

홈에서 1차전을 내준다면 챔피언십 시리즈 티켓을 텍사스 레인저스의 손아귀에 쥐어주는 것이나 마찬가지였다.

이윽고 경기가 다시 재개되었고….

따악!

주혁의 불안한 예감은 끝내 빗겨나가질 않았다.

제프 프랑코어의 2루타가 터졌고 1루 주자를 3루에 묶는 데는 성공했으나 결국 1점을 내주고 말았다.

이어지는 8번 타자 호르헤 칸투와의 승부.

이 승부에서 그랜드 발포어는 공 2개로 내야 뜬공을 유도해내면서 아웃카운트 1개를 추가하는 데 성공했다.

'아웃카운트 한 개만 더 잡으면 된다.'

이어지는 9번 타자 벤지 몰리나를 반드시 잡아야만 하는 상황.

만일 벤지 몰리나를 출루시킨다면 이는 곧 1번 타자로 승부가 이어지기 때문에 따라잡기 힘들 정도로 점수 차이가 벌어질 가능성이 높았다.

그랜드 발포어가 숨을 돌리고는 로진 백을 집어든 뒤, 침착하게 와인드업을 시작했다.

2사 2, 3루의 위기.

여기서 안타 하나면 두 명의 주자가 모두 홈 베이스를 밟을 수도 있다.

그랜드 발포어가 힘껏 우타자의 몸쪽으로 속구를 던졌고….

따악!

이를 벤지 몰리나가 잡아당겼다.

좌익수 칼 크로포드 쪽으로 날아가는 타구.

칼 크로포드가 잽싸게 타구의 낙하 지점을 포착해서 뛰기 시작했고, 이미 3루 주자는 홈 베이스를 밟은 상태였다.

타구가 서서히 떨어지는 그 순간.

"……!"

엄청난 호수비가 나왔다.

칼 크로포드가 몸을 던져 타구를 잡아낸 것이었다.

이 호수비에 팬들이 그제야 숨을 돌렸고, 그랜드 발포어 역시도 굳어 있던 표정이 조금 풀렸다.

그는 칼 크로포드가 멀리서 뛰어오는 동안 홀로 그를 기다렸고 고맙다는 말과 함께 글러브로 그의 엉덩이를 툭 쳤다.

칼 크로포드가 분위기를 완전히 내줄 뻔한 위기를 막아주면서 끝이 난 7회 초.

'이 1점은 내가 따라잡는다.'

이닝의 선두 타자.

주혁이 배트를 집어들었다.

◆

마운드는 여전히 클리프 리가 지키고 있었다.

초반 3점을 내주긴 했으나 그 이후부터는 환상적인 코너워크 제구력을 바탕으로 탬파베이 레이스의 타선을 꽁꽁 묶고 있는 클리프 리였다.

현재까지 90구를 던지고 있는 클리프 리는 큰 이변이 없다면 7회까지는 마운드를 책임지고 내려갈 듯보였다.

'강판은 불가능하고.'

족히 2점 이상에 누상에 주자가 한 명 이상은 있어야 텍사스 레인저스가 클리프 리를 마운드에서 내릴 것 같았다.

'그래도 동점을 만드는 게 중요하다.'

이제 경기 종료까지 얼마 남지 않았기 때문에 이번 이닝에서 최소 동점은 만들어야만 했다.

그리고 이런 상황 속에서 이닝의 선두 타자로 나온 주혁이 그릴 수 있는 가장 좋은 그림은 단연 홈런이었다.

주혁은 오늘 클리프 리의 투구 패턴을 머릿속으로 다시 정리했다.

'이닝 초반에는 속구 위주였고 이닝 중반부터는 커브와 체인지업 비율이 많아졌으니까…'

힘이 조금은 빠진 클리프 리는 분명 땅볼 유도를 하기 위해 낮게 떨어지는 변화구를 던질 가능성이 높았다.

과거 그를 상대하면서 어떤 공에 홈런을 때려냈는지 주혁은 곰곰히 생각했다.

딱 한 번 홈런을 때려냈었는데, 공교롭게도 그 때 때려낸 홈런은 클리프 리에게서 좀처럼 나오지 않는 실투성 커브였다.

'그건 운이 좋았던 거고 지금 공략하기 가장 좋은 볼은 속구다.'

이전 타석에서도 속구로 안타를 때려낸 바 있는 주혁이었다.

'일단 초구가 속구면 무조건 배트를 휘두른다.'

주혁이 타격폼을 취하고는 그의 공을 가만히 기다렸다.

클리프 리가 포수의 사인을 두 번 거절하더니 이내 고개를 끄덕거렸다.

그리고는 포수 미트를 향해 공을 뿌렸다.

그 공은 속구였다.

부웅!

파앙!

이를 간파한 주혁이 배트를 휘둘렀으나 공은 배트를 피해 이미 포수 미트로 들어가버린 후였다.

주혁은 방금 전 공이 어떤 구종인지를 금세 눈치 챘다.

'컷 패스트볼이군.'

홈 플레이트 바로 앞에서 슬라이더처럼 살짝 휘어지는 컷 패스트볼에 주혁이 배트를 휘두르고 만 것이었다.

헛스윙을 했으나 주혁은 크게 개의치 않아 했다.

'2스트라이크만 내주지 않으면 되니까, 뭐.'

침착하게 그는 2구 째 공을 기다렸고….

파앙!

2구 째 낮게 깔리는 체인지업은 주혁의 배트를 끌어내지 못했다.

이어지는 3구 째도 스트라이크 존을 살짝 벗어나는 체인지업이었고 주혁은 이 공에도 마찬가지로 반응하지 않았다.

'끄트머리에 걸치게끔 하려는 모양인데 그게 잘 안 되는가 보다.'

확실히 힘이 떨어져 있다는 게 느껴졌다.

분명 비슷한 코스로 같은 구종을 던졌다면 족히 하나는 스트라이크 콜을 받아내야 하는 게 정상이었다.

클리프 리라면 말이다.

'그래도 아직은 모른다.'

클래스는 영원하다는 말이 있다.

지금 클리프 리의 제구력이 살짝 흔들린다고 한들, 그 날카로운 제구력이 사라지지는 않는다.

2볼 1스트라이크의 볼 카운트는 마냥 주혁에게 유리하게 작용되지는 않는다는 뜻이다.

이어지는 4구 째.

틱!

좌타자의 바깥쪽 스트라이크 존 모서리로 날아가던 컷 패스트볼을 주혁이 커트해냈다.

컷 패스트볼에 타이밍을 맞추는 걸 본 텍사스 레인저스의 배터리는 주혁을 상대로 처음으로 이 사인을 주고받았다.

'하나만 걸려라.'

담장 밖으로 넘길 자신은 있었다.

그의 공이 말도 안 되는 스트라이크 존 끄트러미에 걸치지 않는 이상 말이다.

고개를 끄덕인 클리프 리가 와인드업 이후 포수 미트를 향해 공을 긁어내렸다.

날아오는 공의 궤적을 확인한 주혁이 배트를 휘둘렀고….

따악!

높게 뜬 타구가 외야 쪽으로 날아가기 시작했다.

◈

대림고등학교 야구부실 안.

이른 아침부터 고교 야구부 선수들은 오전 훈련을 하지 않고 모두들 커다란 TV 앞에 옹기종기 모여 있었다.

그들이 보고 있는 것은 바로 탬파베이 레이스와 텍사스 레인저스의 아메리칸리그 디비전 시리즈 1차전 중계 방송이었다.

오늘이 월요일임에도 불구하고 선수들은 훈련을 하지 않았고 대림고등학교 야구부 감독 문창진도 오늘만큼은 특별히 오전 훈련 스케줄을 없애버렸다.

그런 그가 야구부실에 모인 선수들에게 경기가 시작하기 전에 이렇게 말했다.

"잘 보고 느껴라. 이 선수가 너희 선배이자 너희가 바라는 꿈을 이루고 있는 선수다. 그리고 내 밑에서 자란 선수이기도 하고. 꿈을 크게 가져라. 내가 너희의 꿈을 이뤄줄 테니까."

언뜻 들으면 포부를 크게 가지라는 좋은 말 같지만 실상은 결국 자기 자랑이었다.

그의 말을 들은 대림고등학교 야구부 에이스, 2학년 최승일은 속으로 코웃음을 쳤다.

최승일은 문득 주혁이 떠나기 전, 자신에게 해줬던 말이 떠올랐다.

"문창진은 애초에 너희가 프로야구에서 성공하기를 조금도 응원해주지 않는 인간이야. 그냥 프로 구단에 입단만 시켜두자는 취지지. 너희 몸을 가장 먼저 사랑해라. 그리고 그 말 절대 믿지마. 자기한테 잘 보이면 지명 받는다는 거, 그거 다 개소리야. 거기에 현혹되서 혹사당하지 말고 프로 무대에서 활약하겠다는 생각만 해. 너희가 뛰어야 할 무대는 고교야구가 아니야. 프로 무대지. 알겠냐?"

그 때 그 말이 최승일은 아직도 또렷하게 기억이 났다.

표정이며, 목소리며, 심지어 행동까지 말이다.

주혁은 고교 시절 그의 가장 가까운 멘토이자 이제는 우상이 되어 있었다.

'나도 저렇게 활약하고 싶다….'

메이저리그라는 무대.

동경만 해오던 선수들과 함께 뛰는 상상만 해도 최승일은 입가에 번지는 미소를 감추지 못했다.

그러나 그는 이내 그 벅차오르는 감정을 추스렸다.

'현실을 직시해야지….'

재능.

타고난 감각.

뼈가 으스러질듯이 노력했으나 최승일은 재능이 뛰어난 동기들을 앞서나갈 수가 없었다.

투수로서 130km의 구속을 찍기까지 정말 피나는 노력을 했으나 중학교 동기 중 한 명은 고등학교 1학년 때 140km의 패스트볼을 던지곤 했었다.

심지어 훈련도 자주 빠지고 정말 예쁜 여자친구와 노느라 운동을 게을리하면서도 단지 우월한 신체 조건 덕에 별다른 노력 없이도 그 빠른 공을 던졌었다.

그렇게 2년이 지난 지금.

최승일은 피나는 노력 끝에 140km까지 구속을 끌어올렸고, 제구력마저도 좋아지면서 고교 투수 유망주로 불리우는 수준까지 올라오게 되었다.

그리고 그 재능 많던 친구는….

'벌써부터 많은 구단들의 러브콜을 받고 있지.'

최승일이 이를 뿌드득 갈았다.

물론 그도 막판에 열심히 훈련하긴 했다.

그러나 최승일만큼은 아니었다.

이게 너무도 불공평하지만 어쩔 수 없는 부분이었다.

'그래도 나는 야구를 사랑하니까.'

매일 같이 고통에 눈물을 흘리면서도 아침이 밝아오면 다시 글러브를 끼는 이유.

최승일에게 야구는 인생의 전부이자 미래였다.

그리고 자신을 뒷바라지 해주느라 고생하시는 할머니를 위해서라도, 최승일은 야구에 목숨을 걸어야만 했다.

무엇보다도 갓난아기 때, 자신을 살리기 위해 서로 몸을 감싸 보호막이 되어 대신 세상을 떠난 부모님께 부끄럽지 않도록.

최승일은 주혁의 말을 굳게 믿었다.

"원래 노력파는 천재를 못 이겨. 근데 그거 알아? 나중에 가잖아? 이상하게 천재들은 다 사라지고 없다는 걸. 결국 끝까지 이끌고 가는 애들이 노력파야. 물론 노력파에 천재가 합쳐지면 죽어도 못 따라가지만."

최승일이 꿈꾸는 게 바로 이것이었다.

'끝까지 살아남는 일.'

프로야구에서 오랫동안 선수 생활을 하겠다는 꿈.

"나는 이렇게 생각해. 한 분야의 진짜 천재란 자기가 정말 좋아서 그 일에 몰두하는 사람이라고."

주혁의 이 말이 하루에도 수십 번씩 야구를 포기하려고 마음을 먹었던 최승일을 여기까지 끌고 온 셈이었다.

최승일이 다시 TV 화면을 바라보았다.

동경의 대상이나 다름없는 클리프 리를 상대하고 있는 주혁의 모습이 중계되고 있었다.

그리고 잠시 후….

따악!

주혁이 클리프 리의 커브를 때려냈다.

"어?"

타격음이 들리자마자 야구부 선수들이 벌떡 자리에서 일어나기 시작했다.

그러자 시야가 가려진 일부 선수들이 짜증을 냈다.

"안 보여, 새끼야."

"엉덩이 치워 봐."

"너 덩치가 앞을 가린다고."

"꺼져!"

소란스러워진 야구부실.

하나 모두들 중계 카메라가 찍고 있는 타구에 시선을 집중하고 있었다.

이윽고 타구가 담장을 넘어가는 장면이 TV 화면 속에 비춰지는 순간!

– 아, 넘어갔습니다! 윤주혁! 디비전 시리즈에서 홈런을 때려냅니다!

흥분한 캐스터의 목소리가 스피커를 타고 흘러나왔다.

그리고 이와 동시에 야구부 선수들도 함성을 내질렀다.

"우와!"

"쩐다!"

"대박!"

불과 1년 전만 해도 함께 야구를 하던 선배가 메이저리그, 그것도 포스트시즌에서 특급 투수 클리프 리를 상대로 홈런을 때려내다니!

곧이어 중계진의 격양된 목소리가 다시금 스피커를 타고 귓가에 들려왔다.

- 바깥쪽으로 떨어지는 커브볼이었는데 이걸 그대로 밀어때려서 담장을 넘겨버리네요. 정말 대단합니다.

- 윤주혁 선수의 홈런으로 4 - 4, 동점이 만들어집니다.

- 이게 윤주혁 선수의 장점이죠. 팀이 필요한 순간에, 팀이 바라는 타격을 해내는 것. 에이스의 면모를 두루 갖췄다고 해도 과언은 아니라고 생각합니다. 이미 윤주혁 선수가 탬파베이 레이스 내에서 주는 존재감은 굉장히 클 겁니다.

- 그렇습니다. 대한민국의 자랑! 윤주혁 선수의 동점포로 경기는 원점! 박빙의 승부가 펼쳐지고 있습니다.

마치 국가대표 경기를 보는 것처럼, 수많은 대한민국의 야구팬들이 일제히 주혁을 응원하고 있었다.

그리고 대림고등학교의 야구부 선수들 역시도 주혁을 열렬하게 응원하고 있었다.

그들은 방금 전 홈런의 여운이 아직도 가시지 않았는지 중계를 보면서 서로 감탄사를 연발해가며 대화를 나누고 있었다.

"클리프 리한테 홈런을 치다니…. 게임에서나 볼 수 있는 걸 실제로 보니까 진짜 쩐다."

"커브 꺾이는 각도가 장난 아니던데 그걸 넘겨버리시네…. 진짜 올 시즌 신인왕 못 받으시면 내가 방망이들고 메이저리그 찾아간다."

"이 새끼는 입만 살았어. 너 진짜 해라."

"아마 가다가 흑형들한테 붙잡혀서 목숨을 잃을 듯."

"아무튼 메이저리그 가서 이 정도로 잘 해내실 줄은 몰랐는데 진짜 대단하시다."

"그러니까. 홈런을 치신 건 선배님이신데 왜 내가 더 기분이 좋지?"

"나도 메이저리그에서 뛰고 싶다…."

"나도…."

"선배님 돈 엄청 많이 버셨겠지?"

"당연하지. 메이저리거이신데. 우리나라 탑급 선배님들하고 연봉이 비슷하실 걸?"

"근데 분명 높은 액수인데 왜 이렇게 낮게 느껴질까?"

"그러게."

"이대로 쭉 잘하셔서 FA 시장 나오시면 1억 달러는 받으실 듯."

갑자기 돈 이야기가 나오자 고교 선수들이 저마다 행복한 상상의 나래를 펼치기 시작했다.

그리고 그들의 눈앞에 이미 그 상상을 현실로 이룬 주혁의 얼굴이 보이자 마치 불가능하지 않은 일처럼 느껴지고 있었다.

"열심히 하자."

"대회 우승하자. 나중에 선배님 모교 방문하시면 자랑스럽게 느껴지실 수 있도록."

"오시면 사인 받을 수 있겠다."

"뭔가 되게 낯설다."

대림고등학교의 자랑이 된 주혁은 이제 모교 선수들에게는 롤모델이나 다름없었다.

"경기 보는 거에 집중해라. 쓸 데 없는 농담따먹기 하지 말고."

문창진이 시끄럽게 떠드는 선수들을 조용히 시킨 후 흐뭇한 표정으로 TV에 시선을 고정시켰다.

그러는 한편, 묵묵히 중계를 지켜보던 최승일은 스스로의 마음가짐과 의지를 더욱 굳게 다지고 있었다.

'감사합니다, 선배님.'

그리 길지는 않았던 인연이지만, 주혁이 그저 무심코 건네주었던 말들은 최승일에게 더할 나위 없이 좋은 밑거름이 되고 있었다.

무엇보다도 몸소 메이저리그라는 큰 무대에서 당당히 활약하는 그의 모습은 최승일이 존경하지 않을 수가 없었다.

TV 화면에 비춰지는 주혁을 바라보는 그의 시선에는 어느새 동경의 눈빛이 아른거리고 있었다.

최선을 다했다.

5번 타석에 들어서서 안타 하나, 홈런 하나, 희생 플라이 하나를 기록, 멀티 히트에 2타점까지 기록했으나 경기의 결과는 이런 활약도 묻히게끔 만들어버렸다.

최종 스코어 8 – 7.

1점 차 패배.

마지막까지 집중력을 잃지 않았던 텍사스 레인저스가 탬파베이 레이스를 상대로 결국 디비전 시리즈 1차전 승리를 가져가게 되었다.

주혁은 씁쓸하게 입맛을 다셨고, 선수들은 아쉬움에 좀처럼 락커룸 밖으로 나서지 못하고 있었다.

차가워진 락커룸 분위기를 전환하고자 주장답게 브라이언 무어가 입을 열었다.

"고작 1승 내준 것 가지고 이렇게 풀이 죽어있으면 되나? 2승도 아니고 고작 1승이야, 1승! 우리가 3승을 따내면 그대로 리그 챔피언십 시리즈 나가는 거야. 1차전 지면 죄다 탈락이냐? 아니잖아. 아직 기회는 남아있으니까 내일 경기 때 이 아쉬움을 다 털어내자."

브라이언 무어의 말에 선수들이 고개를 끄덕거렸다.

때마침 락커룸 안으로 조 매든 감독이 들어왔다.

"오늘 다들 수고 많았다. 끝까지 포기하지 않고 경기를 한 것만으로도 우리가 텍사스를 꺾고 올라갈 수 있다는 증거다. 다들 쉬고 내일 반드시 승리로 이끌 수 있도록. 알겠나?"

"Yes sir!"

조 매든의 말이 끝나자 그제야 선수들이 하나둘씩 락커룸을 나서기 시작했다.

주혁도 아쉬움을 털어낸 채 짐을 챙기고 집으로 가려는데, 조 매든이 그를 불렀다.

"맷 가르자 컨디션이 별로다. 원래는 3차전 선발이지만 내일 네가 나선다. 문제 있나?"

"제게 등판에 있어서만큼은 문제가 없다는 걸 아실텐데요, 감독님."

주혁의 말에 조 매든이 피식 웃었다.

"그래. 내일 보자."

고개를 끄덕인 주혁에게 그가 어깨를 한 번 토닥거리고는 이내 먼저 락커룸을 나섰다.

'차라리 잘 됐다.'

등판이 하루 앞당겨지긴 했으나 늘상 그렇듯이 체력적인 문제는 전혀 없었다.

'내일 내가 분위기를 바꾸는 수밖에.'

아무리 팀에 애정이 많지 않더라도 주혁은 이대로 포스트시즌을 끝내기는 여러모로 아쉬웠다.

'월드시리즈 반지는 많이 낄수록 좋으니까.'

삭제된 기억 탓에 몇 개의 반지를 꼈었는지는 알 수 없지만, 데뷔가 4년이나 앞당겨진 이상 그 전에 반지 하나는 꼭 끼우고 싶었다.

'가능성은 희박하다.'

시즌 중에 예상했듯이, 셋업과 마무리 투수를 제외하고는 중간 계투가 불안한 탬파베이 레이스의 이번 시즌 월드시리즈 진출은 잿빛과도 같았다.

그러나 포기하기는 이르다.

이미 월드시리즈에 진출한 적이 있는 탬파베이 레이스이기에 기적을 써내려 갈 수 있는 자격은 충분했다.

'내일 경기를 반드시 이겨야만 한다.'

행여 오늘처럼 또 진다면, 올해는 그 꿈을 내려놓아야 할지도 모른다.

집으로 가는 길.

주혁의 발걸음은 무거우면서도 가벼워보였다.

◆

멀찍이서 팔짱을 낀 채 불펜 피칭을 바라보던 탬파베이 레이스의 투수 코치 애런 루이스의 입가에 희미한 미소가 걸렸다.

예정 등판일보다 하루 앞당겨졌음에도 불구하고 지금 날이 매섭게 서 있는 공들을 포수 미트에 꽂아 넣는 루키,

주혁이 그저 놀라울 따름이었다.

전혀 이상이 없는 컨디션.

스피드건으로 확인한 포심 패스트볼의 구속은 최고 101마일(163km)까지 찍혔고, 그 밖에도 체인지업은 90마일(144km), 투심 패스트볼은 97마일(156km)의 최고 구속을 불펜에서 보여준 주혁이었다.

파앙!

파앙!

파앙!

주혁은 당장이라도 싸우고 싶어 안달이 난 투우처럼 포수 미트에 연신 묵직한 공들을 꽂았다.

'무슨 시위하는 거 같네.'

이를 지켜보던 애런 루이스가 불펜 피칭을 중지시켰다.

굳이 지금부터 힘 뺄 필요는 없었다.

애런 루이스가 주혁에게 물었다.

"왜 이렇게 흥분했어?"

그의 물음에 주혁은 태연하게 대답했다.

"오늘은 어디까지가 통증이 안 오는지를 체크한 것 뿐입니다."

"그래서 언제 통증이 왔는데?"

"아직 안 왔는데요?"

"……"

아니, 그렇게 살기 넘치는 공을 던지고도 어깨에 아무런 느낌이 없다니?

'거짓말인지 아니면 진짜인지….'

도통 분간이 가질 않았으나 한 가지 확실한 사실은 이미 그가 마운드에 설 준비가 완벽히 되어 있다는 부분이었다.

"텍사스 타선을 씹어 먹어라. 잘근잘근."

애런 루이스가 웃으면서 농담을 건네자 주혁이 피식 웃으면서 말했다.

"오늘 게레로 바지가 축축하게 젖게 될 겁니다. 기대하세요. 돈 주고도 못 보는 장면일 테니까요."

〈3권에 계속〉